# 連続自殺事件

ジョン・ディクスン・カー

空襲が迫る1940年の英国。若き歴史学者のキャンベルは、スコットランドへ旅立った。遠縁の老人が亡くなり、一族の家族会議に招かれたのだ。途中でとんでもない事態に巻き込まれつつたどり着いたのは、湖畔に佇む古城。老人は、城にある塔の最上階の窓から転落死した。その部屋は内側から鍵とかんぬきで閉ざされており、窓から侵入することも不可能。だが、老人には自殺しない理由もあった。それでは彼になにが起きたのか？　名探偵フェル博士が、不気味な事件に挑む！『連続殺人事件』が改題・新訳版で登場。

## 登場人物

アラン・キャンベル……………ユニヴァーシティ・カレッジの教授
キャスリン・キャンベル……………ハーペンデン女子カレッジの教授
アンガス・キャンベル……………シャイラ城の前当主。故人
エルスパット・キャンベル……………アンガスの内縁の妻
コリン・キャンベル……………アンガスの弟
ロバート・キャンベル……………アンガスとコリンの弟
チャールズ・スワン……………新聞記者
アリステア・ダンカン……………キャンベル家の弁護士
ウォルター・チャップマン……………保険会社の社員
アレック・フォーブス……………アンガスの知人
カースティ・マクタヴィッシュ……………メイド
フレミング……………ハイヤーの運転手
ギディオン・フェル博士……………探偵

# 連続自殺事件

ジョン・ディクスン・カー
三　角　和　代　訳

創元推理文庫

# THE CASE OF THE CONSTANT SUICIDES

by

John Dickson Carr

1941

# 連続自殺事件

# 1

その夜、グラスゴー行き午後九時十五分の列車はユーストン駅を三十分遅れで発車した。空襲警報が鳴った四十分後のことだった。

サイレンが響いたとき、プラットホームのほのかな青い照明までも消されてしまった。

群集は右往左往してへしあい、毒づいた。大半は軍服姿だ。プラットホームを手探りで進み、背嚢（はいのう）や旅行鞄で脛（すね）や拳（こぶし）を擦（す）りむき、鉄の塊が咳きこむようなエンジンの音で耳も聞こえなくなった。こうした混乱のなかで、まだ若い歴史学教授が方向を見失っていた。グラスゴー行き列車の寝台車のコンパートメントを見つけようとしている。

とはいえ、誰も本気で心配してはいなかった。九月一日になったところで、ロンドン大空襲はまだ始まっていなかったのだ（一九四〇年九月七日より）。あの頃、人々は幼かった。空襲警報は不便なだけで、おそらくどこかに敵が一機のらくらと飛んできた程度であり、対空砲火のことなど考えもしなかった。

だが、オックスフォード大学修士であり、ハーヴァード大学博士でもある歴史学教授のアラン・キャンベルは人にぶつかりながら、学者らしくない毒舌を吐いていた。一等の寝台車は長い列車の先頭にあるらしい。ポーターの姿が見えた。たくさんの旅行鞄を運び、車両の開いたドアの前でマッチを擦っている。コンパートメントの番号とそれに割りふられた乗客名が貼りだされているのだ。

ポーターに続いてマッチを擦ったアラン・キャンベルは列車が満席らしいこと、自分のコンパートメントは四号室であることを知った。

彼は列車に乗りこんだ。通路に並ぶドアの上の番号がぼんやりした小さな明かりで照らされており、それを目印に進んだ。自分のコンパートメントのドアを開けると、ぐんと気分がよくなった。

こいつはすばらしく快適じゃないかと彼は思った。このコンパートメントは狭く、金属板張りで緑に塗られ、シングルの寝台とニッケル製の洗面台が備えつけられており、隣のコンパートメントに通じるドアには長い鏡が貼ってある。窓をふさぐ引き戸式の鎧戸が灯火管制の遮光具がわりにされていた。ひどく暑くて風通しもなかったが、寝台の上に金属の通気口があり、そこをひねると風を取りこめるようになっている。

スーツケースを寝台の下に押しこんだアランは腰を下ろして一息ついた。時間つぶしに持参したペンギン・ブックスの小説とサンデー・ウォッチマン紙を隣に置く。この新聞が目に入ると、気持ちがすさんで腹が立ってきた。

「あいつが地獄の業火に焼かれますように！」アランはこの世でただひとりの敵のことを考え、大声で言った。「あいつが――」

しかし、上機嫌でいなければと思いだして我に返った。なんと言っても、一週間の休暇をもらったのだ。表むきには旅の目的が悲しいものであるのはまちがいないが、それでもバカンスの趣はあるじゃないか。

アラン・キャンベルは生まれて一度もスコットランドに足を踏み入れたことのないスコットランド人だった。それを言うならば、イングランドを離れたのはアメリカのケンブリッジにあるハーヴァード大学で過ごした歳月と、ヨーロッパ大陸へのほんの数回の旅のみだが。年齢は三十五。学者肌で、まじめなもののユーモア感覚がないこともなく、容姿も悪くないが、すでに考えが古くさくなりつつあるようだった。

彼のスコットランドに対するイメージはサー・ウォルター・スコット、あるいは浮ついた気分になったときのジョン・バカンの小説から引きだされたものだった。これにくわえて、花崗岩とヒースとスコットランド特有の駄洒落という曖昧な認識がある程度。この駄洒落というものをかなり軽蔑しているのは、彼に真のスコットランド人気質はないことの証になりそうだ。ここにきてようやく、みずから故郷を目にすることになる。後はただ――

寝台車の案内係がドアをノックし、顔を覗かせた。

「ミスター・キャンベルですね？」彼はドアに取りつけられた人工象牙の小さな名札をたしかめて訊ねた。名札は鉛筆で名前を書いて消しゴムで消せるようになっている。

「ドクター・キャンベルだ」アランはいささか威厳を込めて答えた。まだ若い彼はこのあたらしい学位にも、相手にそんな肩書きの持ち主だなんてと驚かれることにもときめくのだった。

「朝は何時にお起こししましょうか？」

「グラスゴーには何時到着だい？」

「そうですね、定刻は六時三十分ですが」

「では、六時に頼むよ」

　案内係が咳払いをした。アランはその意図を正しく解釈した。

「では、到着の三十分前に起こしてくれ」

「かしこまりました。朝は紅茶とビスケットをおもちいたしましょうか？」

「この列車ではちゃんとした朝食をとれるかい？」

「いえ。紅茶とビスケットだけです」

　アランの心は胃と共に沈んだ。大慌てで荷造りをしたので夕食をとっておらず、すでに腹が六角手風琴（コンサーティーナ）みたいにぎゅっと縮んだように感じている。案内係は表情から察してくれた。

「わたしがお客様でしたら、いま、ひとっ走りして駅の軽食カウンターでなにか腹に入れますね」

「だが、列車は五分足らずで出発するじゃないか！」

「その心配はご無用だと申しあげてよろしいかと、お客様。わたしが考えますに、そんなにすぐ出発はいたしません」

なるほど、そういうことなら。

慌てて、アランは列車を降りた。慌てて、騒々しく混みあった暗いプラットホームを手探りで進み、改札を抜けた。軽食カウンターに立ち、受け皿に中身がこぼれた紅茶のカップと、むこうが透けて見えそうなほど薄く切られたハムの入った干からびつつあるサンドイッチを前にして、彼の視線はふたたびサンデー・ウォッチマン紙に吸い寄せられた。すると、またもや腹が立ってきた。

前にも語ったとおり、アラン・キャンベルは世界に敵がひとりしかいない。もっと言えば、学童時代におたがい目元にアザを作って鼻血を出す喧嘩をし、のちに親友となった少年を除けば、誰かをひどく嫌ったことさえ思いだせなかった。

問題の敵というのは、やはりキャンベルという名前だ。ただし、アランはそう願い信じてもいるのだが、親戚などではない。その赤の他人であるキャンベルはハートフォードシャー州ハーペンデンの悪の巣に暮らしている。アランは一度も彼を目にしたことがなく、何者かさえも知らなかった。それでも、本気で彼を憎悪している。

文学者ヒレア・ベロックが指摘したように、誰もこれっぽっちも気にしないほどどうでもいいことにまつわる、博識な研究者ふたりのあいだの論争くらい、白熱し、辛辣(しんらつ)になりがちな(あるいは、第三者から見ればさらに愉快になりがちな)ものはない。

人は大喜びでこうしたなりゆきを見守るものだ。権威ある新聞や文芸週刊誌に、ハンニバル将軍がアルプス越えのときにヴィジヌムの村の近くを通ったと誰かが書けば、それを読んだほかの知識人がその村の名はヴィジヌムではなくビジニウムであると投稿する。次の週には、最初の執筆者が節度はあってもトゲのある調子で投稿者の無知を非難し、ヴィジヌムであったという追加の証拠を述べさせていただきたいと許しを請う。すると投稿者は、論争の場にどうやら手厳しい物言いを紛れこませてしまい、そのせいでミスター何某が礼儀というものをお忘れになったことは疑いようがなく遺憾ではあるものの、貴兄のまちがいを指摘する必要がある状況下では——とやり返す。

　こうなってはもう取り返しがつかない。喧嘩は二、三カ月続くときもある。

似たようなことが、アラン・キャンベルの穏やかな人生にバシャッと投げかけられたのだ。

　優しい性分のアランは怒るつもりなどなかった。彼はたまに、サンデー・タイムズ紙やオブザーバー紙と似たような立ち位置のサンデー・ウォッチマン紙で歴史書の書評をおこなっていた。六月なかば、この新聞が彼に『チャールズ二世の晩年』という本を送ってきた。オックスフォード大学修士のK・I・キャンベルによる一六八〇年から一六八五年の政治的事変についての浩瀚な研究書だ。アランによるその本の書評が翌週のサンデー・ウォッチマン紙に掲載されたが、彼が非難されることになったのは書評の結びの以下のような文章が原因だった。

> ミスター・キャンベルの著書はこのテーマにいかなる新鮮な観点をもたらしたとは言えず、さらには些細な欠点もないわけではない。ミスター・キャンベルは処刑されたウィリアム・ラッセル卿（十七世紀の政治家）がライハウス陰謀事件（チャールズ二世らの暗殺を狙った企み）では無実であっ

たということをあきらかにご存じでない。カースルメイン伯爵夫人バーバラ・ヴィリアーズがクリーヴランド女公爵に叙されたのは一六七〇年であり、著者が書いているように一六八〇年ではない。それにこのレディが〝小柄で赤褐色の髪をしていた〟というミスター・キャンベルのユニーク極まりない意見の根拠はなんだろう？

アランは金曜日にこの原稿を送ってそれきり忘れていた。だが、九日後の本紙にハートフォードシャー州ハーペンデンの著者から送られた手紙が掲載されており、それはこう結ばれていた。

貴紙の書評家が〝ユニーク極まりない〟と見なしている意見についてわたしが根拠としているのは、夫人自身の伝記作家であるスタインマンだと申しあげてよろしいでしょうか？　貴紙の書評家がこの伝記に親しみがなければ、大英博物館に足を運ばれるだけの価値はあるとお勧めいたします。

これにはアランもかなり頭にきた。

これほどつまらない点に（彼はそう書いてやった）注目を集めてしまったことに謝罪し、小生がすでにとても親しんでいる書物に注意をむけさせてくださったご親切については、ミスター・キャンベルにお礼を申しあげなければなりませんが、大英博物館に足を運んでもナショナル・ポートレート・ギャラリーよりは実りが少ないと考えております。そちらに行けば、ミスター・キャンベルは宮廷画家のレリーによるこの堂々とした跳ねっ返りの肖像画をご覧になれるはずです。髪は漆黒(しっこく)で身体つきは豊満に描かれております。画家がモデルを実物より美化して描くというのはあり得ることです。しかしながら、金髪を黒髪にしたり、上流階級の夫人を実際より太らせて表現したりというのは考えられません。

これは気のきいた切り返しだとアランは思った。これならぐうの音(ね)も出ないだろう。それなのに、ハーペンデンの陰険な蛇めは今度は汚い手を使いはじめたのだ。よく知られている何枚かの肖像画についてひとしきり吟味してから、彼はこう締めくくっていた。

ちなみに、貴紙の書評家は慧眼(けいがん)にも、この夫人を〝跳ねっ返り〟とまで表現されました。その根拠はなんなのでしょう？　彼女は怒りっぽくて浪費家であったようです。女が備えたこのふたつの性質に仰天しておののき、それを跳ねっ返りと決めつける男がいるとしたら、その人物に結婚したことはあるのかと訊ねても差し支えありますまい。

こう言われてアランの理性は吹き飛んだ。彼が気にしたのは歴史にまつわる知識への非難ではない。女のことをなにも知らないというほのめかしであり、それは実際のところ、ずばり言い当てられていたのだ。

K・I・キャンベルこそまちがっており、それを自分でも承知しているのだとアランは考えた。よくあるように、脇道にそれたことをもちだして問題を煙(けむ)に巻こうとしているのだ。アランの返事は紙面に火ぶくれを作る勢いで、激しくなればなるほどこの論争はあらたな読者を獲得していった。

投書がいくつも舞いこんだ。チェルトナムの少佐は一族が何世代にも亘(わた)ってクリーヴランド女公爵のものだと言われている肖像画を所有しており、髪は濃くも薄くもない茶色だと書いてきた。学術研究(アセニーアム)クラブの碩学(せきがく)はふたりに使っている用語を定義させたがり、〝豊満〟が指す身体つきとはどこなのか、現代の基準にしたがえば、身体のどの部分なのかと知りたがった。

「たまげたね」サンデー・ウォッチマン紙の編集長はそう語った。「ネルソン提督のガラスの目玉以来の論争だ。好きなだけやらせろ」

七月も八月もずっとこの戦いは繰り広げられた。チャールズ二世の不運な寵姫(ちょうき)クリーヴランド女公爵は、サミュエル・ピープス（チャールズ二世在位当時の官僚）の時代に知られていたのと負けないくらい悪名高くなってしまった。解剖されるかのように身体のすみずみが暴露された。さらにややこしいことに、この論争にはギディオン・フェル博士という別の碩学まで参戦したのだが、ふたりのキャンベルを混同する始末で、誰も彼もを巻きこむことに邪悪な喜びを見いだしているようだった。

編集長その人もついに待ったをかけた。というのもまず解剖学的な詳論がいまや下品になりかけていたから、さらに論争の関係者たちが入り乱れて誰が誰に話しかけているのか誰にもわからなくなっていたからだった。

だが、アランにはK・I・キャンベルを煮えたぎる油で料理してやりたいという感情が残った。

K・I・キャンベルは毎週紙上に現れては、狙撃の名手のように自分はひらりと身をかわしつつも、いつもアランを仕留めたからだ。アランは女に無礼だという、根拠は明確ではないが決定的な評判が生まれつつあった。すでにこの世にない女を愚弄(ぐろう)したから、自分の知り合いのご婦人たちも愚弄しそうな輩(やから)だと思われたのだ。K・I・キャンベルの最後の手紙はその点をほのめかすどころではなかった。

教員仲間はこの件で駄洒落を言った。おそらく、学生たちもこの件で駄洒落を言った。〝女の服をはぎとる(リップ)〟〝放蕩者(リップ)〟だの、〝ふくよか好きの(ラウンダー)〟〝遊び人(ラウンダー)〟だのと。

論争が終わって安堵(あんど)した彼は感謝の祈りを口走った。だが、蒸し暑い駅の軽食カウンターでこぼれた紅茶を飲み、干からびたサンドイッチを食べているいまでも、アランはサンデー・ウォッチマン紙をめくりながら身構えた。この眼(まなこ)がクリーヴランド女公爵についての言及をとらえないだろうか、K・I・キャンベルがふたたび紙面に忍びこんでいないだろうかとおそれながら。

いや、そんなことはいっさい目に入らなかった。少なくとも旅の始まりの縁起は上々だ。カウンター上の時計の針が九時四十分を指した。

ふいに焦りながらアランは列車のことを思いだした。紅茶をがぶ飲みし（急いでいるときはかならず、舌を火傷しそうなほど熱い液体が四分の一は残っているように思えるのはなぜだろう）、ふたたび灯火管制の暗がりへと急いだ。改札ではまたもや切符を見つけるまでに数分かかり、すべてのポケットを探ってから、最初のポケットにあるのを見つけた。人混みと荷物用カートのなかを縫うようにして進み、しばらく苦労してからようやく目当てのプラットホームを探りあて、自分のコンパートメントがある車両にもどったちょうどそのとき、列車のドアがすべてバタンと閉まって汽笛が鳴った。

なめらかに滑りだし、列車は動きはじめた。

さあ、大冒険の始まりだ。ふたたび人生が楽しくなってきたアランは薄暗い通路に立って呼吸を整えた。記憶のなかから、スコットランドより受けとった手紙の文言がいくつか頭に浮かんだ。「インヴァレリ、ロッホ・ファインのほとりのシャイラ城」

この言葉の羅列には音楽か魔法のような響きがあった。彼はこれを味わいながら、コンパートメントにむかうと大きくドアを開け、そこでぴたりと動きをとめた。

彼のものではないスーツケースが寝台に開いて置いてある。中身は女物の衣類だ。身をかがめて中身を探っているのは二十七歳か二十八歳ぐらいの茶色の髪の女だった。開いたドアに危うくなぎ倒されそうになった彼女は、背筋を伸ばして彼を見つめた。

「うわっ！」アランは聞き取れないぐらいの小さな声をあげた。最初はコンパートメントか、あるいは車両をまちがえたのだと思った。だが、急いでドアを見て安心した。そこには彼の名前であるキャンベルが、人工象牙のプレートに鉛筆で書いてある。

「失礼ですが」彼は言った。「その、おまちがえでは?」

「いいえ、そうは思いません」女は腕をさすりながら、冷たさが増す視線を彼にむけた。

それでもアランは、彼女がほとんどおしろいも口紅も塗っていないのに、とても魅力的だということに気づいた。丸い顔には揺るぎない意志の強さが窺える表情を浮かべている。身長は五フィート二インチ、麗しいスタイルだ。ややあいだの離れた青い目、形のいい額、ふっくらしたくちびるを固く閉じておこうとしているらしい。ツイードのスカート、青いセーター、黄褐色のストッキングに踵の低い靴といういでたちだ。

「でも、ここは」彼は指さした。「四号室ですよ」

「ええ。わかってますけど」

「マダム、ここは僕のコンパートメントだと申しあげているのですが。僕の名前はキャンベル。ここのドアにそう書いてある」

「わたしの名前も」女は言い返した。「キャンベルなんですよ。だから、ここはわたしのコンパートメントだと言わせてもらうしかありません。お引きとり願えますでしょうか?」

彼女は自分のスーツケースを指さした。

アランはそれを二度見した。ガタガタという列車は線路の分岐器の上をガタンと進み、揺れながら速度を増していく。だが、彼はスーツケースの横手に小さな白い文字で書いてある言葉の意味を容易に呑みこめないでいた。

ハーペンデン、K・I・キャンベル

2

アランの頭と胸のなかで、そんな馬鹿なという思いは、次第にかなり異なるものへと変わっていった。

彼は咳払いをした。

「お訊ねしたいのだが」いかめしい口調で訊ねる。「K・Iという頭文字はなんの略だね?」

「なにって、キャスリン・アイリーンですけど。わたしの名前です。それはともかく、どうかお引きとりを――」

「お断りします!」アランは新聞を掲げた。「それからお訊ねしたいことがある。きみは最近、サンデー・ウォッチマン紙の恥ずべき投書にかかわってなかったかい?」

ミス・K・I・キャンベルは目元を隠すかのように片手を額にあてた。もう片方の手を背中へまわし、洗面台の縁で身体を支えた。列車がガタゴト、ガタンと揺れる。彼女の青い目に突然怪しむ感情が浮かび、続いて事態を理解したことが窺えるようになってきた。

「そうとも」アランは言った。「僕はハイゲートのユニヴァーシティ・カレッジのA・D・キャンベルだ」

誇り高くも暗い悪意を秘めた彼の態度は、まるで「低地人(ローランダー)の白瓢箪(しろびょうたん)め、俺様こそが高地人(ハイランダー)の黒鬼ロデリック・デューだぞ」（ウォルター・スコット『湖上の美人』より）と言っているようだった。彼は断固とした態度で頭をのけぞらせ、寝台に新聞を放ると腕を組んだ。どこか滑稽(こっけい)なことをしている気分になった。だが、女はそのようには受けとらなかった。

「このけだもの！　このイタチ！　このウジ虫！」彼女は熾烈(しれつ)な口調で叫んだ。

「マダム、正式に紹介される栄誉に与(あずか)っていないことを考えると、そのように親しみをほのめかすような用語を使われるのは――」

「なに言ってるの」と、K・I・キャンベル。「わたしたち、はとこのそのまた子供の子供っていう関係よ。あら、あなたにはあごひげがないじゃない！」

アランはとっさに片手であごにふれた。

「そりゃたしかに、僕にはあごひげなどないさ。なんだって僕にあごひげがあると思っていたんだ？」

「わたしたちみんな、あなたにはあるはずだと思っていたの。このぐらい長いのが」彼女は大声をあげ、ウエストあたりに手をやった。「それに大きな瓶底眼鏡をかけて。それから、意地悪で、素っ気なくて、人をあざ笑うみたいな話しかただろうって。でも、そこはあたっていたわね。その上、あなたってば、ここに飛びこんできて、わたしを押し倒しそうに――」

思いだしたように、彼女はまた腕をさすりはじめた。

「それになんと言っても、意地悪で、人をあざ笑い、小馬鹿にする書評ときたら」彼女は話を続けた。「あなたは書評のひとつで――」

「あの、マダム。理解していただきたい。歴史の専門家として、はっきりとしたまちがいやわかりきったまちがいを指摘するのは僕の務めだったんだから――」

「まちがい！」女は叫んだ。「わかりきったまちがいですって？」

「まさしく。クリーヴランド女公爵の髪といった、意味のない些細な指摘のことを言ってるんじゃないですよ。僕が言いたいのは重要な歴史的事実のことだ。きみの一六八〇年の選挙の扱いは、率直な物言いを許してもらえれば、笑止千万だった。きみのウィリアム・ラッセル卿の扱いはいい加減もいいところだった。僕に言わせれば、彼はきみの英雄シャフツベリ伯爵（ホイッグ（自由）党の創設にかかわり、ライハウス陰謀事件に失敗した政治家）ほどの悪者などではなかったよ。ラッセルはただの鈍ちんだった。裁判で〝理解が完全に及んでいなかった〟と言われたようにね。哀れむのはご自由だが、大それた反逆者として描くことはできないよ」

K・I・キャンベルは激怒して言った。「あなたって、汚らわしい保守党支持者でしかないのね！」

「そのお言葉への返答として、サミュエル・ジョンソン博士（十八世紀の文学者、トーリー党支持者）よりも権威ある引用元はないね。〝マダム、きみは下劣なホイッグ党員だとお見受けする〟と」

そこでふたりは立ち尽くし、見つめあった。

普段であればアランもこのような口の利きかたはしないと、ご理解いただけるだろう。だが、あまりにも腹が立ち、エドマンド・バーク（十八世紀のホイッグ党員、文章家）でもやりこめられそうなほど気負っていた。

「ところで、きみは何者なんだい？」間を置いて彼はいつもの口調になって訊ねた。

この質問は、キャスリン・キャンベルにふたたび圧力をかけることになった。彼女は口を固く結び、五フィート二インチの身体に威厳をみなぎらせた。

「そんな質問に答える義務はないと思うけれど」そう答えて彼女は鼈甲縁（べっこうぶち）の眼鏡をかけたが、かえって愛らしさを際立たせるだけだった。「ハーペンデン女子カレッジの歴史学部の一員だとお伝えしても構わないわ」

「なんと」

「そうなのよ。それに問題の時代を扱うことにかけては、どんな男にも負けないくらい、いえ、それ以上に完璧にやれる。ということで、どうか最低限の良識にしたがってわたしのコンパートメントから出ていってもらえる？」

「いいや、絶対に譲れないね！　ここはきみのコンパートメントじゃない！」

「たしかにわたしのコンパートメントだと言わせてもらいます」

「では、きみのコンパートメントではないと言わせてもらおう」

「ドクター・キャンベル、出ていってもらえないのなら案内係を呼ぶけれど」

「どうぞどうぞ。きみが呼ばないのなら、僕が呼ぶさ」

異なる手によって二度盛大に鳴らされたベルで案内係がやってくると、堂々としているが言っていることはわけのわからないふたりの教授たちが、それぞれ自分の話を伝えようとした。

「申し訳ございません、マダム」案内係は当惑しながらリストを調べて言った。「申し訳ございません、旦那様。ですが、手違いがあったようです。ここにはキャンベルがおひとりだけで、〝ミス〟か〝ミスター〟かも書かれていません。なんと申しあげればいいのか」

アランは気を取りなおした。

「気にしないでいい」彼は鷹揚に宣言した。「このご婦人がまちがえて手に入れた寝台を占領するじゃまなどしないよ。僕には別のコンパートメントを用意してくれ」

キャスリンは歯ぎしりをした。

「いいえ、そんなことはしないで、ドクター・キャンベル。女だからって理由で親切を受け入れることはしませんので。わたしを別のコンパートメントに案内してください」

案内係は両腕を大きく広げた。

「申し訳ございません、お嬢様。申し訳ございません、旦那様。ですが、それができないのです。寝台車にはまったく空きがないんですよ。それを言えば通常の座席だって空いておりません。三等車では立っている人もいるくらいです」

「気にするな」アランはわずかな間を置いてきっぱりと言った。「そこの寝台の下から僕の鞄を取らせてくれたら、一晩じゅう、通路に立っているから」

「まあ、馬鹿なことを言わないで」女の声色が変わった。「そんなことは無理よ」

「マダム、もう一度言うが――」

「グラスゴーまでずっと？　そんなのできるはずがない。馬鹿なことを言わないで」

彼女は寝台の端に腰を下ろした。

「方法はひとつだけ」彼女は言いそえた。「このコンパートメントをふたりで使う。一晩じゅう、起きているの」

案内係は心からほっとしたようだった。

「ああ、お嬢様、なんとご親切な！　こちらの紳士も感謝なさいますよ。そうでございますよね、旦那様？　これでよろしければ、到着地で会社から払いもどしさせるよう手続きしますので。本当に寛大なご婦人でいらっしゃいますね、旦那様？」

「いいや、そんなことはない。僕は断る――」

「どうしちゃったのかしらね、ドクター・キャンベル？」キャスリンは愛らしさに冷たさをにじませた口調で言った。「わたしが怖い？　それとも、歴史的事実を目の前に突きつけられる勇気が出ない？」

アランは案内係を振り返った。部屋が広ければ、古めかしいメロドラマにあるように、子供を嵐へと追いやることになる父親めいたドラマチックな仕草でドアを指さしたところだ。だがこの狭さでは、通気口に手をぶつけただけだった。けれど、案内係は意図を理解した。

「では、そういうことで、旦那様。おやすみなさいませ」彼はほほえんだ。「楽しくないはずがございませんね？」

「それはどういう意味？」キャスリンが鋭い口調で訊ねた。

「なんでもございません、お嬢様。おやすみなさいませ。ぐっすりと――いえ、ごゆっくり」
またもや、立ち尽くしたふたりは顔を見合わせた。どちらも急に、寝台の端と端に腰を下ろした。いままではあれだけ雄弁だったというのに、ドアが閉められたいまでは、どちらも自意識過剰の塊になってしまった。

ゆっくりとだが堅実に走っている列車だったが、急にガクッととまるのは、おそらくは上空のどこかに敵機がいる印だ。通気口から風が流れこみ、いまではそれほど暑くなくなった。

自意識過剰の緊張を破ったのはキャスリンだった。表情がほほえみめいたものに変わったところから始まり、くすくす笑いへ、ほどなくして抑えきれない大笑いへと弾(はじ)けた。やがてアランも一緒になって笑った。

「シーッ！」彼女は小声でうながした。「隣のコンパートメントの人の迷惑になってしまう。でも、わたしたちって滑稽だったわね？」

「それは否定させてもらおう。ときに――」

キャスリンは眼鏡を外してなめらかな額に皺(しわ)を寄せた。

「北に行く理由はなんなの、ドクター・キャンベル？　それともいとこのアランと呼んだほうがいい？」

「きみと同じ理由らしいね。ダンカンと名乗る男から手紙を受けとった。印章の書き手(ライター・トゥ・ザ・シグネット)という、ごたいそうな肩書きの持ち主から」

「スコットランドでは」キャスリンはわざと謙遜(けんそん)しながら手厳しく言った。「それは弁護士のことよ。本気なの、ドクター・キャンベル！　なんて無知なんでしょう！　スコットランドに行ったことがないの？」

「ない。きみはあるのか？」

「それはまあ、子供の頃に行ったきりではあるけれど。でも、情報は絶やさないようにしていたわよ、特に自分の身内については。その手紙にはほかになんて書いてあった？」

「老アンガス・キャンベルが一週間前に亡くなったとだけ。そして連絡のつく少しばかりの家族に知らせていると。そして家族会議のために、都合をつけてインヴァレリにあるシャイラ城に来てくれないかと。相続にはまったく問題はないと明言してあったが、〝家族会議〟というのがどういうことなのかは曖昧（あいまい）だった。休暇がどうしても必要だったから、僕はいい口実にさせてもらったんだ」

キャスリンが鼻を鳴らす。「ちょっと、ドクター・キャンベル！　自分の身内が死んだのに！」

するとアランはふたたびいらついてきた。

「いいかい！　アンガス・キャンベルのことなんか聞いたことさえなかったんだ。複雑きわまりない家系図を調べ、彼が父親のいとこだったことはわかったよ。でも、彼のことも、彼に近しい人のことも知らなかったんだ。きみはどうだ？」

「そうね……」

「もっと言えば、シャイラ城のことも聞いたことがなかった。ところで、どうやって行けばいいんだ？」

「グラスゴーで、グーロック行きの列車に乗り換えるの。グーロックでは船に乗ってダヌーンに渡る。ダヌーンからハイヤーでロッホ・ファイン沿いをぐるりと走った先がインヴァレリよ。以前ならダヌーンからインヴァレリは水路でも行けたけれど、戦争が始まってからはその区間の汽船の運航は中止になったの」

「そこはどっちに入るんだい？　高地（ハイランド）、それとも低地（ローランド）？」

ここでキャスリンがちらりとむけた視線は一瞬にして水分を蒸発させるようだった。

アランはこの件を深く追求したことなどなかった。ローランドとハイランドの定義というのは、スコットランドのだいたい真ん中あたりで線を引いたというおぼろげな考えしかなく、上半分がハイランドで下半分がローランド、そういうことだろうと思っていた。だが、それほど単純なものではあり得ないのだとなんとなくいまわかった。

「どうしようもないわね、ドクター・キャンベル！　もちろん西部ハイランドよ」

「このシャイラ城というのは」彼はためらいながらも想像力をたくましくして話を続けた。

「壕（ほり）にかこまれた荘園のような場所かな？」

キャサリンが言った。「スコットランドでは、城の定義が幅広いの。答えはノーよ。アーガイル公爵の城みたいに大きなところじゃない。少なくとも写真からはそう思えないわね。シャイラ峡谷の入り口、インヴァレリから少し離れたロッホ・ファインのほとりにある。まとまりのない外観の石造りの建物で、高い塔がついていてね。でも、歴史はあるのよ。もちろん、あなたは歴史学者なのにそんなこと、なにも知らないでしょうけど。この歴史があるからこそ、話はますます興味深くなるの。つまりアンガス・キャンベルの死因がよ」

「と言うと？　彼はどうして亡くなったんだ？」

「自殺したの」キャスリンは静かに答えた。「あるいは殺されたか」

アランが持参したペンギン・ブックス小説はミステリを表す緑の装丁だった。このたぐいのものを頻繁には読まないが、息抜きとしてたまには手に取るのが学者としての務めだと見なしている。彼はこの本からキャスリンの顔へと視線をもどした。

「彼が――なんだって？」アランはうわずった声で訊ねた。

「殺された。もちろん、そのことも聞いてなかったのね？　まったく！　アンガス・キャンベルは塔のてっぺんの窓から飛び降りたか、突き落とされたかしたの」

アランは頭の回転を取りもどした。

「だが、検死審問はなかったのかい？」

「スコットランドに検死審問はないの。誰かの死が疑わしかった場合、地方検察官という人の監視下で〝公的審問〟と呼ばれるものがおこなわれる。でも、殺人じゃないと思えば公的審問はそもそもおこなわれない。それで、わたしは今週ずっとグラスゴー・ヘラルド紙を見ていたけれど、審問のことは全然載っていなかった。だからって、おかしなことなんかなかったって意味になるわけでもないでしょ？」

コンパートメントは寒いぐらいに感じられた。アランは手を伸ばし、耳の横でヒュウヒュウ音を立てていた通気口の蓋をひねると、ポケットを探った。

「煙草はどうだい？」彼はパケットを取りだして勧めた。

「どうも。あなたが煙草を吸うとは知らなかった。嗅ぎ煙草の愛用者だと思ってた」

アランは渋い口調で訊ねた。「どういうわけで、僕が嗅ぎ煙草の愛用者だなんて想像したんだ？」

「あごひげの持ち主ならいかにも使いそうでしょ」キャスリンは心から厭わしそうな仕草であごひげを表現した。「しかも、煙草をそこらじゅうにこぼして。ぞっとするわ。胸の大きなあばずれもね！」

「胸の大きなあばずれ？　誰のことだい？」

「クリーヴランド女公爵よ」

アランは目をぱちくりさせて彼女を見た。「だが、ミス・キャンベル、きみはあの貴婦人をことさらにかばっていたじゃないか。二カ月半近くも、彼女をけなしたからと言って、きみは僕の人格をけなしつづけた」

「ああ、まあそれはね。あなたは彼女を嫌っているようだったからよ。だったら、わたしは彼女の肩をもつしかなかったでしょ？」

アランは彼女を見つめた。

「そんなことが」彼は膝を叩いた。「知的に誠実だといえるかい！」

「では、あなたは女が書いたとわかったからと言って、その本を故意にあざ笑い、小馬鹿にするのを、知的に誠実だというの？」

「だが、僕はあれが女の書いた本だとは知らなかった。きみのことをはっきりと〝ミスター・キャンベル〟と呼んでいたし――」

「それは読者をごまかすためだけのものだったのよ」

「いいかい」アランはかすかに震える手で彼女と自分の煙草に火をつけてから話を続けた。「はっきりさせようじゃないか。僕は女の学者に悪意などもっていない。これまでに出会った最高水準の学者には女もいたよ」

「その言いかたが小馬鹿にしてるのよ！」

「ミス・キャンベル、要は、あの本の著者が男か女か僕が気づいたとしても、なにも変わらなかったということだよ。誰が書いたとしても、まちがっていることに変わりはない」

「そう？」

「そうとも。それに、ここだけの話にしてほかの誰にも漏らさないから、どうか正直に打ち明けてほしい。クリーヴランド女公爵が小柄で赤褐色の髪だというきみの意見はまるきりまちがっていたと思っていると」

「そんなことをするわけないでしょ！」キャスリンは叫び、ふたたび眼鏡をかけ、とっておきの厳しい表情になった。

「聞いてくれ！」アランは絶望しながら言った。「証拠のことを考えてくれよ！　たとえば、新聞では使えなかったが、こんな引用がある。サミュエル・ピープスの逸話で――」

キャスリンはショックを受けたようだった。

「ちょっと待って、ドクター・キャンベル！　真剣な歴史学者のふりをしているあなたが、ピープスが理容師から又聞きした逸話を信用しようとしてるんじゃないでしょうね？」

「そうじゃないよ、マダム。論点がずれている。問題は、その逸話が真実か疑わしいかどうかじゃない。重要なのは、何度もこの貴婦人に会っているピープスが信じられたということだ。はっきり言おう！　彼はチャールズ二世と、当時はカースルメイン伯爵夫人だったクリーヴランド女公爵がそれぞれ体重を量ったと書いている。〝そして腹に子供がいるから、彼女のほうが重かった〟と。チャールズ二世のことを思い返してみると、痩せていたが身長は六フィートあって筋肉質なほうだったんだから、この貴婦人はかなり肉がついていたとわかる。

それに、ピープスの日記には、フランシス・スチュアート（チャールズ二世王妃の女官）との結婚式ごっこではクリーヴランド女公爵が花婿役を演じたと書かれている。フランシス・スチュアート自身もフライ級じゃなかった。ならば、小柄で体重の軽いほうの女が花婿役を演じたと推論することに果たして説得力があるかい？」

「それは推論でしかない」

「推論なのは認めるが、事実に裏づけされたものさ。次にジョン・レレスビー（十七世紀の政治家、日記作家）の記述がある――」

「スタインマンの説では――」

「レレスビーが明確にしているのは――」

「おい！」隣のコンパートメントから怒った声が割りこみ、金属のドアをコンコンと叩く音が続いた。「う、る、さ、い、ぞ！」

言い争っていたふたりはどちらもすぐさま静かになった。長いことうしろめたい沈黙が続き、車輪が飛ぶようにガシャンといい、ガタガタと揺れる音が聞こえるだけだった。

「明かりを消しましょう」キャスリンが囁いた。「そして灯火管制の鎧戸を開けて、外がどうなっているのか見るの」

「いいよ」

照明を消すスイッチがカチリと響くと、寝入りをじゃまされた隣のコンパートメントの客も満足したらしい。

暗闇でキャスリンのスーツケースを横にどけながら、アランは窓の引き戸式の金属の鎧戸を開けた。

彼らは静まり返った世界を猛スピードで走り抜けており、真っ暗な夜、紫にかすむ地平線沿いにサーチライトの迷宮だけが移動している。ジャックの豆の木もその入り組んだ白いビームほど高くは伸びないだろう。白いビームは踊り子たちのように動きを合わせて往復している。聞こえるのは車輪の響きだけで、サーチライトが探しているはずの巡航する爆撃機のスズメバチめいた呟きこむようなウーンウーン、ウーンウーンといううなり音さえしない。

「爆撃機はこの列車を追っていると思う？」

「どうだろうね」

落ち着かないが、気持ちの浮き立つような親近感がアラン・キャンベルのなかに湧きおこった。ふたりとも窓の近くで身体を寄せあっている。二本の煙草の先端が赤い丸に輝き、窓ガラスに反射して明滅してはおぼろげになる。キャスリンの顔はぼんやりと見えた。

先ほどと同じ強力な自意識がふたたび彼らを圧倒した。ふたりとも小声で同時にしゃべった。

「クリーヴランド女公爵は――」

「ウィリアム・ラッセル卿は――」

列車は速度をあげた。

## 3

翌日、スコットランドの黄金の日射しに照らされる最良の季節の爽(さわ)やかな午後三時、キャスリン・キャンベルとアラン・キャンベルは、アーガイルシャー州ダヌーンのひとつきりのメインストリートを成す丘をのぼっていた。

定刻では朝六時半に到着するはずだった列車が実際にグラスゴーまでたどり着いたのは、午後一時だった。この頃までに、アランたちは餓死しそうなほど強烈に腹を空(す)かせていたが、まだ昼食にありついていなかった。

どちらのキャンベルにとってもなにを話しているのか難解だったが、気立てのいいポーターから、グーロック行きの列車が五分後に発車することは伝わった。それでふたりはその列車に慌てて乗りこみ、昼食もとらぬままクライド川と湾に沿って進んでいった。

その朝、目を覚ましたアラン・キャンベルは大いに慌てた。乱れ髪にひげも剃らず車両のクッションにもたれており、肩にはきれいな若い女が頬を預けていたからだ。

だが、バラバラになった理性をかき集めると、この状況はなんと好ましいのだろうと感じた。冒険心が彼のお堅い魂めがけてまっすぐ飛びこみ、彼を酔わせていた。たとえプラトニックであっても、女と一夜を過ごし、ふたりのあいだのわだかまりをなくすことほど最高なものはない。アランは窓の外をながめて風景がイングランドと同じであると知って驚いたし、やや失望もした。まだ花崗岩（かこうがん）の崖もヒースも現れないのだ。ロバート・バーンズを引用する口実がほしかったというのに。

やましいことのないふたりは、閉じたドア越しに水の跳ねる音を響かせながら、ダンビー伯爵トマス・オズボーン（チャールズ二世の側近）の一六七九年の財政改革方針についての手厳しい議論に声を張りあげ、それぞれ顔を洗って服を着替えた。彼らはグーロック行きの列車のなかでさえも、空腹をうまく隠していた。だが、クライド湾を渡ってダヌーンまでふたりを運ぶずんぐりした黄褐色の煙突のある汽船に乗り、階下で食事ができると知ると、大麦と野菜のスープ（スコッチブロス）そしてラムのローストをがつがつと無言で食べた。

ダヌーンは鋼色（はがねいろ）の湾沿いで、なだらかに広がり紫にけぶる丘にかこまれた白、灰色、薄茶色の屋根が並ぶ町だった。どこの家にでも飾ってある下手なスコットランド風景画をましにしたように見えた。違いといえば、たいていそうした絵にはいる鹿が、この実際の風景にはいないくらいだ。

「ようやくわかったよ」アランは言い放った。「なぜあれだけ稚拙な絵が多いのか。下手な画家はスコットランドにあらがえないんだ。紫色や黄色なんかを塗りたくり、水の色とのコントラストを強調する絶好の機会をあたえてくれるから」

キャスリンはそんなことは戯言(たわごと)だといなした。それに、汽船がドドドドと音をたてながら桟橋に横づけしたとき、民謡の〈ロッホ・ローモンド〉の口笛をやめなければ気が狂うとも言った。

　桟橋にスーツケースを置いて道路を渡り、がらんとした観光案内所でシャイラにむかう車の手配をした。

「シャイラですって？」イングランド人のように話す元気はなさそうな係員が言った。「だいぶ人気の場所になってきたようですね」彼は、アランがのちに思いだすことになる奇妙な視線をふたりにむけた。「この午後にはもうひとりがシャイラに行かれますよ。相乗りでよければ、安くあがりますが」

「金などいくらかかってもいいじゃないか」それはアランがダヌーンで発した初めての言葉で、かろうじてまだ壁から落っこちていない広告ポスターの文言を読みあげただけだった。「とはいえ、お高くとまっているとは思われたくないね。もうひとりというのもキャンベルという人では？」

「いえ」係員はメモ帳を見て答えた。「この紳士の名前はスワンですね。チャールズ・E・スワンです。五分足らず前に来られたばかりで」

「聞いたことがない名前だな」アランはキャスリンを見やった。「城の相続人だったりするかい?」

「まさか!」キャスリンが言う。「相続人はドクター・コリン・キャンベル。アンガスのすぐ下の弟よ」

係員はますます妙な表情をしていた。「そうですね。昨日、わたしどもでそのかたを城にお送りしましたよ。大変自信家の紳士で。それで旦那さん、ミスター・スワンの車に相乗りしますか、それともご自分たちだけで車を使われますか?」

キャスリンが口をはさんだ。

「もちろん、ミスター・スワンと相乗りするわ、先方が構わなければね。名案よ! 偉ぶって結構な額を散財するなんてとんでもない! 車はいつ準備できます?」

「三時半に。三十分ほどしたらもどられてください、車を用意しておきますので。では失礼します、マダムに旦那さん。ありがとうございました」

彼らは満足してうららかな日射しの下に出ると、メインストリートを歩いてウィンドウショッピングを始めた。大半は土産物店のようで、どこを見てもタータンチェックが飾られていて目がチカチカする。タータンのネクタイ、タータンのマフラー、タータン装丁の本、タータン柄のティーセット、タータンを着た人形、タータン柄の灰皿——たいていはもっとも目立つロイヤル・スチュアートの柄だった。

　アランはどんなに頑固な観光客でも打ち負かされる、土産を買いたいという強い欲望に悩まされるようになった。キャスリンに水を差されて思い留まってはいたのだが、それもしばらく歩いて右側にある紳士服飾品店に到着し、ショーウィンドウ内にキャンベル・オヴ・アーガイル、マクラウド、ゴードン、マッキントッシュ、マックイーンと、よりどりみどりの壁に飾る各氏族のタータンの盾が並んでいるのを目にするまでの話だった。これにはさすがのキャスリンも抵抗できなかった。

「素敵ね」彼女は打ち明けた。「店に入りましょう」

　ドアのベルが鳴ったものの、カウンターをはさんで言い争いがおこなわれており、聞かれていなかった。奥に立つのは、手を組んだいかめしい顔つきの小柄な女。手前に立つのは、大柄でよく日焼けした顔をした三十代後半の若々しい男で、中折れ帽を後ろに傾けて額を出している。彼は何種類ものタータンのネクタイを首にかけていた。

「とてもいい品だねえ」彼は気遣いを見せてはいた。「だが、どれも俺のほしい品じゃない。マクホルスター氏族のタータンのネクタイがほしいんだよ。いいかい？　マクホルスター。綴りはM・a・c・H・o・l・s・t・e・rで、マクホルスターだよ。マクホルスター氏族のタータンは見せてもらえないのか？」

「マクホルスター氏族なんて、いやしません」女店主が言う。

「あのねえ」若々しい男は片肘をカウンターについて身を乗りだし、細い人差し指を彼女の顔にむけた。「俺はカナダ人だが、身体にはスコットランド人の血が流れていて、それを誇りにしてるんだよ。子供の頃からずっと、親父にこう言われてきた。〝チャーリー、いつかスコットランドに足を運び、アーガイルシャーにまで行けることがあれば、マクホルスター氏族を探すんだ。俺たちはマクホルスター氏族の子孫なんだ。おまえのじいちゃんが何度もそう語ってたからな〟と」

「だから言ってるじゃないですか。マクホルスター氏族なんて、いやしません」

「けど、マクホルスター氏族のはずなんだよ！」若々しい男は両手を広げて訴える。「マクホルスター氏族がいてもおかしくないじゃないか？　スコットランドにはこれだけの氏族と人々がいるのに？　マクホルスター氏族がいてもいいだろう？」

「そんなことを言うなら、マクヒトラー氏族だっていてもおかしくないでしょうね。でも、そんなもの、いやしません」

客が落胆して途方に暮れていることはありありと伝わったので、女店主は彼に同情した。

「お客さん、いまはなんて名前なんですか？」

「スワンだ。チャールズ・E・スワン」

女店主は宙をにらんでしばし考えた。

「スワン。だったら、マックイーン氏族かもしれません」

ミスター・スワンはこの言葉に熱っぽく飛びついた。「それは俺がマックイーン氏族の一員ということかい？」

「はっきりとは言えやしませんよ。そうかもしれないし、そうじゃないかもしれない。スワン家のなかにはマックイーンの血筋がいますんで」

「ここにマックイーンのタータンはあるのかい？」

女店主はその柄のネクタイを彼に見せた。目を引くことはまちがいのない濃い真紅の地色で、ミスター・スワンはたちまち夢中になった。

「すごく気に入ったぞ！」彼は熱心な口調で宣言し、振り返ってアランに同意を求めた。「賛成してくれるだろう、そこの御仁（ごじん）？」

「美しいね。ただ、ネクタイにはちょっとばかり派手じゃないかな？」

「そうだけど、俺は気に入った」ミスター・スワンは考えこみながら同意したいところだけ同意し、画家が遠近感をたしかめるように腕を伸ばしてネクタイをもった。「そうだ。これこそ、俺のためのネクタイだ。一ダースもらおう」

女店主は動揺した。

「い、い、一ダースですか？」

「そうさ。いけないかい？」

女店主は警告めいた口調にしなければと感じたようだ。

「一本が三シリング六ペンスになるんですけど」

「結構だ。包んでくれ。もらっていくよ」

女店主が大急ぎでカウンター奥のドアから店の裏へとむかい、スワンは自信に満ちた雰囲気で振り返った。キャスリンに敬意を表して帽子を脱ぐと、もつれた赤褐色の細い髪があらわになった。

「あのさ」彼は低い声で打ち明け話をする。「俺はこれまでにあちこち旅をしてきたんだけどね。でも、ここまで妙ちきりんな国に足を踏み入れたことはなかったね」

「そうかな？」

「そうだよ。ここの人たちがやることと言えば、あっちこっちでスコットランド式の駄洒落を飛ばしあうことみたいだ。そこの先にあるホテルのバーに立ち寄ったら、地元のコメディアンがその駄洒落だけで大喝采をもらってたよ。それだけじゃない。俺はロンドンからの列車で今朝到着したから、この国にやってきてほんの数時間なんだが、長々と引き留められて四回も同じ駄洒落を別々の相手から聞かされた」

「僕たちはまだそんな経験はしていないな」

「でも、俺はしたんだ。ほら、人が俺の話しかたを聞くだろう？　そうしたらみんなこう言うんだよ。〝あんた、アメリカ人だね？〟と。そうしたら俺は〝いや、カナダ人だよ〟と答える。でも、みんなそれじゃ引き下がらないんだ。〝聞いたことがあるかい、兄のアンガスのことを。ブラッドハウンドに、においすらあたえなかったんだが？〟って」

彼は反応を期待して間を置いた。

聞き手ふたりの顔は無表情のままだった。

「わからないのか？」スワンが訊ねる。「ブラッドハウンドに、一セントすらあたえなかった、ってこと。セントとにおいを引っかけたケチってジョークさ」

「ジョークのオチは」キャスリンが答えた。「とてもはっきりしてるけれど――」

「いや、俺だってウケると言ってるんじゃない」スワンは慌てて請けあった。「俺はただ、妙ちきりんだって言ってるだけだよ。姑が姑をネタにした最新の駄洒落を言いあう、なんて普通はないじゃないか。イングランド人も駄洒落のオチを誤解するイングランド人について駄洒落を言いあう、なんてしないだろ」

「イングランド人というものは」アランは興味をかきたてられて訊ねた。「一般的に駄洒落のオチを誤解するものと思われているのかい？」

スワンは少々顔を赤らめた。

「いや、カナダとアメリカでよくそう言われていてね。悪気はないよ。ほら、こういうことだ。〝どれだけ固く湿らせてもスポンジじゃ釘は打てない〟のツボを読みとれず、〝どれだけ懸命に濡らしてもスポンジじゃ釘は打てない〟と解釈するんだよ。いや、待ってくれよ、この駄洒落だってウケるって言ってるわけじゃないから。俺はただ――」

「気にしないでいい」アランは言った。「僕が本当に訊ねたかったのはね、きみは今日の午後にシャイラに行くハイヤーを頼んだミスター・スワンかってことさ？」

スワンのよく日焼けした顔には、どうしたことか、はぐらかそうとするような表情が浮かび、目尻や口元に細い皺が寄った。彼は身構えたようだった。

「ああ。そのとおり。なぜだい？」

「僕たちもそこへ行くので、相乗りしても差し支えないかと思っててね。僕はキャンベル、ドクター・キャンベルだ。こちらは、ええと、いとこのミス・キャスリン・キャンベル」

スワンはこの紹介を聞いて会釈をした。表情が変わって人のよさそうな明るい顔になった。

「差し支えなど全然ないよ！　ご一緒できて嬉しいかぎりさ」彼は心からそう言った。薄い灰色の目が活気づいてくるりと動いた。「キャンベル家の親戚ってわけなんだね？」

「遠縁だがね。きみのほうは？」

はぐらかそうとする表情がふたたび見えた。

「あんたたちは俺の名前も、俺がマクホルスターかマックイーンの親戚ということも知ってるんだから、キャンベル家の親戚のふりなんかできるわけないじゃないか？　そこで、教えてほしいことがあるんだが」彼は内緒話をするような口調になった。「ミス、あるいはミセス・エルスパット・キャンベルについてなにか知ってることは？」

アランは首を振ったが、キャスリンが助け船を出した。

「エルスパットおばさんのことね？」

「俺は残念ながら彼女のことはなにも知らないんだよ、ミス・キャンベル」

「エルスパットおばさんは」キャスリンが答える。「本当のおばさんでもないし、名前はキャンベルでもないけれど、みんなそう呼んでいるの。彼女が何者でどこの出身なのか誰もよく知らない。四十年くらい前のある日、ふらりとやってきて、それ以来ずっとあそこに住んでいる。シャイラの女たちのまとめ役みたいなものよ。九十歳近いはずで、おっかないんですって。ただ、わたしは一度も会ったことがないんだけれど」

「ほう」スワンはそう言っただけで、意見を口にしようとはしなかった。女店主がネクタイの包みを手にもどってきて、彼は支払いをした。「そのハイヤーに遅れたくなければ、そろそろむかったほうがよさそうだね」

女店主に丁寧な別れの言葉を告げると、スワンはふたりのために店のドアを開けて押さえた。

「むこうまではかなりの道のりだろうし、俺は暗くなる前にもどりたいんでね。城には泊まらない。この町でも灯火管制はあるんだろう？　今夜こそ、ぐっすり眠りたいな。ゆうべは列車で眠れなくてね」

「列車では眠れないたちなのかい？」

「そうじゃないんだ。隣のコンパートメントの夫婦がクリーヴランド出身のおかみについてものすごい言い争いをしていて、俺は一晩じゅうほとんど目を閉じられなかったのさ」

アランとキャスリンはすばやく、ばつの悪い視線をかわしたが、スワンは自分の不満のことで頭がいっぱいだった。

「俺はオハイオ州に住んでいたことがあって、あの町のことはよく知ってるんだ。それで聞いてたんだよ。けど、話の中身はよくわからなくてさ。ラッセルという男と、それからもうひとりチャールズという男も話に出てきたな。けど、クリーヴランド出身のおかみが、ラッセルそれともチャールズ、はたまた隣の夫婦の夫、その誰と浮気してるのか、俺にはさっぱりわからなかった。聞いても聞いてもなんもわからんというやつだ。俺は壁をノックしたが、夫婦が明かりを消した後だって――」

「ドクター・キャンベル！」キャスリンが警告の大声をあげた。

だが、秘密は露見してしまった。

「申し訳ないが」アランが言う。「それは僕たちだったに違いないな」

「あんたたち？」そう言ったスワンは暑くてまばゆい、眠気を誘う通りでぴたりと足をとめた。彼の視線はキャスリンの指輪のはまっていない左手にむけられた。その視線は未婚ということを頭に記録しているようだった。

そこで彼は突然あからさまに話題を変えて先を続けたが、流暢（りゅうちょう）な話しぶりにもぎこちなさがはっきりと現れた。

「とにかく、ここじゃ食料不足をまったく感じさせないのはたしかだ。食料品店のショーウィンドウを見てくれ！　あそこにあるのはハギスだ。あれは――」

キャスリンの顔は真っ赤だった。

「ミスター・スワン」彼女は手短に言う。「あなたが誤解していると説明させてもらってもいいかしら？　わたしはハーペンデン女子カレッジ歴史学部の教員で――」

「ハギスを見るのは初めてだが、うまそうな見た目とは言えないな。あんなに肉そのままの生生しいのはほかにないよ。あっちのボローニャ・ソーセージのスライスみたいなのはアルスター・フライ（北アイルランドの朝食名。この朝食に含まれるブラック・プディングを指したものか）って呼ばれるものだ。あれは――」

「ミスター・スワン、どうかわたしの話を聞いてもらえません？　こちらの紳士はハイゲートのユニヴァーシティ・カレッジのドクター・キャンベルよ。わたしたちはどちらも、あなたの考えているようなことはなかったと——」

またもやスワンはぴたりと立ちどまった。誰にも聞かれていないかたしかめるようにあたりを見まわしてから、低くまじめくさった早口でしゃべった。

「あのねえ、ミス・キャンベル。俺は心が広いんだよ。事情はよくわかってるから。そもそもこんな話題をもちだして申し訳なかった」

「ちょっと！」

「眠れなかったと騒いだが、ほとんどは寝台のせいだったんだよ。あんたたちが明かりを消してすぐに寝ついたから、その後はまったくなにも聞こえなかった。だから、俺の言ったことは忘れようじゃないか？」

「それがいちばんのようだね」アランは同意した。

「アラン・キャンベル、まさかこのまま……」

スワンがその場を取りなすような態度で前方を指さした。快適そうな青い五人乗りのオープンカーが観光案内所の前にとまっており、キャップ、制服、ゲートル姿の運転手がもたれている。

「太陽の戦車（チャリオット）もある」スワンは言いたした。「それに俺にはガイドブックもあるんだ。さあ、楽しくやろうじゃないか？」

## 4

こぢんまりとした造船所の前を通り過ぎ、続いてホーリー・ロッホに沿って走り、びっしりと木立に覆われたいくつもの丘のふもとを進み、坂を登り、ヘザー・ジョックを越えてロッホ・エック沿いのどこまでも続く長くまっすぐな道に入ると、車はスピードをあげた。

彼らはすぐさま運転手が気に入った。

がっしりして、赤ら顔にひときわ鮮やかな青い目をした饒舌（じょうぜつ）な男で、たいていのことをひそかに面白がれる気質だった。スワンは運転手の隣に座り、アランとキャスリンが後部座席に収まった。スワンは運転手の訛（なま）りに魅了されるようになり、しまいにはその真似をしようとした。スワンは面白がってこの言葉に飛びついた。それからどのような形であっても、たとえ家一軒を流せるような山中の奔流（ほんりゅう）であっても、流れる水はウィーバーンということになった。スワンは川にみなの注目を集めては運転手の発音にどれだけ似せられるか実験するといわんばかりに、死に際の者が喉を鳴らすように、あるいは無理矢理に引き延ばしたうがいのように、Rを発音してみせた。

丘の中腹にちょろりと流れる川を指した運転手がこれは〝ちっぽけな小川（ウィーバーン）〟だと言った。

そんなスワンの振る舞いはしつこくて、アランはかなり不愉快になるほどだったが、別にアランが気にする必要はなかった。なにしろ運転手本人が気にしていない。たとえれば、イギリス人俳優のサー・セドリック・ハードウィックが自分のキングス・イングリッシュの純粋さについて、アメリカの俳優のミスター・ジミー・〝デカッ鼻〟・デュランテが面白おかしくコメントする評を聞いているようなものだった。

スコットランド人を気むずかしいとか打ち解けないとか考えている者は、この運転手の話しっぷりを聞くべきだとアランは思った。彼に話をやめさせるのは不可能だった。通り過ぎるすべての場所について事細かにしゃべったし、驚いたことに、後でスワンのガイドブックと照らしあわせると正確だったとわかった。

運転手は、普段の仕事は霊柩車の運転だと言った。遺体を運ぶ栄誉に与(あずか)った、たくさんの立派な葬儀について詳しく慎ましい誇りをもって語り、彼らを楽しませた。ここでスワンは質問するきっかけを得た。

「一週間ほど前に葬儀で霊柩車を運転したんじゃないかね？」

彼らの左には、ロッホ・エックが古く変色した鏡のように、連なる丘のあいだに横たわっていた。しぶきもさざ波もまったく立っていない。露出した岩のてっぺんまで延びてそこを取りかこむ樅(もみ)と松の丘にも動くものはない。人の心を麻痺させるのは、完全なる静けさ、そして世界から遮(さえぎ)られているが、それでもなにものかが存在していると意識させられる感覚だった。あたかもこの丘には、争いの名残(なごり)である氏族の傷んだ盾がいくつもまだ眠っているかのようである。

運転手は長いこと黙り、大きな赤らんだ手でハンドルを握りしめていたから、聞こえなかったのか、意味がわからなかったのかと彼らは思った。そんなとき、運転手は口を開いた。

「そいつはシャイラのキャンベル旦那に違いねえ」

「ほいな(アイ)」スワンがいたってまじめに答えた。このスコットランドの言いまわしはすぐ人にうつる。アラン自身も口にしそうになったことが何度もあった。

「お客さんたちもキャンベルの人間であらっしゃる?」

「こちらのふたりはそうだ」スワンが答えて首をぐっと後部座席のふたりにむけた。「俺はマクホルスターだよ。マックイーンと呼ばれることもある」

運転手は首を巡らせて彼をじっと見つめた。だが、スワンはあくまでも真剣だ。

「キャンベルの人間ば昨日ひとり車に乗っけましたよ」運転手がしぶしぶ言った。「コリン・キャンベルといったね。自分と同じようにれっきとしたスコットランド人で。ただ、イングランド人みてえにしゃべりましたがね」

運転手の表情は曇った。

「あんなに喧(やかま)しくて怒鳴りちらすのは聞いたことがねえですよ! そん上に神を信じてなくて、そいつを認めることをちっとも恥だと思っちゃいねえ! 手当たり次第に悪口を浴びせられたし」運転手は眉間(みけん)に皺(しわ)を寄せた。「シャイラは気味のよか場所じゃねえと言ったからって。本当のこつば言っただけなのに」

ふたたび重苦しい沈黙が流れ、タイヤが歌うのみだ。

「気味のよか、というのは僕が思うに」アランは言った。「不気味の反対ということだね？」

「ほいな」

「だが、シャイラが気持ちのいい場所じゃないとしても、どんないけないことがあるんだい？幽霊とか？」

運転手はスタンプを押すかのように、ゆっくりと力強くハンドルを叩いた。

「幽霊だなんて言ってねえですよ。なにかあるなんて言ってねえ。気味のよか場所じゃねえと言ってるんであって、それは嘘じゃねえんで」

スワンが低く口笛を吹いてからガイドブックを開いた。車がガタガタ揺れながら走っていくにつれ、伸びてきた午後の日射しの黄金色が薄まっていった。彼はインヴァレリについて書かれた項目を開いた。声に出して読みあげる。


幹線道路から町に入る前に、旅行者は左手のシャイラ城をお見逃しなく。

この建物に建築という点で興味深い要素はまったく見られない。十六世紀の終わり頃に建てられ、それ以来増築を重ねてきたものだ。南東の端にある円錐形のスレートの屋根の円塔が目印となる。塔は高さ六十二フィート（約十九メートル）で、この建物の野心的な計画において最初に着手されたものと考えられているが、計画はのちに放棄されている。

――

この城の言い伝えは一六九二年に生まれたもので、同年二月のグレンコーの虐殺の後スワンはみずから口をはさんだ。

「待ってくれ！」彼はそう言った。あごをさすっている。「グレンコーの虐殺は聞いたことがあるぞ。たしか、デトロイトで学校に通った頃に……こりゃまた彼はどうしたんだ？　おい！」

朗(ほが)らかさを取りもどしていた運転手が、黙ったままひそかに面白がっていたところ、それが堪(こら)えきれなくなり、発作のように上半身をよじり、とうとう目には涙を浮かべた。

「どうした、親方？」スワンが訊ねる。「何事だ？」

運転手は息を詰まらせた。ひそかに笑いを堪えていたのが責め苦のようになったらしい。

「思ったとおりお客さんはアメリカ人だったんで」彼はそう言う。「さあ、質問でさ。聞いたことがなかですか、兄のアンガスについて。ブラッドハウンドに、においだってやらなかったんですが？」

スワンはぴしゃりと額を叩いた。

「いやいや、わからねえですか？　ユーモアのセンスっちゅうやつがなかですか？　一セントとにおい(セント)を引っかけたケチっていう駄洒落ですよ」

「大変興味深いことに」スワンが答える。「それはちゃんとわかるよ。それから、俺はアメリカ人じゃない。デトロイトの学校に通ったが、カナダ人だ。今日また誰かに兄のアンガスの駄洒落を振られたら、俺はそいつをぶち殺してやる。それで思いだしたことがあるぞ——ゲラゲラ笑うのはやめられないのか？　スコットランド人らしく、まじめくさっていてくれよ！

とにかく、このグレンコーの虐殺についてだ。ずっと前に学校の劇で演じたよ。誰かが誰かを虐殺したんだ。マクドナルドがキャンベルを殺したのか、それとも逆だったのか思いだせないんだが」

彼に答えたのはキャスリンだった。

「もちろん、キャンベルがマクドナルドを殺したのよ。ところで、このあたりではまだその事件を話題にしてはいけないんじゃないの？」

運転手は目元から涙を拭いてふたたび真顔になると、いまではそんなことはないと請けあった。

スワンがガイドブックをまた開いた。

この城の言い伝えは一六九二年に生まれたもので、同年二月のグレンコーの虐殺の後、グレンライアンのキャンベル氏族からなる軍勢の兵士だったイアン・キャンベルが、激しい後悔の念に駆られ、円塔のいちばん上の窓から投身自殺を図って地面の敷石で脳天をかち割ったという。

スワンは顔をあげた。

「先日、じいさまに起こったのと同じじゃないか？」

「ほいな」

別の言い伝えでは、この自殺は後悔によるものではなく、彼の犠牲者のひとりが〝存在〟し、メッタ斬りにされた身体で彼を部屋から部屋へと追いかけ、ついに彼はどうしようもなくなって、触れられないために——

スワンはパタリとガイドブックを閉じた。「後は言わないでもわかりそうだな」そうつけたして目を細めた彼の声は穏やかになった。「ところで、なにがあったんだ？　じいさまは塔のてっぺんで寝起きはしてなかったんだろう？」

だが、運転手はつられなかった。その態度は、質問なんかするな、そうすれば嘘を言わなくても済むとにおわせていた。

「すぐにロッホ・ファインが、それからシャイラが見えますんで」彼はそう言う。「ああ！　いい、ほんら！」

分かれ道にたどり着き、車はストラチャーで右に曲がることになった。ここで目の前に輝く湖水が広がった。ひとりとして心から感嘆の叫びをあげないでいられる者はいなかった。

ロッホ・ファインは長く幅もあり、左手の南方向にどこまでも続いていた。この南のほうはカーブしており、日射しを浴びた水面は銀色に輝き、どっしりした土手のあいだを何マイルも流れてクライド湾に合流することになる。

だが、北は陸にかこまれていた。幅は南より狭く、時間を超越した静けさをたたえ、きらめく水面はスレートの色であり、三マイルほど先の楔形の端まで広がっている。湖を取りかこむのは、地面の茶色を縁取ろうとするかのようになだらかに積み重なった黒や暗い紫の丘で、ところどころ、薄い紫のヒースや濃い緑の松や樅を日射しがまだらに照らしている。

北の楔沿い、湖のむこう側には木立に隠れつつ低層の白い家並みがうっすらと視界に入った。教会の尖塔が見える。特に大きな丘の上には見張り塔のような点。空気がとても澄んでいるから、これだけの距離があっても、アランには静止した水面に白い家並みが映っているのがはっきり見えた。

運転手が指さした。

「インヴァレリでさ」

車は飛ぶように走った。スワンは風景に見とれているらしく、ウィーバーンを指さすのも忘れているくらいだった。

ここまで目にしたのと同じようにとても立派な道は、湖畔とまっすぐ平行に走って北まで続いていた。つまり対岸にあるインヴァレリにたどり着くには、湖の北端まで走ってぐるりとまわり、むこうの湖畔沿いをまた南にもどる形で自分たちがいまいる場所の真向かいを目指すわけだ。

少なくともアランはそう考えた。インヴァレリはいま、とても近くに見える。輝く湖水のもっとも幅の狭いところを渡ったところにある。アランがどっしりとシートにもたれ、広大で力強い丘に心を癒やされていると、車が急にとまって運転手が降りた。

「さあさ、降りてください」彼は笑顔になった。「ドナルド・マクリーシュがここにボートを置いてると思うんでね」

一行は運転手を見つめた。

「ボートと言ったかね?」スワンが大声で訊ねる。

「ほいな」

「だが、なんのためにボートを使うんだ?」

「お客さんたちを渡すために」

「でも、道路がそこにあるじゃないか? 車を運転していって、ぐるりと湖をまわって対岸のインヴァレリには行けないのかね?」

「ボートを漕げる腕があるなら、ガソリンの無駄でしょうに?」運転手はとんでもないと言わんばかりに訊ねた。「うん、そんなこつば言わんで! 降りてください。道を行けば五、六マイルありますよ」

「そうね」大いに苦労をして真顔を保っているらしきキャスリンがほほえんだ。「わたしは湖を渡っても全然平気」

スワンが妥協した。「俺だってそうだよ。ほかの誰かが漕いでくれるならだが。でも、すっきりしないなあ!」彼は派手な身振りを見せた。「どうしてそんなことを考えるんだ? あんたのガソリンじゃないだろう? 会社のものなんじゃないか?」

「ほいな。でも、無駄ってえのに変わりねえですよ。さあさ、ボートに」

大げさなほどにしかめ顔をした三人組は、日の暮れかかった静けさのなか、上機嫌の運転手がオールを漕ぐボートで湖を渡された。

キャスリンとアランはスーツケースを足元に置き、インヴァレリにむかうボートの船尾に座った。水面が空よりも明るく光る時間帯で影ができていた。

「ブルル！」しばらくするとキャスリンが言った。

「寒いのかい？」

「少しね。でも、そういうことじゃない」彼女はいまでは船頭役を務める運転手を見やった。「行き先はあそこなんでしょう？　この先の小さな船着き場があるところね？」

「そういうことです」運転手は振り返って同意した。オール受けが激しくきしむ。「たいして見所はねえですが、よかですかね、アンガス・キャンベルの旦那はたんまり財産を残したって話ですよ」

無言で彼らは目の前に大きく迫るシャイラ城を見つめた。

インヴァレリの町からは少々距離があって湖に面している。古びた石と灰色に塗られた煉瓦造りで急勾配のスレートの屋根、水際に沿って漠然と建てられた印象だ。キャスリンが〝まとまりがない〟と列車で話していたことをアランは思いだした。

大半の人が目に留めるのは塔だ。ところどころ苔むした灰色の石で作られた円柱形で、家の南東の角で円錐形のスレートの屋根へと伸びあがっている。湖に面した側には窓はひとつしかないようだ。格子窓で、明かり取りの窓がふたつ屋根近くに配してある。窓から家の前の地面を覆うでこぼこした敷石までは六十フィート（約十八メートル）近くあるに違いない。アランはその窓からの墜落というぞっとする出来事があったことを考えて、落ち着かずに身じろぎした。

「なんだか」キャスリンがためらいながら言う。「どちらかと言えば――原始的な建物ね？」

「ブー！」運転手が大いに軽蔑するように言った。「あそこには電気の照明があるんですよ」

「電気の照明？」

「ほいな。それに化粧室も。もっとも、自分の目でしっかり見たわけじゃねえですが」ふたたび首を巡らせて振り返った彼の顔は暗くなっていた。「そこの小さか船着き場に立ってこっちをながめる男が見えますか？　あれがさっき話に出たドクター・コリン・キャンベルみてえですよ。マンチェスターだかどこだかの腐れ異教徒の町で開業してる医者で」

船着き場に立つ人影は風景の灰色と茶色に少し混ざりあったようになっていた。背は低いが横幅は広くがっしりとして、力強く威嚇（いかく）するように肩をあげている。古びた狩猟用上着、コーデュロイの乗馬用ズボン、ゲートルといういでたちで両手をポケットに突っこんでいる。

アランがあごひげと口ひげのある医者を見たのはずいぶんとひさしぶりだった。刈りこまれているというのにだらしがなく、ぼさぼさの髪と相まってぼさぼさの印象をあたえる。髪の色は敢えて言えば茶だが、黄色か、あるいは灰色と言ったほうが近いかもしれない色合いを帯びていた。コリン・キャンベルはアンガスのふたりの弟のうち年上のほうで、六十代なかばか後半なのだが、もっと若く見えた。

ボートを降りるキャスリンにアランが手を貸し、スワンが彼らに続いて這（は）うように降りるのを、コリンは穿鑿（せんさく）するように見ていた。その態度は無愛想ではないのだが、ずっとピリピリしたところが窺える。

彼は低く深みのある声で訊ねた。「で、おまえたちは何者なのかな？」

アランがそれぞれを紹介した。コリンはポケットから手を出したが、握手を申しでようとはしなかった。

「だったら、おまえたちも家に入ったほうがよさそうだ。そうじゃないか？　みんなここに集まっているからな。地方検察官、法律代理人、保険会社の男と勢揃いだ。アリステア・ダンカンの差し金だろう？」

「事務弁護士のことですか？」

「法律代理人」コリンは訂正して凄みを帯びた形相でにやりとしたが、アランはその笑顔がむしろ気に入った。「法律代理人とスコットランドでは言うんだ。そう。意味は同じだ」

彼はスワンにむきなおり、ぼさぼさの眉を獅子のような目の上で寄せた。

「おまえは名をなんと言ったか？　スワン？　スワンだと？　スワンなどという者は知らないが」

スワンが身構えるようにして言う。「俺がここにやってきたのは、ミス・エルスパット・キャンベルに頼まれたからだよ」

コリンは彼を見つめた。

「エルスパットが呼んだだと？」彼はうなるように言う。「エルスパットが？　まったくな！

わたしは信じないぞ！」

「どうして？」

「医者と牧師のほかは、エルスパットおばさんは生涯誰も呼んだことがないんだ。人でも物でも自分の目で見たがったのは、兄のアンガスとロンドンのデイリー・フラッドライト紙だけ。まったくな！　あの女はますますおかしくなってきた。デイリー・フラッドライト紙を端から端まで読み、寄稿者の名前を全部覚え、くだらんことについてペラペラ話すんだが、なんのことかさっぱりわからない」

「デイリー・フラッドライト紙？」キャスリンが取り澄まして軽蔑するように言った。「あの嫌らしいゴシップ紙を？」

「なあ、おい！　お手柔らかに頼むよ！」スワンが反論する。「それは俺が働いている新聞だからね」

ここで全員が彼を見つめることになった。

「まさか記者じゃないわよね？」キャスリンが息を呑んだ。

スワンがなだめようとして、大まじめに言った。「なあ、いいかい。大丈夫だって。あんたとドクター・キャンベルが列車の同じコンパートメントで寝てたっていう話を使うつもりはない。まあ、使うしかなくなったら別だがね。俺はただ――」

コリンが出し抜けに、思いがけず喉を震わして豊かな笑い声をあげて話を遮った。膝を打ってから姿勢を正し、全世界にむけて話しかけるような雰囲気になった。

「記者だと？　いいんじゃないか？　おまえも来るといい！　マンチェスターとロンドンにもこの話を広めてはどうだ？　うまくやってくれ！　それから、一族の学者ふたりが列車でいかがわしいことをしていたというのは、どういうことだ？」

「僕から説明を――」

「なにも言わないでいい。おまえはなかなか見所があるじゃないか。まったくな！　若い世代の生きのよさも少しは見たいからな。わたしたちがかつてもっていたような。まったくな！」

彼はアランの背中を叩いて肩に太い腕をまわし、揺さぶった。愛想のよさが彼の辛辣（しんらつ）な部分を覆い隠している。これだけのことを夕方の空に怒鳴っておいてから、続いて、内緒話をするように声を落とした。

「残念ながら、ここではおまえたちを同じ部屋に寝かせることはできない。ある程度の節操は保たねばならないからな。だが、隣りあった部屋にしてやろう。ただし、エルスパットおばさんにはこのことは言わないように気をつけろ」

「あの！　どうか聞いて――」

「おばさんはしきたりにとんでもなくうるさくてね。自分が四十年もアンガスの愛人だったのにな。まあ、ここスコットランドでは慣習法（コモンロー）で内縁の妻の立場を手に入れているが。さあ、なかへ！　そこに立って妙な顔をするな！　なかへ入れ！　ジョック、スーツケースを陸にあげろ。注意してな！」

「自分の名前はジョックじゃないんで」ボートを漕いできた運転手はぐらつきながらボートの

なかで飛びあがった。

コリンはひげのあるあごを突きだした。

「ジョックだ」彼は言い返した。「わたしがジョックと言えばジョック（スコットランド人への呼びかけに使われる言葉）なんだ。それをしっかり頭に叩きこんでおくようにな、若いの。金がほしいか？」

「あんたからはいらないよ。自分の名前は――」

「だったら、よかった」コリンは小包かなにかのように、ふたつのスーツケースをいとも簡単に両脇に抱えていた。「おまえにやるような金があるかどうかわからないからな」

彼はほかの者たちを振り返った。

「そういうことだ。アンガスがアレック・フォーブスかほかの者に殺されたか、あるいは事故であの窓から落ちたのならば、エルスパットとわたしは金持ちだ。エルスパットも、働き者で文無し開業医のわたしも、どちらも金持ちだ。だが、アンガスが自殺したのであれば、ビタ一文、金は受けとれないときている」

## 5

「でも、聞いた話では――」アランは話そうとした。

「あのけちんぼじじいは金持ちだと聞いていたんだろう？　そうだ！　みんなそう思っていた。

だが、よくある話というやつなんだ」コリンの次の言葉は陰気で謎めいていた。「アイスクリーム！　トラクター！　ドレークの黄金！　けちんぼがもっと金持ちになれると考えるときは、そいつはカモになっていると思っていい。

アンガスがどこまでもけちんぼだったというわけじゃないぞ。あいつは豚野郎だったが、まともな部類の豚野郎だった。言いたいことが伝わればいいが。助けが必要なときにはわたしを助けてくれたし、下の弟も助けてくれた。あのゴロツキが厄介事に足を踏み入れてからどうなったのかは、誰も知らないが。

まあ、こんなところで立ち話もなんだな。家に入れ！　おまえ――そこのおまえのスーツケースはどこにある？」

ここまでずっと口をはさもうとしていたが徒労に終わっていたスワンは、ちょうど無理そうだと諦めたところだった。

「俺は泊まらないんでね、お気遣いは恐縮ですが」そう返事をしたスワンは運転手を振り返った。「俺を待っていてくれるか？」

「ほいな。待ちますんで」

「では、話はついたな」コリンが怒鳴るように言う。「おい、おまえ――ジョック。台所に行ってハーフをもらえ。アンガスの最高のウイスキーをな。ほかの者たちはこっちへ」

自分の名前はジョックではないと熱っぽく虚空に語りかける男を後に残し、彼らはコリンに続いてアーチ型の戸口へむかった。スワンはなにか気になることがあるらしく、コリンの腕に手をやった。

「あの、俺が口を出すことじゃないかもしれないがね、あんたは自分のやってることが本当にわかってるのか？」

「わたしのやっていること？　どういう意味だ？」

「まあね」スワンは灰色の中折れ帽をぐっと後ろへ押しやった。「スコットランド人が飲んべえだっていうのは、そりゃあ知ってるよ。だが、ここまで飲むとは思ってもなかったな。一杯にウイスキーをパイントの半分（約二八四ミリリットル）も使うのが、このあたりでは普通の量なのか？　そんなに飲んだら、帰りに彼は道が見えなくなるんじゃないか？」

「わからず屋のイングランド人め、ここではハーフというのはウイスキーを少しという意味だ！」ここでコリンはキャスリンとアランの後ろにまわり、シッシッと彼らを前に押しやった。「おまえたちにもなにか食べさせないとな。精をつけるんだ」

　彼に案内された玄関ホールは広々としているが、ややかびくさかった。それに古い石のにおいもした。薄暗くてよく見えない。コリンは左手の部屋のドアを開けた。

「おまえたちふたりは、ここで待ってくれ」彼はそう指示した。「スワン、お若いの、おまえはわたしと一緒に来い。エルスパットを探そう。エルスパット！　エルスパット！　いったい、どこにいるんだ、エルスパット？　そうだ！　奥の部屋で誰かが言い争っているのが聞こえても、それは法律代理人のダンカンとヘラクレス保険会社のウォルター・チャップマンだから気にするな」

ふたりきりになったアランとキャスリンは、奥行きのわりに天井は低い部屋にいた。湿ったオイルスキンの臭気がかすかに広がっている。夕方になって冷えてきた空気を暖炉の薪の火が照らしている。この火明かりと、湖に面したふたつの窓からかろうじて入る薄明かりで、椅子は馬巣織り、金箔の立派な額縁にはめられた絵画は大型で、それがいくつもあること、カーペットは赤いが色あせていることがわかった。

サイドテーブルにとてつもなく大きな家族用聖書が横たえてあった。炉棚の赤いタッセルつきの布の上には、黒いリボンがかかった写真立てがある。写真の男はきれいにひげを剃って白髪だが、コリンに似ており、これが誰なのか疑問の余地はなかった。

時計のチクタクいう音は聞こえない。彼らは思わず囁き声で話した。

「アラン・キャンベル」砂糖菓子のように顔をピンクに染めたキャスリンが囁いた。「この考えなし！」

「どうして？」

「どうしてって、わたしたちがどう思われているか気づいていないの？　それにあの最低のデイリー・フラッドライト紙がどんな記事を書くことやら。それが全然気にならない？」

アランは考えてみた。

「本心を言えば」彼は自分でもこの返事に驚いた。「気にならないよ。ただひとつ残念なのは、それが真実じゃないことだね」

キャスリンは少々後ろによろめき、まるで身体を支えるかのように家族用聖書のあるテーブルに片手をついた。だが、アランが観察していると、彼女の顔の赤味はさらに濃くなった。

「ドクター・キャンベルったら！　いったい、どうしちゃったの？」

「わからない」彼は素直にそう打ち明けた。「スコットランドはいつもこんなふうに人々に影響をあたえるものなのかわからない――」

「そうじゃないことを願うけど！」

「でも、僕はクレイモア（ハイランドで使用された大剣）を手にして、そぞろ歩いている気分なんだ。それに、極めつけの放蕩者（ほうとうもの）になった気分で、そいつを楽しんでもいる。ところで、きみは誰かにとても魅力的な娘っ子だと言われたことはないか？」

「娘っ子！　わたしを娘っ子と呼んだ？」

「十七世紀では定番の用語だが」

「でも、わたしはあなたの大切なクリーヴランド女公爵とは全然似てないわよ」と、キャスリン。

「それはわかってるよ」アランは彼女の全身に賞賛の視線をむけた。「ルーベンスに情熱を抱かせたようなプロポーションには欠けているね。同時に――」

「シーッ！」

窓に対面する部屋のつきあたりに、半開きのドアがあった。その先の部屋から、長く黙っていた後であるかのように、突然ふたつの声がいっせいに話しだした。片方の声は素っ気ない年齢のいった者で、もう片方の声は若く、きびきびして、もっと慇懃（いんぎん）だった。声の主はおたがいに謝っていた。話を続けたのは若いほうの声だった。

「親愛なるミスター・ダンカン」その声は言う。「この件におけるわたしの立場を認めておられないようですね。わたしはヘラクレス保険会社のしがない社員なんですよ。わたしの仕事はこの保険請求を調査することで――」

「それも公平に調査すること」

「もちろんです。調査し、会社に保険金を払うか異議を唱えるか助言するんです。なにも個人的な含みはないんですよ！　お手伝いできることがあれば、なんなりとやってさしあげます。亡くなったミスター・アンガス・キャンベルのことは存じていたし、好感をもっていたんですから」

「直接会ったことがあるのかね？」

「ええ」

つねに力強い鼻息から入る年配の声は、ここで相手の言葉に飛びつくように話した。

「では、ひとつ質問をさせてくれたまえ、ミスター・チャップマン」

「なんです？」

「きみはミスター・キャンベルを正気の男と言えるかね？」

「ええ、もちろん」

「分別のある男と呼べるだろうか？」声の持ち主は鼻を鳴らし、さらに素っ気ない言いかたをして攻勢に出た。「金の価値がわかっていただろうか？」

「それははっきりと」

「そうか、よろしい。大変結構。では、ミスター・チャップマン、きみの会社との保険契約のほかに、わたしの顧客は別々の会社でふたつの保険に入っていた」

「それはわたしの関与することではないですね」

「とにかく、そうだったと言っているのだよ！」年配の声がぴしゃりと言い、拳で木のテーブルを軽く小突く音がした。「彼はジブラルタル保険会社とプラネット保険会社で高額の保険をかけていた」

「それで？」

「それでだ！　いまや生命保険だけが彼の全財産なのだよ、ミスター・チャップマン。全財産だ。分別を働かせて狂気の沙汰のような投機事業の数々に放りこまなかった、ただひとつの財産だ。そしてどの保険にも自殺の場合についての項目が記載されている」

「当然のことです」

「まったくもってそうだな。当然のことだ！　だが、聞いてくれ。死亡する三日前、ミスター・キャンベルはきみの会社と追加で三千ポンドの契約を結んでいた。わたしが想像するに、彼の年齢だと掛け金はかなりのものだったのじゃないか？」

「もちろん高額です。けれど、うちの医師はミスター・キャンベルの健康状態は第一級で、あと十五年は元気だと診断しました」

「大変結構。それでだ」法律代理人にして印章の書き手であるミスター・アリステア・ダンカンは話を続けた。「保険金の合計は三万五千ポンドにのぼるんだ」

「本当ですか？」

「そして、どの保険にも自殺の場合についての項目が記載されている。いいかな！　きみは道理がわかる人だろう！　追加の契約を結んだ三日後、アンガス・キャンベルが敢えて自殺を図り、なにもかもが無効になるようなことをすると、世間に通じた男としていささかなりとも想像できるかね？」

沈黙が流れた。

アランとキャスリンは気がとがめることもなく聞き耳を立て、やがて誰かがゆっくりと床を歩きまわる音を耳にした。弁護士の殺伐とした笑顔が見えるようだった。

「そうだろう！　しっかりしてくれ！　きみはイングランド人だが、わたしはスコットランド人だし、地方検察官もそうだ」

「それは認識していますが――」

「きみははっきり認識しないといけないね、ミスター・チャップマン」

「なにを言いたいんですか？」

「これは殺人だよ」弁護士はすぐさま答えた。「おそらくはアレック・フォーブスが犯人だ。ふたりの口論のことは聞いたね。ミスター・キャンベルが死亡した夜にフォーブスがここを訪ねてきたことも聞いただろう。謎のスーツケース、あるいはドッグキャリーか、呼び名はともかく、なにかしらが存在していたことも、なくなった日記のことも」

ふたたび沈黙が流れた。ゆっくりした足音が歩きまわり、不安そうな雰囲気が伝わってくる。ヘラクレス保険会社のミスター・ウォルター・チャップマンはいままでと違う口調でしゃべった。

「いいから、もうやめてくださいよ、ミスター・ダンカン！　そんなふうに吟味を続けていくことはできません」

「できない？」

「できませんね。〝彼がこんなことやあんなことをしたんだろうか？〟と口にするのは大いに結構ですよ。でも、証拠から見て、彼は実際にやったんです。少しこちらからお話ししても構いませんか？」

「いいとも」

「よし！　さて、ミスター・キャンベルはいつもあの塔のてっぺんの部屋で休まれていた。そうですね？」

「そうだ」

「死亡された夜、いつもと同じく、十時に部屋へ引きあげる様子を目撃され、ドアは内側から鍵がかかってかんぬきもはめられていた。あっていますか？」

「あっている」

「彼の死体は翌日の早朝に発見されました。塔の下で。落下したことで背骨が折れたほか、複数の損傷も負ったことで死亡しています」

「そうだ」

「彼は」チャップマンが話を続ける。「どのような形でも薬を飲んでおらず、酔ってもいなかったと、検死でわかっています。つまり、窓から誤って転落したという可能性は省いていい」

「きみきみ、わたしはなにも省かないよ。でも、話を続けてくれ」

「では、殺人として考えてみましょう。朝はまだ内側からドアに鍵がかかり、かんぬきがはめられていた。ミスター・ダンカン、あなたはこれを否定できませんよ、窓からの出入りは絶対にできないんです。調査のために、グラスゴーから専門の尖塔職人を呼んだんですからね。

あの窓は地面から五十八と四分の一フィート(十八メートル弱)の高さにあります。塔のそちら側にほかの窓はありません。窓から下は、地面までまっすぐのなめらかな石壁。窓から上は滑りやすいスレートの円錐形の屋根ですね。

尖塔職人はロープを使おうがよじ登ろうが、あの窓まであがってから降りることのできた者はいなかったと断言できるそうです。なんなら、詳細をお伝えできますが――」

「それは必要ないよ」

「とにかく、何者かがあの窓まで登ってミスター・キャンベルを突き落とし、ふたたび降りたのではないかという疑問。あるいは部屋に隠れており――誰もいなかったのですがね――その後、下に降りたという疑問。どちらも問題外なのです」

彼は口を閉じた。

だが、ミスター・アリステア・ダンカンは感心したふうでも、当惑したふうでもなかった。

弁護士は言う。「その場合、あのドッグキャリーはどうやって部屋に現れたんだね？」

「なんのことでしょう？」

殺伐とした声が響いた。

「ミスター・チャップマン、きみの記憶をわたしに呼び起こさせてくれたまえ。当日の夜九時半に、アレック・フォーブスとのあいだに激しい口論がもちあがった。家に押し入り、ミスター・キャンベルの寝室にまであがっていった。彼を――その、追いだすには手こずった」

「それは覚えていますよ！」

「その後、ミス・エルスパット・キャンベルとメイドのカースティ・マクタヴィッシュはどちらも、フォーブスがもどってきて、ミスター・キャンベルに怪我でも負わせようと身を隠してはないかと警戒した。

ミス・キャンベルとカースティはミスター・キャンベルの寝室を調べた。戸棚のなかなども確認した。これは女の習慣だと聞いているが、ベッドの下までも覗いた。きみの言うとおり、誰も隠れてはいなかった。いいか、この件を頭に叩きこむように。しっかりとな。

翌朝、ミスター・キャンベルの部屋のドアを破ったところ、ベッドの下に革と金属でできた大型のスーツケースのようなものが見つかった。片端が網になっているものだ。犬を旅行に連れていくときに入れるためのケースのようなもの。どちらの女も、昨夜、ミスター・キャンベルが内側からドアに鍵をかけてかんぬきをはめる直前にベッドの下を見たときは、このケースはなかったと誓っている」

この声はわざとらしく間を空けた。

「では、質問だけさせてほしい、ミスター・チャップマン。そのケースはどうやって寝室に入れられた？」

保険会社の男はうめき声をあげた。

「ミスター・チャップマン、繰り返すがね、わたしは質問しているだけだ。わたしと一緒に来て、地方検察官のミスター・マッキンタイアと話をして――」

部屋の反対側の床に足音が響いた。薄暗いこの居間に人がやってきて、やや低い戸口にぶつからぬよう頭を下げ、ドアの隣の照明のスイッチにふれた。

明かりが灯り、キャスリンとアランはばつが悪くなった。六つの電球がつけられる真鍮(しんちゅう)の大きなシャンデリアにひとつだけ取りつけられた電球がふたりの頭上で輝いた。

アランが頭のなかで描いたアリステア・ダンカンとウォルター・チャップマンの姿はまずまず正しかったが、想像したよりも弁護士はだいぶ上背があって痩せており、保険会社の男はかなり小柄で横幅があった。

弁護士はなで肩でやや近眼らしく、喉仏が目立ち、薄くなりかけた頭頂部のまわりを白髪がかこんでいる。襟が彼には大きすぎるとはいえ、それでも黒い上着とストライプのズボンは立派なものだった。

チャップマンは生き生きとした表情の若く見える男で、流行の仕立てであるダブルのスーツ姿、人当たりはいいがとても身構えた物腰だった。ブロンドの髪はきれいになでつけられ、照明の光で輝いている。アンガス・キャンベルの若かりし時代ならば、二十一歳であごひげを生やし、以降ずっとそれにふさわしい人生を送っただろうタイプだった。

「おっと」ダンカンはアランとキャスリンを見て、やや目をぱちくりさせた。「きみたち、地方検察官のミスター・マッキンタイアを見なかったか？」

「いいえ、お会いしていないようです」アランが答え、自己紹介を始めた。「ミスター・ダンカン、僕たちは……」

弁護士の視線は玄関ホール側のドアとむかいあう、もうひとつのドアへと漂った。

彼はチャップマンにむかって話を続けた。「きみ、どうやら、検察官はすでに塔にあがったらしい。一緒に来てもらえるかね？」ダンカンは最後に一度、ふたりの新参者を振り返った。「初めまして」そして慇懃につけたした。「ではまた」

そう言ったきり、彼はチャップマンのためにドアを押さえてやって先に行かせた。彼らが通り抜けるとドアが閉まった。

キャスリンは立ち尽くして彼らの後ろ姿を見つめていた。

「なによ！」彼女は激しい口調で話を始めた。「いまの態度は！」

「そうだね」アランも認めた。「たしかに彼はちょっとぼんやりしてるみたいだ。仕事の話をしているときは別だが。でも、人々はああいう弁護士に依頼したいものじゃないかな。僕はあの紳士ならいつでも推薦できるよ」

「でも、ドクター・キャンベル……」

「どうか僕を〝ドクター・キャンベル〟と呼ぶのはやめてくれないか?」

「わかったわよ、そこまで言い張るなら。アラン」キャスリンの目は関心をかきたてられて魅了され、輝いていた。「人が死んだというのは悲しいけれど……いまの人たちの話を聞いた?」

「もちろん」

「アンガスは自殺したはずがないのに、他殺もあり得なかった。つまり――」

彼女はそれ以上、話せなかった。玄関ホールから記者魂に燃えるチャールズ・スワンが入ってきてじゃまされたからだ。いつもならば行儀をきちょうめんに守るのに、いまは帽子を脱ぐことさえしておらず、その帽子は後頭部からずり落ちないのがふしぎな格好で頭に留まっている。彼は慎重な足取りで歩いてきた。

「こいつは新聞種なのかい?」彼は訊ねたが、完全に形ばかりの質問でしかなかった。「本当にそうなのか? おそろしい飛び降り自殺に……見えたものが。なにもおかしなところのない出来事だと思ってたよ。けど、うちの地域面編集者(シティ・エディター)が――おっと、すまないね、こちらではニュース・エディターと呼ぶんだった――なにかいい話の種があるんじゃないかと考えたんだ。彼の思ったとおりだったのか?」

「いままでどこにいたんだい?」

「メイドと話をしていた。つかまえることができるなら、つねにまずはメイドを狙えなんでね。さて」

両手を開いたり閉じたりしながら、スワンは部屋を見まわしてほかに誰もいないことをたしかめた上で、声を落とした。

「ドクター・キャンベル——コリンのほうのキャンベルという意味だが、彼が例の老嬢を見つけだしたところでね。俺に会わせるため、ここに彼女を連れてくることになってる」

「きみはまだ会ってないのか？」

「まだなんだ！ しかし、せいぜい、いい印象をあたえるようにがんばることになるね。まあ、楽勝のはずだが。あの老嬢はデイリー・フラッドライト紙を正しく評価してるからな。ほかの人たちは」——ここで彼はふたりをとても厳しい目でにらんだ——「同じ意見じゃないようだけどね。だが、こいつはいい記事になりそうだ。いやはや、老嬢からこの家に泊まるよう招待されることだってあるかもしれない！ どう思うね？」

「あり得ると思うよ。だが——」

「さあ、気を引き締めろ、チャーリー・スワン。やってやれ！」スワンは小さく祈るようにして息を吐いた。「あんたたちも、とにかく彼女のご機嫌を取るんだね。彼女がここの専制君主のようだから。さあ、気を引き締めろ、あんたたちも。ドクター・キャンベルがいまにも彼女を連れてくる」

## 6

スワンはそんなことを指摘する必要はなかった。エルスパットおばさんの声はすでに半開きのドアの外から聞こえていたからだ。

コリン・キャンベルが低音の轟くような声で話しており、内容は一言も聞き取れなかったが、あきらかに息を押し殺し、言い争っていた。だが、エルスパットおばさんは特によく通る声をしており、軽々とコリンの声を抑えた。

彼女はこう言った。

「隣りあった部屋だって！　あたしなら絶対にふたりに隣りあった部屋なんぞ使わせないよ！」

低音の轟く声は、反論しているか警告をしているかのようにますます不明瞭となった。しかし、エルスパットおばさんはそんなことをものともしなかった。

「ここはまともで敬虔深い家なんだよ、コリン・キャンベル。あんたの罪深いマンチェスターでのやりかたを通されてたまるもんかね！　隣りあった部屋とはね！　こんな時間からあたしの立派な電球を灯してるのは誰だい？」

最後の言葉は、エルスパットおばさんが戸口に現れた途端にひどくとげとげしい口調で放たれた。

彼女は黒いワンピースを着た中肉中背の角張った体型の女で、どうしたことか実際よりも大きく見える。キャスリンは彼女の年齢が〝九十歳近く〟だと言っていたが、これはまちがいだとアランは悟った。エルスパットおばさんは七十歳、しかもまだ元気いっぱいの七十歳だった。とても鋭く絶えず動いている射抜くような黒い目の持ち主だ。小脇にデイリー・フラッドライト紙を抱えた彼女が歩くと、衣ずれの音がした。

スワンが急いでスイッチに近づいて明かりを消し、もう少しで彼女を転ばせそうになった。エルスパットおばさんは冷ややかに彼を見つめた。

「やっぱり明かりをつけなさい」彼女は素っ気なく言う。「暗くて誰も見えやしないよ。アラン・キャンベルとキャスリン・キャンベルはどこにいるんだい？」

いまではニューファンドランド犬のように愛嬌をふりまいているコリンがふたりを指さした。エルスパットおばさんは時間をかけて無言で遠慮会釈もなく検分した。まばたきもせずようやく彼女はうなずいた。

「ほいな」彼女は言った。「あんたたちはキャンベル家の人間だね。あたしたちのキャンベル家の人間だ」彼女は家族用聖書の置かれたテーブルの横にある馬巣織(ばすお)りのソファに近づいて腰を下ろした。ブーツらしきものを履いていたが、それは小さなものではなかった。

「逝っちまったあの人は」彼女は話を続けながら黒いリボンを飾った写真に視線を移した。「キャンベル家の、あたしたちキャンベル家の人間を言い当てられたもんだよ。一万人のなかからだってね。ほいな、顔を塗りたくって妙な話しかたをしたって、アンガスは見抜いたもんだ」

ふたたび彼女は黙りこんだが、視線は訪問者たちから離さなかった。

「アラン・キャンベル」彼女は出し抜けに言った。「あんたの信仰はなんだい？」

「ええとですね、イングランド国教会だと思いますが」

「思う？　知らないのかね？」

「では、はっきり言いましょう。イングランド国教会です」

「あんたの信仰もそれかね？」エルスパットおばさんがキャスリンに訊ねる。

「ええ、そうです！」

エルスパットおばさんは、なによりおそれていた疑念が真実だとわかったかのようにうなずいた。

「あんたたちはスコットランド長老派教会に通わなかったんだね。思ったとおりだ」彼女は震えるような声で言ってから、突然怒りだした。「このカトリック崩れの裏切り者め！　自分のことを恥ずかしいと思うがいいよ、アラン・キャンベル。〈売女（ばいた）〉の宿で罪と色事にふけったことを恥じ、あんた自身の親類縁者に申し訳ないと思うがいい！」

スワンはどぎつい言葉にショックを受けた。

「あの、マダム。彼はそんなところに行ったことはないはずですよ」なにやら勘違いしたスワンはアランをかばって反論した。「それに、この若いレディをそんなふうに呼んではいけませ——」

エルスパットおばさんが振り返る。

「あんたかい」彼女はスワンに人差し指を突きつけて訊ねた。「こんな時間からあたしの立派な電球を灯してるのは？」

「マダム、俺はあなたに言われて——」

「あんた、誰だい？」

深呼吸をしながらスワンは人を引きつけるとっておきの笑みを浮かべ、彼女の前に立った。

「ミス・キャンベル、俺はあなたがそこにもってらっしゃるデイリー・フラッドライト紙の者でしてね。編集者はあなたから手紙をもらってとても喜んでましたよ。この広々とした国じゅうに目の高い読者のみなさんがいることを喜んで。さて、ミス・キャンベル。あなたはお手紙にこう書いてましたね。ここでおこなわれた犯罪について世間を騒がせるようなことを暴露したいと」

「ええっ？」コリン・キャンベルが怒鳴るようにいい、彼女を振り返って見つめた。

「それで、うちの編集者はあなたのインタビューをとるために、はるばるロンドンから俺を送りこんだ。どんな話でもぜひ聞かせてもらいたいですな。公表前提でも、ここだけの話でも、どちらでもかまいません」

耳に手をあてがったエルスパットおばさんは、相変わらずまばたきもせず、抜け目のない視線をむけて聞いていた。ようやく彼女は口を開いた。

「どうやら、あんたはアメリカ人みたいだね？」彼女はそう言い、目を輝かせた。「聞いたことがあるかね——」

もうあの駄洒落には耐えがたいのだが、スワンは冷静を保ってほほえんだ。

「ありますよ、ミス・キャンベル」彼は我慢強く答えた。「だからお話しくださらなくて結構。知ってますんで。兄のアンガスのことは全部聞いてます。ブラッドハウンドに、一ペニーもあたえなかったと」

　スワンは突然、口をつぐんだ。

　彼は漠然とだが、どこかで口を滑らせてしまい、この駄洒落をきちんと披露したわけではなかったと気づいたようだった。

「つまり――」彼は切りだした。

　アランもキャスリンも、どう話をまとめるのか興味がなくもない、といったふうに彼を見つめていた。しかし、はっきりと駄洒落の影響を受けたのはエルスパットおばさんだった。彼女はじっと座ってスワンを見つめるばかりだ。自分の頭にまだしっかりと載っている帽子を見つめているのだとスワンは気づいたに違いない。というのも急いで帽子を脱いだからだ。

　やがてエルスパットが口を開いた。彼女の言葉は判事が事件を要約するように、ゆっくりとして重みがあり、じっくり考え抜かれて放たれたものだった。

「そもそも、アンガス・キャンベルがブラッドハウンドに一ペニーをやらなきゃいけないのはなぜだい？」

「その――」

「犬にやってもたいした使い道はないだろ？」

「セント、と言いたかったんで！」

「なにを送った（セント）って？」

「セントです、金の単位のセント」

「お若いの、言わせてもらうけどね」長い間を置いてエルスパットおばさんが口を開く。「あんたはおつむがいかれてるよ。ブラッドハウンドに金をやるとは！」

「すみません、ミス・キャンベル！　忘れてください！　これは駄洒落なんで」

エルスパットおばさんの前で彼が使った不運な言葉のなかでも、これは最悪だった。コリンでさえ、いまでは彼をにらんでいる。

「駄洒落だって?」エルスパットはまたもや次第に怒りを募らせてきた。「アンガス・キャンベルが棺桶に入って間もないってのに、喪に服している家にやってきて、不謹慎な駄洒落で侮辱するのかい?　あたしには耐えられないよ！　言わせてもらうけどね、あんたは山師だよ、デイリー・フラッドライト紙から来た人間なんかじゃないだろ——ピップ・エマとは誰だい?」彼女はスワンに突っかかった。

「なんですって?」

「ピップ・エマとは誰だい?　ほうら！　それもわからないんだろ?」エルスパットおばさんは新聞を振りまわした。「自分のところの新聞にコラムを書いてる女のことも知らないのかい！　言い訳したって無駄だからね！　あんたの名前は?」

「マクホルスター」

「誰だって?」

「マクホルスターですよ」実在しそうにない氏族の末裔（まつえい）は、エルスパットおばさんにさんざん動揺させられ、いつもの機転も働かなくなっていた。「つまり、マックイーンってことで。だから、なにが言いたいかといえば、本当はスワン、チャールズ・エヴァンズ・スワンなんですが、マクホルスター氏族あるいはマックイーン氏族の子孫で、それから――」

エルスパットおばさんはこの話題にはふれもしなかった。あっさりとドアを指さす。

「でも、いいですかね、ミス・キャンベル――」

「出ておゆき」エルスパットおばさんは言う。「同じことを言われる前に」

「聞いただろう、お若いの」コリンが口をはさんでベストの袖ぐりに両手の親指を引っかけ、客人に鋭い視線をむけた。「まったくな！　けしからん！　もてなしたかったが、この家では駄洒落にしてはいけないことがあるんだ」

「でも、誓って言うけど――」

「さあ、ドアから出ていってくれないかね」コリンが両手を下げて頼んだ。「それとも、窓から出ていくか？」

一瞬、アランはコリンがパブの用心棒のように、本当に客人の襟首とズボンの股ぐらをつかんで家から彼を放りだすかと思った。

スワンは悪態をつきながら、コリンに追いだされる二秒前にドアにたどり着いていた。彼が大急ぎで家を後にする音が聞こえた。すべてがあっという間の出来事だったので、アランはなにが起こったのか、よく把握できなかった。しかし、キャスリンはショックを受けて涙を流す寸前になっていた。

「なんて家族なの！」彼女はそう叫んで拳を握り、足を踏みならした。「ああもう、なんて家族なのよ！」

「あんたがなにを気に病むってんだい、キャスリン・キャンベル？」

キャスリンは闘志にあふれていた。

「わたしの本心を知りたいですか、エルスパットおばさん？」

「言ってみたらどうだね？」

「あなたはとても愚かなおばあさんだと思っています。さあ、わたしも追いだして」

アランが驚いたことに、エルスパットおばさんはにんまりした。

「見たほど抜け作じゃないかもしれないよ、おまえさんや」彼女は無頓着にそんなことを言い、スカートをなでつけた。「そうともさ！」

「あなたはどう思うの、アラン？」

「おばさんがあんなふうに彼を追いだすべきではなかったことは請けあいますよ。せめて、記者証を見せろぐらいは言ってやってもよかった。彼は絶対に本物です。ただ、彼はバーナード・ショーの『医者のジレンマ』に出てくる男みたいだ。見聞きしたことを正確に伝えることが根っからできないというやつです。彼は多くの厄介事を引き起こすかもしれませんよ」

「厄介事だと？」コリンが訊ねる。「どうやってだ？」

「具体的にはわかりませんが、そんな気がします」

コリンはどう見ても、うるさくがなるだけで怖い人物ではなかった。ぼさぼさのたてがみのような髪を手ですき、にらみつけてくると、最後に鼻を引っ掻いた。

「だとしたら」彼はうなるように言う。「わたしはひとっ走りしてあの男を連れもどしたほうがよいだろうか？　ここにはロバでも歌わせる八十年もののウイスキーがある。今夜、そいつを開けるとするか、アランよ。あの男にそいつを飲ませれば――」

エルスパットおばさんが、花崗岩（こうがん）のように落ち着き払ってどこまでも強情に足をドンと踏みおろした。

「あの山師をあたしの家に入れるつもりはないよ」

「わかっているがね。しかし――」

「いいかい。あの山師をあたしの家に入れるつもりはない。反論は受けつけないよ。編集者にはまた手紙を書くから」

コリンは彼女をにらんだ。「それは結構だが、わたしはその点について質問したかったんだ。あんたが新聞には話すが、わたしたちには話さない、その謎めいた秘密についての戯言（たわごと）とは何なんだ？」

エルスパットはぴたりと口を閉じた。

「頼むから！」コリンが言う。「はっきり言ってくれ！」

「コリン・キャンベル」エルスパットはゆっくりと慎重に意地悪な口調で答えた。「あたしの言うとおりにするんだよ。アラン・キャンベルを塔に連れていって、アンガス・キャンベルがどんなに悲惨な最期を迎えたか見せておやり。聖書のことを思いださせるんだよ。キャスリン・キャンベル、あんたは隣にお座り」彼女はソファをぽんと叩いた。「あんたはロンドンの不謹慎なダンスホールに行くんだろ、そうじゃないのかい？」

「そんなことしません！」キャスリンが言う。

「じゃあ、ジルバを見たことがないのかい？」

ためになるはずのこの会話の行く末がどうなったのか、アランが知ることはなかった。コリンにせっつかれて部屋を横切り、しばらく前にダンカンとチャップマンが消えたドアへとむかったからだ。

ドアが開いた先が塔の一階に直接つながっているのをアランは見た。円形の広くて薄暗い部屋で、内側の石壁は水漆喰が塗られ、床は土間だった。かつては厩として使われていたのではないかと思われる。鎖と南京錠のついた木製の両開き戸は南側の庭に面していた。

この扉は開いており、外の明かりをいくらか取り入れていた。壁につけて低いアーチ型のドアがあり、その先は石の螺旋階段で塔のなかを登れるようになっている。

「みんなしていつもこの両開き戸を開けっぱなしにするんだ」コリンがうなるように言う。「それに南京錠が外側についているとはな！　誰だって合鍵を作ることができる……なあ、お若いの。あのばあさんはなにか知っている。まったくな！　あれは抜け作じゃないとわかっただろう。なにかを知っていることはたしかだ。それなのに、くちびるを閉ざしたままだ。三万五千ポンドの保険金がかかっているというのに」

「あの人は警察にも話さないんですか？」

コリンは鼻を鳴らした。

「警察だと？　なあ、地方検察官でも邪険に扱うのに、そのへんの警察など相手にするものか！　ずっと以前に警察とは一悶着(ひともんちゃく)あったんだ――牛のことかなにかで。それで警察はみんな盗っ人であり悪党だと決めつけた。だから、今回は新聞に話をするつもりになったんじゃないか」

　ポケットからコリンはブライヤー・パイプとオイルスキンの袋を探りだした。パイプに煙草を詰めて火をつける。マッチの明かりがぼさぼさのあごひげと口ひげを照らし、猛々(たけだけ)しい目は燃える煙草を見つめて中央に寄ったようになった。

「わたしに関しては……まあ、たいした問題じゃない。わたしはしたたか者だからな。たしかに借金はあるし、アンガスもそれは知っていた。だが、わたしはなんとか切り抜けられる。少なくとも、そう願っている。だが、エルスパットは！　一文なしだ！　まったくな！」

「遺産はどのように分けられるんですか？」

「わたしたちが手に入れられた場合、ということか？」

「ええ」

「簡単だ。半分はわたしに、残りの半分はエルスパットに渡される」

「彼女が内縁の妻という立場でもですか？」

「シーッ！」静かだったコリンが轟くような声を出し、急いであたりを見まわしてから、しぼんだマッチの先端をアランに振った。「そいつは失言だ。あれがアンガスの内縁の妻だなどと主張することはないからな。絶対にだ。あのばあさんの世間体(せけんてい)へのこだわりは病的なくらいだ。

先ほどもそう言っただろう」

「僕はなんとか心に留めておくべきでしたね」

「あれはこの三十年というもの、アンガスの〝身内〟であることしか認めようとしなかった。ずけずけとものを言ったアンガスでさえ、この件は人前でもちだそうとしなかった。それはもう絶対に。保険金は紛れもない遺産なんだ。なのにわたしたちは手に入れられそうにない」

彼は使い終えたマッチを捨てた。肩をいからせて階段にあごをしゃくる。

「よし！　行くぞ。おまえにその気があればだが。ここは六階建てで、てっぺんまでは百四段ある。いいか、頭に気をつけろ」

アランは興味津々（しんしん）で階段の数など気にしなかった。

けれど、螺旋階段を登るとなるといつものことだが、果てしなく感じた。階段は湖の反対となる西側にところどころ大ぶりの窓があって明かりが取りこまれている。かびくさい厩のにおいがして、コリンのパイプの芳香があっても消えなかった。

日はほぼ落ちていて、たいらではないごつごつした石段を歩くのはむずかしくなっており、外側の壁に手を這（は）わせながら進んだ。

「でも、あなたのお兄さんはいつもここのてっぺんで寝ていたわけじゃないんですよね？」アランは訊ねた。

「それが寝ていたんだ。何年も毎晩かかさずに。湖の景色が気に入っていてな。空気も澄んでいるなどと言ったが、戯言だぞ。まったくな！　ああ息が切れてきた！」

「これだけ部屋がありますが、どれかを使っている人はいるんですか？」

「いない。ガラクタをどっさり置いているだけだ。アンガスの〝手っ取り早く金持ちになって幸せになろう〟計画の遺物だ」

コリンは上から二番目の踊り場まで来ると、窓の前で足をとめて肩で息をした。

アランも外を見やった。赤い夕日の余韻が木立のあいだにまだぼんやりと居残っている。それほど登ったはずはないというのに、自分たちは計り知れないほど高い場所にいるように感じた。

眼下の西側にはインヴァレリに通じる幹線道路が延びていた。北のシャイラ峡谷まで、さらにアレイ峡谷では分かれ道となり、緑の鬱蒼とした丘を登ってダルマリーに続いているのだが、腐って灰色になった倒木で線がもつれたように見える。数年前にアーガイルシャーを襲った大嵐の爪痕だとコリンは語った。死者の森であり、さらには枯れ木の森なのだ。

南側は先の尖った松林の上、ずっと遠くに堂々としたアーガイル城が見えた。四つの大きな塔の屋根は雨が降ると色が変わる。その先は、かつて裁判所だった土地の管理事務所で、アラン・ブレック・スチュアート（十八世紀のスコットランド兵士）の後見人だったジェームズ・スチュアートがアッピンの殺人事件で裁かれて有罪となった場所だ。この土地は数々の名前、歌、伝承、迷信で豊かに息づいていた。

「ドクター・キャンベル」アランはごく静かな声で言った。「お兄さんはどうやって亡くなったんですか？」

コリンのパイプから火花が飛んだ。

「そんなことを訊かれてもな。わたしは知らない。ただ、絶対に自殺じゃないということだけだ。アンガスが自殺するだと？　馬鹿らしい！」

パイプからさらに火花が飛んだ。

「アレック・フォーブスが吊るし首になるのを見たくはない」彼は愚痴っぽく言いたした。「だが、あいつはまちがいなく首を吊られるだろう。アレックはアンガスの心臓をえぐりだしても平気な奴だ」

「そのアレック・フォーブスというのは何者なんですか？」

「どこからかやってきてここの土地に居座った飲んだくれの男で、自分も慎ましいながらに発明家だと考えているんだ。彼とアンガスはある思いつきをもとに共同事業に乗りだした。そして共同事業につきものの結果になった。大喧嘩だ。彼はアンガスに騙されたと言った。たぶん、アンガスは本当に騙していたな」

「つまり、フォーブスは殺人の夜、ここにやってきて喧嘩を始めたというわけですね？」

「そうだ。この塔のアンガスの寝室までやってきて、とことん話しあおうとした。どうやら酔っ払って」

「でも、フォーブスは城の人たちに放りだされたんですよね？」

「いかにも。というより、アンガスがひとりでやったというほうがあたっているかもしれない。アンガスは歳で目方もあったが、穏やかじゃなかった。そうこうするうちに女たちがやってきて、寝室やほかの部屋まで調べ、アレックがもどってきて忍びこんでいないことを確認した」

「となると、あきらかに彼はもどっていなかったと」

「ああ。それからアンガスはドアに鍵をかけ、それにかんぬきまで下ろした。その夜に何事かが起こったんだ」

爪がもっと長ければ、コリンは爪を噛んだだろう。

「監察医は死亡推定時刻が十時から一時のあいだだと言っている。だがそんなことがなんの役に立つんだ？　どちらにしたって、アンガスが十時前に死んでいないことはわかっている。最後に生きた姿を目撃された時間だからな。だが、監察医はもっと狭めようとしない。アンガスは怪我こそしたものの即死ではなかっただろうから、意識はなかったが死ぬまでしばらく生きていたかもしれないなどと言ったんだ。

とにかく、こんなことがあったとき、アンガスは寝ていたことはわかっているんだ」

「どうしてそれがわかるんですか？」

コリンは腹を立てた仕草をした。

「発見されたとき、寝間着姿だったからだ。それにベッドは乱れていた。さらに明かりを消して窓から灯火管制用の遮光具を外していた」

アランはこれを聞いてはっとした。

彼はつぶやいた。「そうか。戦時中だってことも、灯火管制の問題さえも忘れかけていましたよ。でもいいですか！」彼はさっと窓を指さした。「この壁にある窓には遮光具をつけないんですか？」

「そうだ。アンガスは暗くても階段の登り下りができたから、ここに明かりは使わなかった。この壁の窓に灯火管制の対策をするのは金の無駄遣いだと話していたぞ。だが、寝室の明かりは何マイル先からでも見えてしまうだろうと、アンガスですら認めるしかなかった。まったく、そんなに質問ばかりするな！　とにかく自分の目で寝室を見るといい」

彼はパイプを叩いて灰を落とすと、不格好なヒビのように残りの階段を駆けあがった。

7

アリステア・ダンカンとウォルター・チャップマンはまだ言い争っていた。

「いいかね」のっぽで猫背の弁護士は、オーケストラの指揮をしているように鼻眼鏡を振った。

「これが殺人事件であることはあきらかじゃないか？」

「いいえ」

「だが、スーツケースの件があるじゃないかね！　スーツケース、あるいはドッグキャリー、
いずれにしても、殺害後にベッドの下で発見されているのに？」

「殺害後ではなく、死後にです」

「わかりやすくするために、殺人と呼ぶことにしては？」

「いいでしょう。ただし、この場かぎりの話であり、なんらかの利益に影響をあたえることはないという前提ですよ。とにかくですね、ミスター・ダンカン。わたしの知りたいことはこれです。そのドッグキャリーがいったいなんだというんです？　からっぽだったんですよ。犬は入っていなかった。警察が徹底的に調べ、まったくなにも入っていなかったとわかりました。とにかくなにか証明する材料になりますかね？」

ふたりとも、アランとコリンがやってきて話をやめた。

塔のてっぺんの部屋は円形で広々としているが、直径に対して天井はいくぶん低い。ひとつきりのドアは狭い踊り場に面しており、錠がドア枠から引きちぎられていた。かんぬきの留め具も錆びついて本体にくっついたままゆるんでいる。

ドアとむかいあわせのひとつきりの窓に、アランはうしろめたくも魅了された。下から見あげた印象よりも大きかった。フランス窓めいた小さなドアの形をした二枚の扉からなり、菱形を組みあわせた鉛枠に窓ガラスがはめこまれている。あきらかに現代風になるよう改装したもので、もともとの窓が広げてあり、アランが危険に感じるほど低い位置にあった。

このような薄暮時に、散らかった部屋の様子がはっきり見えるとは、目に催眠術でもかけられたようだった。しかし、現代風なものは窓のほかには、机の上の電球と横の電気ヒーターだけだった。

特大のどっしりしたオークのベッド枠にはダブルの羽毛布団、不規則な模様のキルトのカバーがかけられ、円形の壁の片側につけて置かれている。天井に届くほど高いオークの戸棚がひとつ。陽気に設えようとした努力がいくらか見られ、壁に漆喰を塗り、青々としたキャベツの葉と黄色い線の柄の壁紙を貼ってある。

額縁がいくつもあり、ほとんどは一八五〇年代や六〇年代までさかのぼる家族写真だった。石造りの床はわらを編んだ敷物で覆われている。ひょろ長い鏡のついた大理石の天板の鏡台が押しこまれた隣では、大型のロールトップ式の机に書類が山積みになっていた。さらには大量の手紙類が壁に沿って並べられ、ロッキングチェアがいくつか妙な角度で置かれている。業界誌は数多くあったが、本は聖書が一冊と絵葉書アルバムしか見当たらなかった。

ここは老人の部屋だった。アンガスの外反母趾で型崩れしたボタン留めブーツはまだベッドの下に置いてあった。

コリンはやるべきことを思いだしたようだ。

「やあ」彼はふたたびいらだつような口調になって言った。「こちらはロンドンからやってきたアラン・キャンベルだ。地方検察官はどこに?」

アリステア・ダンカンが鼻眼鏡をかけた。

彼は答えた。「残念ながら帰宅したんじゃないかね。彼はエルスパットおばさんを避けたんじゃないか。ここにいるわたしたちの若い友人も」――引きつった笑みを浮かべ、彼は手を伸ばしてチャップマンの肩をぽんと叩いた――「疫病のように彼女を避けて近づこうとしない」

「あの人に会ったらどうなるか、知れたものじゃないですからね。心から同情はしていますが、仕方ないですよ!」

弁護士はなで肩をすくめ、アランに陰気な表情をむけた。

「会ったことがあるかね？」

「ええ。つい先ほど」

「ああ！　そうだった。言葉をかわしたことはあったかね？」

「ええ。あなたは〝初めまして〟それから〝ではまた〟と言われましたよ」

弁護士は首を振って言った。「すべての社交のつきあいが、それほど単純明快ならば、どれだけいいことか！　初めまして」彼は骨張った手のひらで、弱々しく握手をして話を続けた。「いま思いだした。ミスター・ダンカン。きみに手紙を書いたのだった。よく来てくれましたな」

「ミスター・ダンカン。どうして僕に手紙を書いたかお訊ねしても？」

「と言うと？」

「僕はここに来られてとても喜んでいます。もっと早くに血縁の人たちと知りあっておくべきだったこともわかっています。ただ、キャスリン・キャンベルも僕もたいして役には立てないように思うんですよ。〝家族会議〟というのは正確にはどういう意味だったんですか？」

「説明しようかね」ダンカンは即座に、陽気な口調で答えた。「まずはヘラクレス保険会社のミスター・チャップマンを紹介させてほしい。彼にしては頑固な人だよ」

「ミスター・ダンカン自身もちょっとばかり頑固ですけどね」チャップマンがほほえむ。

「事故か他殺であることは明白な事件なんだ」弁護士が話を続ける。「不幸な身内の死について聞いているかね？」

「多少は」アランは答えた。「でも――」

　彼は窓に近づいた。

　二枚の扉は半開きだった。中央に支柱のようなものはない。つまり、扉を押し開けると、高さ四フィート（約一・二メートル）、幅は三フィート（約〇・九メートル）ほどの開いた空間ができる。暗くなりつつある湖水と紫がかった茶色の丘、そんな壮大な景色が広がっていたものの、アランの目には入っていなかった。

「質問してもいいですか？」彼は言った。

　コリンが「またか！」と言いたそうな目つきをむけた。だが、チャップマンは礼儀正しく受け入れる仕草をした。

「どうぞ」

　窓の隣の床には、軽い木枠に釘で留めたオイルスキンが立てかけてある。窓にぴったり合う大きさだ。

「たとえば」アランはそれを指さしながら話を続けた。「彼は遮光具を外そうとして、うっかり転落したということはないですか？

　想像してみてください。ベッドに入る前に明かりを消し、それから手探りで遮光具を外して窓を開けますよね。

　留め具を開けるとき、この窓にうっかり大きく身を乗りだすと、そのまま窓の外に転がり落ちるでしょう。あいだに支柱がないときていますから」

驚いたことにダンカンはむっとした表情になり、チャップマンはほほえんだ。「壁の厚みを見てください」保険会社の男は指示した。「厚さ三フィート。古きよき中世の壁ですよ。その説はあたらないですね。へべれけに酔ったか、薬を飲んだか、なんらかの方法で冷静に動けなかったのでないかぎり、そんなことができたはずはありません。それに検死で証明されたことがあります。ミスター・ダンカンでさえも認められているように――？」

彼が問いかけるように一瞥(いちべつ)すると、弁護士はうめき声をあげた。

「――そうした形跡はひとつとしてなかったと証明されました。五感にまったく問題のない、目の鋭くて足元のたしかな老人だったのです」

チャップマンがいったん口をつぐんだ。

「さて、みなさん。ここにお揃いですから、本件が自殺でしかないとわたしが思う根拠をすっかり説明しましょう。故ミスター・キャンベルの弟さんに質問したいのですが」

「なんだね？」コリンが鋭い口調で言う。

「わたしはこう思うのです。つまりミスター・アンガス・キャンベルはいわゆる保守的な紳士だったのではないかと。すなわち、つねに窓は閉めたまま寝ていたのではありませんか？」

「ああ、そのとおりだ」コリンはそう答え、狩猟用上着のポケットに両手を突っこんだ。

「わたし自身としては、その考えが理解できないんです」保険会社の男が口を尖らして言う。「そんなことをしたら、頭の血の巡りが悪くなりますよ。でも、わたしの祖父もいつも窓を閉めていた。夜気を絶対に入れようとしませんでしたね。

そしてミスター・キャンベルも同じでした。彼が夜に遮光具を外したただひとつの理由は、明るくなったら朝だとわかるようにです。

みなさん、ここで質問です！　ミスター・キャンベルがあの夜ベッドに入ったとき、この窓は閉められて、いつものように留め具もかけられていました。ミス・キャンベルとカーステイ・マクタヴィッシュがそうだと認めています。その後、警察はミスター・キャンベルの指紋を発見しているんですよ。窓の留め具にミスター・キャンベルの指紋だけを。

彼のとった行動ははっきりしています。十時を過ぎてしばらくして、彼は寝間着に着替え、遮光具を外し、いつものようにベッドに入ったんです」チャップマンはベッドを指さした。「ベッドはいまでは整えられていますが、発見当時は乱れていましたね？」

アリステア・ダンカンが鼻を鳴らした。

「それはエルスパットおばさんのしたことだ。部屋を片づけるのがせめてもの思いやりだと考えたらしい」

チャップマンは沈黙を求める仕草をした。

「そのときから夜中の一時までのどこかで、彼は起きあがり、窓に近づくと開け、意志をもって身投げしたんです。

黙って聞いてくださいよ、わたしはミスター・キャンベルの弟さんに訴えかけているんですからね！　うちの会社は正しいことをしたいのです。わたしも正しいことをしたい。ミスター・ダンカンにお話ししたように、亡くなったミスター・キャンベルとは面識がありました。

グラスゴーの当社の営業所まで会いに来られて、最後の契約を結ばれましてね。結局のところ、これはわたしの金ではありません。わたしが払うわけではないのです。会社にこの保険金を払うよう勧めるのが正解だとわかれば、喜んでそうするでしょう。ですが、あなたはここまでの証拠に、そうするだけの裏づけがあると正直に言えますか?」

沈黙が流れた。

チャップマンは朗々とおこなった演説をほぼ終えた。そこで机の上のブリーフケースと山高帽を手にした。

「ドッグキャリーが――」ダンカンが話しはじめた。

チャップマンはさっと顔を赤くした。

「ああもう、ドッグキャリーなんぞ知るものですか!」彼は保険の査定人らしからぬいらだちを見せた。「あなた――あなたたちの誰でもいいですが、ドッグキャリーが本件で重要な役割を果たすという理由を言えますか?」

コリン・キャンベルがいらだってベッドに近づいた。その下に手を入れると問題の品を探りだし、さっと蹴ってやろうかというようにながめた。

大型のスーツケースぐらいの大きさだが、いくぶん横幅のある箱だった。濃い茶色の革製で、スーツケースのような持ち手がついており、上側には金属の留め具がふたつある。片端は長方形の金網がはめこまれ、どんなペットを運ぶにしても呼吸できるようになっている。

どんなペットを運ぶにしても……

そこでアラン・キャンベルの脳裏に、はっきりした形にはならないもののグロテスクで醜いものが思い浮かぶ。それは古い塔の部屋にいることとあいまってはっきりとした邪悪な気配をまとっていた。

「こうは考えられませんか」アランは気づけば自分の話している声を聞いた。「彼が怯えてこんなことをしたのかもしれないと」

三人の同席者が揃って彼を見た。

「怯えて、とは？」弁護士が繰り返す。

アランは例の革製の箱を見つめた。

「そのアレック・フォーブスという男についてはなにも知りませんけど」彼は話を続けた。「話に聞いたところでは、かなり嫌な奴らしいですね」

「なにが言いたいのかな？」

「アレック・フォーブスがここを訪れたとき、その箱を持参したのだとしましょう。一見したところ普通のスーツケースのようです。しかし狙いがあって彼はここを訪れたのだとしたら。アンガスと〝とことん話しあい〟をしたいのだと装っていましたが、本当はこの箱を置いていくことが目的だった。彼はアンガスの注意をそらし、この箱をベッドの下に押しこむ。騒ぎに紛れ、その後アンガスはスーツケースのことを思いださない。けれど、夜中になにかがこの箱から出てくる……」

アリステア・ダンカンでさえも、少々落ち着かない表情になった。

チャップマンは訝るように興味を抱いてアランを見つめ、不審を隠せずにほほえんだ。

「あの、もったいぶらないでくださいよ！」彼は抗議した。「はっきり言ってくれませんか？」

アランは思い切って話した。

「笑われたくないんですが、実際に考えていたのは——大きな蜘蛛だとか、毒蛇のようなものです。当日は明るい月夜だったんですよね？」

またもや、沈黙がいつまでも尾を引いた。いまでは真っ暗になっており、ほぼなにも見えなかった。

「それはすばらしい意見だ」弁護士が淡々とした素っ気ない声で言う。「ちょっと待ってほしい」

彼は上着の内ポケットを探り、擦りきれた革表紙の手帳を取りだした。それを窓辺にかざして鼻眼鏡を調整し、首を傾けて手帳のあるページを調べた。

「メイドのカースティ・マクタヴィッシュによる供述からの抜粋」彼は読みあげると咳払いをした。「スコットランドの言葉をわかりやすくしてある。聞いてくれ」


ミスター・キャンベルはわたしとミス・キャンベルに「もう休んでこれ以上、騒ぎ立てるのはやめよう。あのろくでなしはわたしが追いだした。ところで、あの男がもっていたスーツケースを見なかったか？」と言われました。わたしたちは見なかったと答えました。ミスター・キャンベルがミスター・フォーブスを家から追いだした後に、わたしたちは塔に到着したからです。ミスター・キャンベルはこう言いました。「あの男は借金取りから逃げるためにこの国を出ていくつもりだぞ。だが、あのスーツケースをどこにやったんだろう？　あいつがここを後にしたとき、両手を使ってわたしを殴ろうとしていたが」

ダンカンは鼻眼鏡越しに覗いた。

「この点についてなにか意見はないかね？」彼はそう訊ねた。

保険会社社員は面白くなさそうだった。

「ご自分でわたしに指摘されたことを忘れていませんか？　ミス・キャンベルとメイドがミスター・キャンベルの休まれる直前にこの部屋を調べていますが、ベッドの下にスーツケースなどなかったんですよ」

ダンカンはあごをなでた。薄暮の自然光で彼は死体めいて顔面蒼白に見え、白髪交じりの髪は針金のようだった。

「たしかに」彼は認めた。「そのとおり。とはいえ――」

彼は首を振った。

「蛇ですって！」保険会社社員が鼻を鳴らした。「それに蜘蛛とは！　まるでフー・マンチュー博士の陰謀ですね！　いいですか！　その箱から這(は)いだし、その後、ご丁寧に箱の留め金を閉じる蛇や蜘蛛がいると思いますか？　翌朝発見されたとき、留め金はふたつとも閉じられていたのですよ」

「そこはたしかに仮説の障害になるようだ」ダンカンは譲歩した。「とはいえ――」

「それに、箱から出てきたものはその後、どうなったんです？」

「あまり気持ちのいいものではないな」コリン・キャンベルがにんまり笑う。「そんなものがまだこの部屋のどこかにいると考えると」

ミスター・ウォルター・チャップマンは急いで山高帽をかぶった。

彼は言う。「失礼しますよ。申し訳ありませんが、みなさん。予定からだいぶ遅れてしまいましたのでね、ダヌーンにもどらねばならないのが。ミスター・ダンカン、送っていきましょうか？」

「とんでもない！」コリンが怒鳴った。「お茶に残ってくれ。ふたりともな」

チャップマンは目をぱちくりさせた。

「いまからお茶？　なんたることですか、夕食（ディナー）は何時にとられるんです？」

「いまから午餐（ディナー）はとらないぞ、お若いの。だが、このお茶（ティー）はきみが食べたことのあるたいていのディナーよりも量が多い。それに、イングランド人めを筆頭に、誰かに振る舞ってみたくてうずうずしていたとても強いウイスキーがあるんだよ。どうするね？」

「申し訳ありません。せっかくのお誘いですが、帰らなければ」チャップマンは上着の袖を叩いた。全身からいらだちが感じられる。「この蛇だの蜘蛛だのという話ですが、そもそも超自然現象が――」

マクホルスター氏族の末裔（まつえい）がエルスパット・キャンベルに話しかけるとき、〝駄洒落〟以上に選んではいけない不運な言葉がなかったのと同じく、チャップマン自身にもコリンに話しかけるとき、〝超自然現象〟以上に選んではいけない不運な言葉もなかった。

コリンの大きな頭は大きな肩に沈んだようになった。

「誰が超自然現象などと話しているのかな？」彼は低い声で訊ねた。

チャップマンが声をあげて笑う。

「当然、わたしじゃないですよ。わたしの会社が取り扱う筋からは少々外れていますから。ですが、このあたりの人たちは、この城が幽霊に取り憑かれていると考えているようですね。少なくとも、どこかおかしなことがあると思っていますな」

「ほう？」

「それに、こんなことを言っても気を悪くしないでもらいたいのですが」――保険会社社員の目がきらめいた――「地元の人々はあなたがたをあまり高く評価していないようですね。〝悪党だ〟とかそのようなことを囁いているようで」

「わたしたちは悪党だ。まったくな！」神をおそれない医者はまんざらでもないのか、そう叫んだ。「誰がその説を否定しよう。わたしはしない。だが、幽霊に取り憑かれているとは！よりによって……いいか。アレック・フォーブスが犬の入れ物におばけを入れて持ち歩いていたなどとは思っていないだろう？」

チャップマンが切り返す。「正直に言って、思っていませんよ。誰かがなにかしらの箱でなにかを運んでいたなどとは」彼はふたたび不安そうな表情となった。「それでも、ミスター・

フォーブスと話ができたら心が安まるでしょうね」

「ところで、彼はどこにいるんですか？」アランは訊ねた。

すでに手帳を閉じていた弁護士は静かに薄笑いを浮かべて話を聞いていたが、また口をはさんだ。

「それもすばらしい発言だ。ミスター・チャップマンでさえも、アレック・フォーブスのおこないにはどこか、ほんの少しだが疑わしいところがあると認めるだろう。いいかね、というのも、アレック・フォーブスは見つからないからだ」

## 8

「と言うと」アランは訊ねた。「本当に借金取りから逃げたんですか？」

ダンカンが鼻眼鏡を振る。

「それは誹謗中傷（ひぼうちゅうしょう）だね。違うよ。わたしはたんなる事実を述べているだけだ。あるいは、飲んだくれてほっつき歩いているだけという可能性もあるが。いずれにせよ、妙だ。そうじゃないかね、わが友ミスター・チャップマン？　絶対におかしい」

保険会社社員は深呼吸をした。

彼は言う。「みなさん。残念ながら、いまはその件についてこれ以上の議論ができません。

暗い階段を踏み外して首の骨を折る前に帰らないと。
　目下のところ、言えるのはこれだけです。明日、地方検察官と話します。今頃は、これが自殺か、事故か、殺人か判断しているはずです。わたしたちはその判断にしたがって対処すべきです。これほど公平な話はないでしょう?」

「なるほど。いや、わたしたちとしても、それで結構なんだよ。ただ、少し時間を割(さ)いて対応してほしいと頼んでいるだけで」

「でも、これが殺人だということがたしかならば」アランは口をはさんだ。「地方検察官がそれに応じた正しい段階を踏んでいないのはなぜです?　たとえば、ロンドン警視庁(スコットランド・ヤード)を呼ぶとか?」

　ダンカンは心から怯(おび)えたように彼を見やった。

「スコットランド・ヤードを呼ぶと?」彼はたしなめた。「なにを言われる!」

　アランは切り返した。「こういうときこそ、彼らの出番だと思いましたが。なぜいけないんですか?」

「きみ、それは絶対にない!　スコットランドの法律には独自の手続きというものがある」

「いや、そうなんですよ!」チャップマンがブリーフケースを脚にバチンと叩きつけて言った。

「わたしはこの地方にやってきてまだ二カ月ですが、そのことはすでに思い知りました」

「だったら、これからどうするつもりですか?」

コリンが厚い胸板をぐっとそらして言った。「あんたたちは揃って騒ぎ立てるだけだったが、怠けなかった者もいたんだよ。これからどうするつもりかは話さない。だがすでにやったことを話そう」彼の視線は、それがいい考えではなかったと言えるものなら言ってみろと挑戦していた。「わたしはギディオン・フェルを呼んだ」

ダンカンは考えこんで舌打ちした。

「その男はたしか――？」

「そうだ。そして、わたしの親友でもある」

「きみは、その、費用のことを考えなかったのかね？」

「まったくな、五秒でいいから金のことを考えるのはやめられないのか？　たったの五秒でいいんだぞ？　どちらにしても、あんたの懐にはまったく響かない。彼はわたしの客としてやってくる、それだけだ。彼に金を払おうなどと申しでれば、言い争いになるさ」

弁護士は断固とした口調で話した。

「コリンよ、金銭のやりとりにきみが軽蔑を抱いていること自体が、往々にしてきみをこまった事態に追いこむ、そのことはおたがいにわかっているじゃないか」彼の目つきはいわくありげだった。「しかしながら、わたしにはポンド、シリング、ペンスにいたるまで金のことを考えさせてもらわないとな。先ほど、こちらの紳士が」――彼はアランにあごをしゃくった――「なぜ〝家族会議〟が招集されたのかと訊ねた。お話ししよう。保険会社が支払いを拒否すれば、訴訟を起こさねばならないだろう。そうした訴訟は費用がかさむんだよ」

コリンは目をむいて言った。「そういうことか。わざわざロンドンからこの若いふたりを呼びつけたのは、施しをしてくれると期待してなのか？　まったくな、あんたはその腐れ首をひねられたいのか？」

　ダンカンは顔面蒼白になった。

「わたしはそんな口の利きかたをされることに慣れていないんだがね、コリン・キャンベル？」

「だが、そんな口の利きかたをされたわけだぞ、アリステア・ダンカン。それをどう考える？」

　ここで初めて、弁護士の声に人間らしい感情が入りまじった。

「コリン・キャンベル、四十二年というもの、きみの家族の手足となって働いてきたというのに――」

「ワッハッハ！」

「コリン・キャンベル――」

「あの！　いい加減にしてください！」チャップマンが抗議し、あまりに落ち着かず足踏みしている。

　アランもコリンの震える肩に手を置いて介入した。いまにも、コリンが襟首とズボンの股ぐらをつかむようにして家から放りだす第二の人物が生まれるのではないかと懸念したからだ。

「失礼ですが」アランは口をはさんだ。「僕の父はかなりの財産を残してくれましたので、僕にできることがなにかあれば……」

「そうなのか？　おまえはかなりの遺産を受けとったというんだな」コリンが言う。「アリステア・ダンカン、あんたはそれを重々承知した上で呼んだな?」

弁護士はしどろもどろになった。彼が言おうとしたのは、アランにくみ取れたかぎりでは「この件からわたしに足を洗ってほしいのか?」だったが、実際に彼が口にしたのは、「この件に足を突っこむようわたしを洗いたいのか?」というような言いまわしだった。けれど、本人もコリンも頭に血が昇ってどちらも気づかなかった。

「そうだとも」コリンが言う。「それがまさしく、わたしのやりたいことだ。さあ、下に降りようじゃないか?」

黙りこんで痛々しく威厳を取り繕いながら、四人はよろめき、まごつきながら手探りで信頼などとてもできない階段を降りた。チャップマンはダンカンに車で送ろうかと訊ねて雰囲気を明るくしようと試み、その申し出は受け入れられ、天候についての所感がほんの少し取りかわされた。

試みはまったく成功しなかった。

やはり黙りこんだまま、彼らは一階に降り、いまでは誰もいない居間へ、続いて玄関ドアにたどり着いた。コリンと弁護士はおやすみの挨拶をかわしたものの、翌朝には決闘をしそうなくらい、高慢ちきな威厳を保っていた。ドアが閉まった。

「エルスパットとキャスリン嬢ちゃんは」まだふさぎこんで怒りをくすぶらせるコリンが言う。「お茶にしているだろう。こっちだ」

アランは食事室が気に入った。これほど取り乱していなければ、もっと気に入ったことだろう。

低い位置に吊るされたランプが明るい光を白いテーブルクロスに投げかけ、暖炉では炎が赤赤と燃えている。エルスパットおばさんとキャスリンは、ソーセージ、アルスター・フライ、卵、ジャガイモ、紅茶、何枚ものバターつきトーストという料理を前に腰を下ろしていた。

「エルスパット」コリンがふさぎこんだまま椅子を引いた。「アリステア・ダンカンがまた辞めると言いだした」

エルスパットおばさんはバターに手を伸ばした。

「そうかい」彼女は達観した口調で言う。「そんなの初めてでもないし、最後でもないよ。一週間前にも、あんたに辞めるって言っただろう」

アランの深い懸念は薄らぎはじめた。

「つまりこういうことでしょうか」アランは訊ねた。「辞めるというのは——本気じゃなかったと?」

「ああ、まさか。あの男は朝にはけろっとしているさ」と、コリン。居心地悪そうに身じろぎする彼はたっぷりと料理の並んだテーブルをにらんだ。「あのな、エルスパット。わたしは虫の居所がクソ悪かったんだ。なんとか抑えたかったんだが」

するとエルスパットおばさんは彼を叱りつけた。

彼女の家でそのような罵(のの)り言葉を使うことは許さない、特に子供の前ではもってのほかだとおばさんは言った。子供というのはどうやらキャスリンのことらしい。さらに、彼らがお茶に遅れたといって怒鳴りつけ、その激しさたるや、まるで彼らが二回連続で食事をすっぽかし、その次の食事で彼女の頭にスープを浴びせたかのようだった。

アランは話半分に聞いていた。いまではエルスパットおばさんのことが少しわかってきて、彼女の剣幕はほぼ見せかけだと気づいていた。ずっと昔、エルスパットおばさんは自分のやりかたを通すために戦い抜くしかなかったのだ。そして、とっくの昔にそんなことをする必要はなくなったというのに、習慣のようにしてそれを続けている。怒りっぽいのでさえない。ただの条件反射だ。

食事室の壁にはしなびた牡鹿の頭がいくつも飾ってあり、炉棚の上には二本のクレイモアがクロスしてかけてあった。アランはこれに魅了された。料理を勢いよく腹に入れ、濃いストレートティーで流しこむと、満ち足りた気分になってくる。

「ふう!」コリンが、息を引きとる間際のようなため息を漏らした。椅子を引き、両手をあげて伸びをすると、腹をぽんと叩く。あごひげとぼさぼさの髪から覗く顔は満足そうだった。「だいぶ気分はマシになったな。いやずっとマシになった。こうなったら、あのイタチじいさんに電話をして謝ってやってもいいぞ!」

「あの」キャスリンがためらいながら言った。「なにかわかりました? 塔の上で。それともなにか決まったの?」

コリンはあごひげのなかに爪楊枝を差しこんだ。

「いいや、子猫ちゃん(キャスリンの愛称の発音をからめた呼び名)、なにも」

「お願いですから、わたしをキティ・キャットなんて呼ぶのはやめて！　みんなして、わたしがまだ大人になってないみたいに扱うんだから！」

「フン！」エルスパットおばさんはキャスリンがたじたじとしそうな視線を送った。「あんたは大人になってないよ」

「わたしたちはなにも決めなかった」コリンが腹をぽんぽんとやりつづけながら話を進めた。「だが、決める必要もなかったんだ。ギディオン・フェルが明日にはここにやってくるからな。じつを言うと、今夜おまえたちのボートを見たとき、フェルがやってきたんだと思ったよ。まあ、ひとたび彼がここに来れば――」

「フェルって言いました？」キャスリンが大声をあげた。「まさかフェル博士じゃないですよね？」

「その男だとも」

「あの新聞に投書をしていたひどい男じゃないわよね？　アラン、ほらあの人！」

コリンが言う。「彼はとても優秀な学者だぞ、キティ・キャット。おまえのちっちゃなボンネットをとって脱帽するしかないほどのな。だが、彼がなにより有名なのは犯罪捜査の方面だ」

エルスパットおばさんはフェル博士の宗教はなんなのか知りたがった。

コリンは、知らないが、彼の宗教がなんであっても関係ないと言った。

エルスパットおばさんは逆に、そこが絶対にとても大切なのだとほのめかし、コリンの死後の行き先にかんする見解について、聞き手が誤解しようのない言葉をつけくわえた。アランにとって、この点がエルスパットの言い分でもっとも受け入れがたかった。おばさんの神学に対する概念は子供っぽいものだった。教会の歴史についての知識はかつてのバーネット主教（チャールズ二世に忠告を繰り返した長老派教会出身の聖職者）でも、正確ではないと見なしただろう。だが、行儀のいい彼は口をつぐんだままで、そのうちようやく適切な質問をする機会を得た。

「よくわからないことがひとつだけあります。日記の件なんですが」

エルスパットおばさんはあちらこちらに毒舌を吐くのをやめ、紅茶のカップに注意をむけた。

「日記？」コリンが繰り返す。

「はい。聞きちがいかもしれませんが。日記じゃなくて別のものだったかもしれません。でも、ミスター・ダンカンと保険会社の人が隣の部屋で話していたとき、ミスター・ダンカンが〝消えた日記〟についてなにか言っているのを聞いたんですよ。少なくとも、僕はそんなふうに聞き取ったんですけど」

「わたしにもそう聞こえたわ」キャスリンが同意する。

コリンは眉間に皺を寄せた。

「わたしにわかるかぎりでは」――彼はナプキン・リングに指をあて、テーブルの端まで転がしてから、また自分の元へと転がした――「誰かがくすねた、それだけだ」

「どんな日記ですか？」

「アンガスの日記だろう、当たり前だ！　彼は毎年一冊の日記をつけつづけ、年末に燃やし、誰かに見られて本心を知られないよう注意していた」

「慎重な習慣ですね」

「ああ。毎晩、寝る前に書いていたぞ。一日もかかさずにな。あの出来事の翌朝も、机に載っているはずだった。しかし――又聞きなんだが、日記はなかったらしい。そうだな、エルスパット?」

「お茶を飲みな、おかしなことを言うんじゃないよ」

コリンは身体を起こした。

「なにがおかしいって言うんだ? 日記はそこになかったんだろう?」

行儀を知っていると見せつけるような、貴婦人めいたおしとやかな手つきで、エルスパットは注意深く受け皿に紅茶を注いで飲んだ。

「問題は」コリンが話を続ける。「誰も日記がないことに気づかないまま、かなりの時間が過ぎたことだ。だから、そのあいだに、机にあるのを見た誰だって、くすねることはできた。つまり、謎の殺人犯が盗んだ証拠はないということさ。ほかの誰だってあり得る。そうだな、エルスパット?」

エルスパットおばさんは一瞬、からっぽの受け皿を見つめてからため息を漏らした。

「あたしが思うにね」彼女は諦めて言った。「あんた、ウイスキーが飲みたいんじゃないのかい?」

コリンの表情がぱっと明るくなった。

「それだ」彼は熱っぽく大声をあげた。「そうだとも、こうゴタゴタしているときにはそうこなくっちゃ」彼はアランにむきなおった。「お若いの、脳天が吹き飛ぶような密造ウイスキーを味見してみないか？」

外では風が出てきたが、食事室は快適で暖かかった。毎度のことながら、キャスリンがそばにいると、アランは気持ちが大きくなって意気込んだ。

「大いに興味深いことになりそうですね」彼は椅子にもたれて答えた。「僕の脳天を吹き飛ばせるウイスキーに出会えればですが」

「ほほう？　そうくるか？」

「思いだしてくださいよ」アランにもそれなりの理由があって言った。「僕は禁酒法の時代にアメリカで三年を過ごしたんですからね。あんな経験を生き延びることができる者は蒸留器から出てきた酒でなくても、怖い物なしですよ」

「本気か？」コリンが考えこむ。「じゃあ、いってみるか？　よーしよし！　エルスパット、これはとっておきの酒がいるな。〈キャンベル家の破滅〉をもってきてくれ」

エルスパットは口答えもせずに立ちあがった。

「やれやれ」彼女は言った。「前にも誰かさんが破滅したことがあったね。あたしが休んじまえば、また同じことが起こるかもしれないよ。あたしもつきあって、少しだけもらおう。夜は冷えるからね」

彼女は床板をきしませて部屋を後にしてから、光があたると黄金にきらめく黒っぽい茶色の液体がなみなみと入ったデカンターを手にもどってきた。コリンがそれをテーブルにそっと置いた。エルスパットとキャスリンには、微々たる量を注ぐ。自分とアランには、大きなグラスに四分の一ほどを注いだ。

「飲みかたはどうするね、若いの？」

「アメリカ式で。ストレート、チェイサーに水を」

「いいぞ！　まことによろしい！」コリンが怒鳴る。「酒を台無しにしたくない心意気を買おう。さあ、飲み干せ。ぐいっと。飲んでくれ」

彼らは――少なくともコリンとエルスパットは――まじまじとアランを見つめている。キャスリンはグラスの液体を怪しみながらにおいを嗅いだが、あきらかに気に入ったようだ。コリンの顔は赤く、荒々しいほどの熱意を浮かべ、目を見ひらいて浮かれきっている。

「もっと幸せな日々を願って」アランは言った。

彼はグラスを手にして飲み干し、まさに目がまわったようになった。

脳天が吹き飛びはしなかったが、一瞬、そうなるかと思った。この酒は戦艦の航路を変えさせるほど強かった。こめかみの血管が破裂しそうな気がする。視界がかすみ、このまま死ぬに違いないと確信した。やがて、果てしない時が流れてからゆらゆらと泳ぐ目を開けると、コリンが誇らしげに浮かれて見つめていると気づいた。

続いて、ほかのことが起こった。

アルコール爆弾が爆発し、アランがそこから呼吸と視界を取りもどすとすぐ、異様なほど爽快で幸せな気分が血管に這い寄ってきたのだ。頭のなかで最初はざわついていたそうした感覚が、次は澄み切った明晰さに取ってかわった。ニュートンやアインシュタインが複雑な数学の問題の解決に近づいたときに抱いたはずの感情だ。

咳きこむのをこらえているうちに、その瞬間は過ぎ去った。

「感想は?」コリンが訊ねた。

「うおおおお!」アランは叫んだ。

「やはり、もっと幸せな日々を祈って」コリンが轟く声で言い放ち、自身のグラスを空けた。同じような効き目が現れたものの、コリンのほうがほんの少し早く我に返った。そこでコリンはアランへにっこり笑いかけた。「気に入ったか?」

「とても!」

「おまえには強すぎなかったか?」

「いいえ」

「もう一杯どうだ?」

「どうも。ぜひ」

「やれやれ!」エルスパットが諦めて言った。「どうなっても知らないよ!」

# 9

アラン・キャンベルは片目を開けた。

どこか遠くから、姿も見えなければ声も聞こえないほど弱々しく、魂がつらそうに這（は）いもどってきて、隠れた通路からふたたび身体に入りこんだ。その感覚はしまいには槌音（つちおと）と光輝の不協和音となった。

そこで彼は目覚めた。

最初の目だけでもひどく応えたというのに、もう一方の目も開けると、脳内に激痛が押し寄せたので、急いで両目を閉じた。

状況を把握してみると——最初はなんの気なしだった——彼は見たこともない部屋のベッドに横たわっていた。パジャマ姿で、部屋には日光が入っている。

だが、真っ先に心配したのはとにかく身体のことだった。頭はまるでどこまでも旋回しながら天井へと伸びてしまったように感じる。胃は地獄だし、しゃべろうとすればカラカラの喉からしゃがれた声が出るだけで、全身はのたくる細い針金でできているようだ。このように、アラン・キャンベルはあらゆる二日酔いの最大級の症状をともなって昼の十二時に起き、しばし、ただ横たわって耐えた。

やがてベッドから起きあがろうとした。だが、めまいに襲われてふたたび横になった。けれども、ここにきて知性が働きだした。必死になって昨夜なにがあったのか思いだそうとした。

そしてなにひとつ、思いだせなかった。

アランは肝を潰した。

脳が探知しきれないところで、しでかしたかもしれない大失敗が広がっている。自分が口にしたり行動したりしただろう大失敗の数々の壮大なパノラマだ。それなのに、いまはそれを思いだせない。これに比類するほどの苦悶はおそらく存在しない。自分がまだシャイラ城にいることはわかった。その見当がついた。それにコリンと〈キャンベル家の破滅〉を飲み干すよう誘われたことも。だが、そこまでしかわからない。

部屋のドアが開いてキャスリンがやってきた。

彼女はトレイにブラックコーヒーと、ガラス製エッグスタンド入りの見ただけで吐き気を催すなにかの混ぜものを載せていた。彼女のほうはきちんとした服装だ。けれども、彼女が冴えない表情をしていることにアランは奇妙にも慰めを覚えた。

キャスリンが近づいてベッドサイドテーブルにトレイを置いた。

「ねえ、ドクター・キャンベル」士気を喪失させる最初の言葉はこれだった。「自分が恥ずかしくない？」

さまざまな感情が駆け巡ったものの、アランは長く大仰に、うーんとうなるしかなかった。

キャスリンは両手で頭を抱えた。「わたしにもあなたを責める権利なんかないけれど。わたしもう少しで、あなたみたいに悪いことをするところだった。ああもう、嫌な気分！」彼女は息を吐き、よろめいた。「でも、少なくとも、わたしはあんなことをしなかった」

「なにをしなかったって？」アランは声を振り絞った。

「覚えていないの？」

　彼は波のように彼を洗い流すであろう大失敗を指摘されるときを待った。

「あのとき――いえ。なんでもない」

　彼女はトレイを指さした。「プレーリー・オイスター（卵黄にウースターソース、ビネガー、タバスコ、塩胡椒などを合わせたもの）を飲んで。うえっとなりそうな見た目なのは知ってる。でも、効果はあるから」

「飲むもんか。教えてくれ。僕はなにをやらかした？　とても悪いことをしたのか？」

　キャスリンは力なく彼を見つめた。

「もちろん、コリンほど悪くなかったけれど。でも、わたしがパーティから離席しようとしたとき、あなたとコリンはクレイモアで殺陣（たて）を披露していた」

「なにをしていたって？」

「本物の剣でフェンシングをしていたの。食事室の隅から隅まで暴れたと思ったら、玄関ホールに出て、階段をあがって。あなたは民族衣装の格子柄の肩掛け（プレード）がわりにキッチンのテーブルクロスを使ってた。コリンはゲール語でしゃべっていたし、あなたはウォルター・スコットの『マーミオン』や『湖上の美人』を暗唱していたのよ。ただし、あなたは自分が登場人物のロデリック・デューなのか、ダグラス・フェアバンクスばりの冒険活劇俳優なのか決めきれないみたいだったけど」

　アランはぎゅっと目を閉じた。

　自分にだけ聞こえる声で祈りを囁く。ブラインドの細い隙間から射す光のように、おぼろげな記憶の光がちらつく昨夜の世界の一幕を照らしだしてから、絶望的な混乱のなかへと遠のいていく。すべての光は砕け、すべての声は弱まった。

　彼は額に両手を押しつけた。「ちょっとやめてくれよ！　エルスパットにはなにもしていないよね？　僕はエルスパットを侮辱していないよな？　思いだせそうなかぎりでは……」

　またもや彼は目を閉じた。

「アランったら。昨日の夜はあれだけのことがあったけれど、そこだけがよかった点でしょ。あなたはエルスパットおばさんの秘蔵っ子よ。あなたは亡くなったアンガスの次に立派なキャンベル氏族だって、おばさんは思ってる」

「なんだって？」

「〈厳粛な同盟と契約〉（十七世紀、長老派教会支持にからめてイングランドとスコットランドでかわされたもの）やスコットランド教会史について、三十分はおばさんに語っていたのを覚えてないの？」

「待ってくれ！　ぼんやりとだが、たしかに――」

「おばさんには内容が理解できなかった。でも、あなたはおばさんを魔法にかけたのよ。長老派の牧師の名前をそれだけたくさん知っている人間が、自分が思っていたような不信心者のはずがないと言わせたの。そうしたら、あなたはあのすさまじい酒を大きなグラスで半分飲めとさかんに勧めちゃって、おばさんは夢遊病になったマクベス夫人みたいにふらふらと寝室に引きあげた。もちろん、それはフェンシングの一件の前の話ね。それから――あなた、コリンがあの可哀想な男、スワンにしたことを覚えていないの？」

「スワン？　追いだされたマクホルスター＝スワンのことじゃないよね？」

「その人よ」

「でも、彼がここでなにをしていたんだ？」

「それはこんな経緯よ、わたしの記憶も曖昧なんだけれど。あなたたちがそこらじゅうでフェンシングをした後、コリンが外に出ると言いだしたの。〝アラン君、今夜やっておくべき汚れ仕事がある。いざ、スチュアート氏族の奴らを探しにいこう〟と言ってね。あなたはそれが文句なしに最高のひらめきだと思ったみたい。

わたしたち三人で裏手の道路側に出たの。くっきりした月明かりで最初に目にしたのが、立ち尽くしてこの家を見ているミスター・スワンだった。どういうつもりだったかなんて、わたしに訊かないでよ！　コリンが〝スチュアートのこんちくしょうめがいたぞ！〟ってがなり立て、クレイモアを振りかざして彼にむかっていった。

ミスター・スワンはコリンを一目見るなり、びっくりするくらいの速さで道を駆けだしたわ。コリンは全速力で彼を追いかけ、コリンに続いてあなた。わたしは参加しなかった。酔いがまわり、その場に立って腹をよじって笑うくらいしかできなくなっていたから。コリンはミスター・スワンに追いつくことはできなかったけれど、何度か突っつくことはできたのよ、後ろを、その、おしり——」

「なるほど」

「そうしたらコリンは転んでしまったものだから、ミスター・スワンは逃げおおせた。それから、あなたたちふたりは歌いながらもどってきたの」

あきらかにキャスリンが気にしていることがあった。彼女は床から視線をあげようとしない。

「あなたは覚えてないでしょうけど」彼女はつけくわえた。「わたしはこの部屋で夜を過ごしたんだけど」

「きみがこの部屋で夜を過ごしただって?」

「そう。コリンがどうしてもと言って聞かなくてね。わたしたちをこの部屋に閉じこめたのよ」

「でも、僕たちはなにもしてないよね、つまり……」

「なにをしてないの?」

「言いたいことはわかるはずだよ」

顔色から判断するにキャスリンはあきらかにわかっていた。

「ええ、なにもなかった。どちらにしても、ふたりともぐでんぐでんに酔っていたし。わたしは頭がぼんやりして弱っていたから文句も言わなかった。あなたはこんな詩を暗唱してたっけ。

わが胸と共に死すは
ヘザーエールの秘密なり（伝説の酒のレシピをめぐる民話を題材にしたR・L・スティーヴンスン Heather Ale より）

そうしたら、あなたは恭しく〝では失礼〟と言い、床に寝そべって眠ったのよ」

彼は自分のパジャマが気になってきた。「だったら、僕はいつこれを着たんだろう？」

「知るもんですか。きっと夜に目を覚まして着替えたのよ。わたしは死んだみたいな気分で六時頃に目を覚まし、鍵穴にささったままの鍵をどうにか押しだして廊下側に落とし、ドアの下の隙間に差しこんでおいた紙に載せて室内に引き入れたの。こうして自分の部屋に行けたし、エルスパットはこの件をなにも知らないはずよ。でも、わたしが目を覚ましてあなたがそこにいるのを知ったときの気分ったら……」

彼女の声はわななくように甲高くなった。

「アラン・キャンベル。わたしたち、いったいどんなことになると思う？　ふたりともよ。ふたりとも評判が傷つけられる前に、スコットランドから逃げだしたほうがいいと思わない？」

アランはプレーリー・オイスターに手を伸ばした。どうやって呑みこむことができたのか、いまとなっては思いだせない。だが、とにかくやってのけ、気分はマシになった。熱いブラックコーヒーも役に立った。

彼は宣言した。「いいかい。金輪際、あの酒には一滴たりとも近づかないぞ！　それにコリンにも。彼が地獄の責め苦を味わっていればいいんだが。ものすごい二日酔いを経験していればば」

「それが全然なの」

「全然？」

「彼は元気そのものよ。上等のウイスキーはどんな人間にも頭痛を起こさせないと言ってる。それから、あのおそろしいフェル博士が到着した。あなた、一階に降りて朝食をとることはできるの？」

アランは歯を食いしばった。

「努力はしてみる」彼は答えた。「きみが良識の欠如を克服し、僕が着替えるあいだに席を外してくれればね」

半時間後、ひげを剃ってやや原始的な浴室で風呂に入ってから、彼はぐっとマシな気分で階段を降りていた。居間の半開きのドアからふたつの力強い声――コリンとフェル博士のものだ――が聞こえてきて、彼の頭蓋骨に鋭い痛みが走った。朝食のあいだ彼がなんとか食べることができたのはトーストだけだった。その後、彼とキャスリンはやましい気持ちを引きずりながら居間に足を踏み入れた。

フェル博士は撞木杖に手を重ね、ソファに座っていた。彼がくすくす笑うと、眼鏡の幅広の黒いリボンが揺れた。白いものが交じったもじゃもじゃの豊かな髪が片目にかぶさり、面白がって笑うとあごの襞がさらに増えていく。彼は部屋を占領しているように見えた。初めて見たとき、アランはこんな人物が実在するなど信じられないくらいだった。

「おはよう！」博士が轟くような声で言う。

「おはよう！」コリンも負けないような声を出す。

「おはようございます」アランはつぶやいた。「あなたたち、そんなふうに叫ぶ必要がありますか？」

「なにを言っている。叫んでなんかいないぞ」と、コリン。「今朝の気分は？」

「ひどいもんです」

コリンが彼を見つめた。「頭痛が起きたんじゃなかろうな？」

「あなたは起きなかったんですか？」

「なにを言っている！」コリンが激烈に、決めつけるように鼻を鳴らした。「上等のウイスキーはどんな人間にも頭痛を起こさせない」

とにかく、この誤った考えは北国では福音（ふくいん）のように信じられているのだ。だがアランはその点に異を唱えようとはしなかった。フェル博士がよっこらしょと立ちあがると、お辞儀らしき動きをした。

「お会いできて光栄だよ」フェル博士はそう言い、続いてキャスリンに頭を下げた。「よろしくどうぞ、マダム」そして目をきらめかせた。「クリーヴランド女公爵の髪についてきみたちが対立していた問題は、どうにか解決したようだね？　それとも、目下のところは、犬の髪（ヘア・オヴ・ザ・ドッグ）（〝迎え酒〟の意味がある）のほうに興味ありといったところかな？」

「そいつは悪くない考えだ」コリンが言う。

「とんでもない！」アランは怒鳴ったが、自分の頭が痛くなった。「どんな状況でも、あのいまいましい酒には二度とかかわりませんから。二言（にごん）はありません」

「いまはそう思っているだろうが」コリンは気安くにやついている。「今夜、フェルに一杯飲ませようと思っているよ。なあ友よ、脳天が吹き飛ぶような密造ウイスキーを味見してみないか？」

フェル博士がくすくす笑った。

「大いに興味深いことになりそうだわい」彼は答えた。「わしの脳天を吹き飛ばせるウイスキーに出会えればな」

「そのセリフは言っちゃいけません」アランは警告した。「前もって説得させてください。そのセリフはだめです。僕もそのセリフを言った。あれが命取りでした」

「そもそも、そんな話をしなくちゃいけませんか？」キャスリンがフェル博士をうさん臭そうな目で見つめながら訊ね、博士のほうは当世のクリスマスの幽霊（C・ディケンズ『クリスマス・キャロル』より）のように満面の笑みを彼女にむけた。

ここで一同がやや驚いたことに、フェル博士は厳粛な面持ちになった。

「妙なことだが、この話をするのが望ましいと考えておってな。おお、アテネの執行官よ！この話が関係しておる可能性はじゅうぶんあり得る――」

彼は言いよどんだ。

「なんに関係があると？」

「アンガス・キャンベルの殺人に」フェル博士は答えた。

コリンが口笛を吹いたきり、沈黙が流れた。ひとりごとをつぶやいているフェル博士は、山賊ひげの先っぽを噛もうとしているようだった。

「どうやら」彼は話を続けた。「説明したほうがよさそうだ。わが友コリン・キャンベルの招きに与り、わしはとても幸せだった。彼が書いてきた事件の詳細、そのすべてにとても惹かれたからだよ。ポケットにボズウェルの『サミュエル・ジョンソン伝』と歯ブラシを入れ、北行きの列車に乗ったんだ。ジョンソン博士のこの国についての見解を再読し、道中の暇を紛らわした。あんたたちも、もちろんおなじみだろうが、結局のところ神がスコットランドを作ったんだから、スコットランドにそれほど厳しくしちゃいかんと言われたとき、ジョンソン博士がきっぱりと返事をしたな。〝失礼ですが、そのたとえは不愉快ですね。神は地獄も作ったのですから〟と」

コリンがいらついた仕草を見せた。「そんなことはどうでもいい。話の続きを」

フェル博士が言う。「わしはダヌーンに到着した。昨日の夕方早くにな。観光案内所で車を頼もうとしたら――」

「そこなら知っています」キャスリンが言った。

「一台きりの車はすでにシャイラへむかう一行が使っておると知らされてな。いつ車はもどってくるかとわしは訊ねた。もどってこないと係員は言うんだよ。インヴァレリにいる運転手から電話があったばかりで、名前はフレミングと言ったかな――」

「ジョックのことだ」コリンがほかの者たちに説明する。

「運転手の話では、乗客のひとりのスワンという紳士がインヴァレリに泊まることにしたから、翌朝ダヌーンに送ってくれる車と運転手を待たせておきたがっておるそうでな。かなりの料金でこの手配は成立したらしい」

「あの地獄の覗き屋め！」コリンが怒鳴った。

「まあ、聞いてくれ。だが、係員は翌朝——今朝ということだな——の九時半に観光案内所の前に来れば、車がもどっているからわしをシャイラに連れていけると言ったよ。

わしはホテルに一泊し、時間通りに案内所へむかった。すると、なかなかめずらしい光景を目にしてな。メインストリートを車がやってきおったんだが、ひとりきりの乗客は灰色の帽子にやたらとけばけばしいタータンのネクタイ姿で、後部座席に立っておった」

コリン・キャンベルは床をにらみつけている。

フェル博士は想像を巡らすように大いに楽しげな表情を浮かべた。天井の隅を見あげながら咳払いをひとつ。

「なんでまたその男が立っていないといかんのか知りたくてたまらず、わしはあれこれ訊ねたんだよ。彼はいくぶんぶっきらぼうに、座った姿勢は痛いんだと答えおった。彼から話を引きだすには、手管（てくだ）など必要ないも同然だったわ。まったく、あの男はカンカンになっておったからな。コッホン」

アランはうめいた。

フェル博士は眼鏡の縁越しに最初はアランを、続いてキャスリンを見つめた。ぜいぜいと息をした。彼の表情はとてつもない気遣いに満ちたものだった。

「訊ねてもよいかな」博士は言う。「きみたちふたりは結婚の約束をしておるのかね?」

「まさか!」キャスリンが叫んだ。

「だったら」フェル博士は熱心に勧めた。「どうあっても結婚しなさい。それも急いで。ふたりとも責任の多い地位にある者たちだ。しかし、今日のデイリー・フラッドライト紙が名誉毀損で訴えられる覚悟があろうがなかろうが、きみたち自身について載せることになりそうな記事は、ハイゲートの大学でもハーペンデン女子カレッジでも好意的に受けとられんだろうね。クレイモアを振りまわされる月明かりでの追跡劇という手に汗握る話で、追いかけてくるふたりの殺し屋をご婦人ががんばれと応援しているとあっては、地位もなにもすべておじゃんになるぞ」

「わたし、がんばれなんて叫んでない!」キャスリンが言う。

フェル博士は彼女を見てまばたきした。

「本当に叫ばなかったかな、マダム?」

「ええと……」

「残念ながら叫んでいたぞ、キティ・キャット」コリンが床をにらみながら言った。「だが、あれはわたしの責任だった。わたしが――」

フェル博士は押しとどめる仕草をした。

「それはどうでもよい」彼は口を出した。「わしが言いたかったのはそんなことじゃない。古きよきハイランドの習慣の復活に心惹かれてひらめき、わしは運転手のミスター・フレミングと話したんだよ」

「それで?」

「わしがどうしても訊ねたいことはこれだよ。あんたたちの誰か、昨夜、何時でもいいから、塔にあがらんかったか? あんたたちの誰でも、何時でもいい」

沈黙が流れた。湖に面した窓は開けられ、外はすっきりとした涼しく心地よい日だった。全員が顔を見合わせた。

「あがってない」キャスリンが答えた。

「わたしもだ」コリンが言う。

「絶対にたしかかね?」

「そうとも」

「ミスター・スワンは」フェル博士が妙に強調しながら話を続けたので、アランは不安になった。「ふたりの男はなんと言うか〝着飾っていた〟と話しておる」

「本当に、お馬鹿さんがくだらないことをして」キャスリンが言う。「あれは全部アランが悪いの。正確には〝着飾っていた〟んじゃない。プレードがわりにチェックのテーブルクロスを肩にかけたの、それだけ」

「それだけかな?」

「そうです」

フェル博士はぐっと息を吸った。表情は重々しいまま、顔色はとても赤かったため、誰もしゃべらなかった。

「話をもどすと」フェル博士は話を続けた。「わしは運転手に質問した。彼から情報を引きだすのは、歯を引っこ抜くよりずっとむずかしかったよ。だが、話していると、彼はたしかにささやかな情報をぽろりと漏らした。ここは〝気持ちのよか場所〟ではない、と」

コリンがいらだって大きなうめき声をあげたが、フェル博士は彼を黙らせた。

「その上、彼はそうだと誓える立場にあると言いおってな」

「それはどうして？」

「ゆうべ、インヴァレリで宿をとってから、スワンはまたここまで運転してほしいと彼に頼んだ。スワンはもう一度、ミス・エルスパット・キャンベルに会えないか試みるつもりだった。ここで、わしがこのあたりの地理を把握しておるか確認させてくれ。インヴァレリに続く道路は家の裏手を走っておるんだな？」

「そうだ」

「そして見てのとおり、玄関は湖に面しておる。スワンは使い走りみたいに、運転手に玄関まで歩いてぐるりとまわってノックしてくれるよう頼んだ。スワンは裏手に待ったままでな。運転手は言われたとおりにした。くっきりとした月明かりだったことを覚えておるかな？」

「それで？」

「運転手がドアをノックしようとしたまさにそのとき、たまたま塔の部屋の窓を見あげた。すると、例の窓に誰かを、あるいはなにかを見たんだよ」

つは顔半分を吹き飛ばされており、彼を見おろしておったと」

「フレミングは」彼は話を続ける。「ハイランドの衣装姿のなにかを見たと誓っておる。そい

そして顔をあげた。

フェル博士は杖の握りに重ねた両手を見つめた。

「でも、そんなのあり得ない！」キャスリンが叫んだ。「わたしたちは――」

## 10

石頭でいるのは大変結構なことだ。頭痛がしていようが神経が高ぶっていようが、たいていの人はそうした現実的な石頭である。だが、ことがこうなると、迷信めいた恐怖の兆しを感じとることはむずかしくなどない。

キャスリンが訊ねた。「こう思われたんですか。グレンコーの虐殺の後に起こった話のようなことだと？　犠牲者のひとりの幽霊がイアン・キャンベルという男を追いかけ――」

言葉にするのを諦め、彼女は飛び降りる者の真似をした。

コリンの顔は火がついたように真っ赤だった。

「幽霊だと！　幽霊が聞いてあきれる！　いいか、第一に、そのような言い伝えなど存在しなかった。嘘つきのガイドブックが、いかにも観光地めいた逸話だからとつけくわえたものだっ

たのだ。当時の玄人の兵士は命令を受けて実行したことを、そこまでまじめに振り返ったりはしなかったんだからな。

第二に、あの部屋に幽霊など取り憑いていない。アンガスは長年毎晩あそこで寝ていて、彼はおばけなど一度も見ていなかったんだぞ。あんたはそんな戯言を信じていないな、フェル？」

フェル博士は平然としたままだった。

「わしはただ」彼は穏やかに答える。「運転手に聞いた話を語っておるだけだよ」

「戯言だ。ジョックはあんたをからかったのさ」

「そう言うがね」――フェル博士は顔をしかめた――「あの運転手はでたらめのたぐいを吐きまくる常習犯にはとても見えんかったよ。スコットランド人というのはたいていどんなことでも駄洒落にするが、幽霊だけは例外だな。それに、あんたはこの話の本当の勘所を見逃しておるようだ」

博士は一瞬黙りこんだ。

「でも、それはいつの話だったんですか？」アランは訊ねた。

「ああ、そうだな。ご婦人の連れがいるふたりの殺し屋が裏口から現れてスワンに襲いかかる直前の話だ。フレミングは結局、玄関をノックしなかったんだよ。叫び声を耳にして、裏口へむかった。車を動かし、道路でスワンを見つけて乗せることになった。だが、運転手もあまりいい気分はせんかったと言っておる。窓辺に例のものを目撃して数分ほど月明かりのなかに立ち尽くしたんだから、全然いい気分はせんかったそうだ。あの男のことは責められんね」

キャスリンがためらった。「幽霊は具体的にはどんな様子だったんですか？」

「縁なし帽、プレードを肩からかけ、顔はえぐれておった。そこそこ距離があったから、見えたのはそれだけだった」

「キルトは穿いてなかったんですか？」

「彼にキルトが見えたはずはないよ。その人影の上半身しか見ておらん。虫に食われたように腐って見え、目がひとつしかなかったそうだ」またもや博士は地響きのような咳払いをした。「だが、肝心な点はこれだよ。あんたたち三人のほかに、昨夜この家にいたのは誰だね？」

「誰もいません」キャスリンが答えた。「エルスパットおばさんとメイドのカースティは別ですけど、ふたりともすでに休んでいました」

「ほら、戯言だと言っただろう！」コリンが怒鳴った。

「だったら、ジョック本人と話してみるとよかろう。いま、台所にいるから」

コリンは立ちあがり、ジョックを見つけてこの戯言にけりをつけようとした。だが、それは叶わなかった。まずアリステア・ダンカンが、続いて堪えてはいるがうんざりした様子のウォルター・チャップマンが、メイドのカースティ――怯えた目をして柔らかな声、控えめな物腰でまるで目立たない若い女――に案内されてきたからだ。

弁護士は昨夜のコリンとの口論についてはいっさい言及しなかった。いやに身体を固くして突っ立っている。

「コリン・キャンベル――」彼は口を開いた。

「いいか」ぼやくコリンは両手をポケットに突っこんで首をぐっとすくめたものだから、食料貯蔵室から追いだされたニューファンドランド犬のように見えた。「しゃくにさわるが、あんたに謝らないといけない。わたしが悪かった。ただそれだけだ」

ダンカンがふうっと息を吐いた。

「あなたにそれがわかるだけの良識があってなによりだよ。ご家族と長いつきあいだというだけで、目に余る無作法を許せているだけなんだからね。耐える必要などないのに」

「おい！　ちょっと待った！　それは聞き捨てならない――」

「だから、その件をこれ以上考えるのはやめておこう」コリンの目がまたもやぎらついてくると、弁護士は話を締めくくった。咳払いをして、私的なわだかまりは忘れて仕事に取りかかろうとほのめかす。

「知らせたほうがいいと思ったんだ」彼は話を続けた。「アレック・フォーブスが発見されたようでね」

「でかした！　どこで？」

「グレンコー近くの小作人のコテージで目撃情報があった」

チャップマンが口をはさんだ。

「わたしたちで片をつけることはできませんか？」保険会社の男は提案した。「グレンコーはここからそう遠くないですよね。午後のうちに車で往復することは簡単でしょう。わたしの車でひとっ走りして会いにいきませんか？」

弁護士の態度は死体のように落ち着き払っていた。

「先走らないようにしたいものだね、きみ。まあまあ、焦らずに！　まずは、それが本当にアレックかどうか警察にたしかめさせよう。前にも目撃情報はあったじゃないか。一度はエディンバラで、それにエアーでも」

「アレック・フォーブスとは」フェル博士が急に口を開いた。「ミスター・キャンベルが亡くなった夜に、彼を訪ねてきたという怪しい人物かね？」

全員がいっせいに博士のほうをむいた。コリンが慌てて博士を紹介した。

「お話は伺っているよ、博士」ダンカンは鼻眼鏡越しにフェル博士をじろじろとながめた。「じつを言うと、あなたに会えればと思ってここに来たようなところもあるんだよ。この件は当然ながら」彼はほほえんだ。「あきらかに殺人事件だからね。だが、まだいくらか混乱がある。わたしたちのために謎を解いてもらえるだろうか？」

しばし、フェル博士は返事をしなかった。

顔をしかめて床をにらみながら、杖の先端でカーペットに模様を描いている。

「ふうむ」彼はそう言い、杖の石突きでコンと床を叩いた。「わしはこれが殺人だと心から信じておる。そうでなければ、関心などもたん。ただ――このアレック・フォーブスというのがな！」

「彼がどうしました？」

「うむ、アレック・フォーブスとは何者だ？　どんな人物かね？　もっとこの男のことを知りたい。たとえば、彼がミスター・キャンベルと諍いをした原因は？」

「アイスクリームだ」コリンが答える。

「なんと言ったね？」

「アイスクリームだよ。ふたりはあたらしい製法でそれを大量生産をするつもりだった。さまざまなタータンの柄に着色して。いや、これはいたってまじめな話だ！　アンガスはいつもそんなふうなアイデアばかり思いついた。工場を作って人工の氷——あのとても高価な化学物質のやつだ——を使い、借金がかさんで大騒ぎの地獄絵図になった。ほかにもアンガスが考えたなかには、作付けもできれば刈り入れもできるあたらしいタイプのトラクターがある。それから、ドレークの黄金を見つけて出資者すべてを大金持ちにするというふれこみの連中に金を出したり」

「フォーブスはどのような人間なんだね？　労働者タイプ？　そんなところか？」

「いや、全然。いくらか教養のある男だ。だが、アンガスと同じで、金の面ではあてにならない。瘦せて、色黒の男だな。ふさぎがちで。酒好き、自転車をよく乗りまわして」

「ふうむ、なるほど」フェル博士は杖で指した。「炉棚にあるのはアンガス・キャンベルの写真のようだが？」

「ああ」

フェル博士はソファから立ちあがり、のしのしと部屋を横切った。黒いリボンをかけた写真を光にかざし、小さくハアハアと息をしながら、眼鏡の位置を調整して観察した。

彼は言う。「これは自殺するような人間の顔ではないな」

「そうとも」弁護士がほほえむ。

「でも、顔つきだけで判断は――」チャップマンが切りだした。

「あんたはどの分家のキャンベルなんですかな?」フェル博士が礼儀正しく訊ねた。

チャップマンはやけになって両手を突き上げた。

「わたしはキャンベルの人間なんかじゃありませんよ。ヘラクレス保険会社の者で、グラスゴーの営業所にもどらないと仕事が大変なことになります。いいですか、フェル博士。わたしもあなたの噂は聞いています。なんでも公平な考えの持ち主だとか。だから説明させてください。証拠はこの人物がたしかにやったことを示しているのに、やっただろうだとか、やっていないだろうとか判断してなんになりますか?」

フェル博士が言う。「すべての証拠は正反対のふたつの方向を指しているものだ。棒きれの両端のようにな。そこが問題なんだよ」

心ここにあらずで彼はよろよろと炉棚にもどり、写真を置いた。ひどく気になることがあるようだ。鼻に載せた眼鏡が歪(ゆが)むのも構わず、すべてのポケットをあさり始めた。彼にとっては重労働だろう。メモが走り書きされた紙を取りだす。

「コリン・キャンベルのすばらしく明確な手紙から」彼は話を続けた。「また、今朝彼に聞いた事実から、わしたちにわかっておること、あるいは推測できることのあらましを組み立てようとしたんだが」

「それで？」弁護士が先をうながす。

「ここはひとつ時間をもらって」——フェル博士はぞっとするようなしかめ面になった——「ここに書いた要点を読みあげたい。骨組みだけの形で耳にすれば、ひとつふたつの事柄がもう少しはっきりするか、もっと示唆に富むものにはなるだろうて。まちがいがあれば、指摘してくれ。

1、アンガス・キャンベルは毎晩十時に寝た。

2、内側から鍵を閉めてかんぬきをはめるのが彼の習慣だった。

3、窓を閉めて寝るのが彼の習慣だった。

4、毎晩寝る前に日記をつけるのが彼の習慣だった」

フェル博士はまばたきしながら顔をあげた。

「ここまでまちがいはないかね？」

「ないよ」コリンが認めた。

「次に、この事件を取り巻くシンプルな状況の話だ。

5、アレック・フォーブスは事件の夜の九時三十分にアンガス・キャンベルを訪ねた。

6、彼は家に押しこみ、アンガスの寝室まであがった。

7、ふたりの女のどちらも、このときはフォーブスの姿を見なかった」

フェル博士は鼻をこすった。

「質問だ」彼はつけくわえた。「では、フォーブスはどうやって家に入ったのか？　おそらく、玄関のドアを破ったのではあるまい？」

「そこにあるドアの外に出てみればわかるぞ」コリンがこれに答えて指さした。「塔の一階につながっているんだ。一階の部屋には中庭に面した木製の両開き戸がある。南京錠をかけておくことになっているんだが、だいたいかかっていない。フォーブスはそこから入ったのさ——誰にも気づかれることなく」

フェル博士はこれをメモした。

「もっともな説明のようだな。大変結構。では、多くの問題点と戦うとしよう。
8、このとき、フォーブスは〝スーツケース〟のようなものをもっていた。
9、彼はアンガスと喧嘩をして、彼に追いだされた。
10、フォーブスは去るとき、手ぶらだった。
11、エルスパット・キャンベルとカースティ・マクタヴィッシュは、このとき到着してフォーブスが追いだされる姿を見ている。
12、ふたりはフォーブスがもどってこないかと心配した。離れの塔には外に通じる入り口があり、使われていない五階ぶんの空間があることを知れば、この懸念はより理解できる。
13、ふたりは使われていない部屋もアンガスの部屋も調べた。
14、この時点で、アンガスの寝室のベッドの下にはなにもなかった。
やはりまちがいはないかね？」フェル博士が顔をあげて訊ねた。

「いいや、まちがってるね」甲高くて鋭く、攻撃的な声が告げ、一同をびくりとさせた。

誰もエルスパットおばさんがやってきたことに気づいていなかった。彼女は威厳をもって堂堂と立ち、手を組んでいる。

フェル博士は彼女を見てまばたきした。「どこがまちがっておるんですかな、マダム?」

「あたしとカースティが見たとき、犬を運ぶ箱がベッドの下になかったってのはまちがいだよ。あったんだからね」

六人の聞き手は困惑しながら彼女を見つめた。ほとんどの者がいっせいにしゃべりだし、狂乱めいた騒ぎはダンカンの弁護士らしい厳格な主張でようやく静まった。

「エルスパット・キャンベル、いいかね。あなたはベッドの下にはなにもなかったと言ったよ」

「あたしは、スーツケースはなかったと言ったんだ。ほかのもののことはなにも言わなかっただろ」

「アンガスがドアの鍵をかけてかんぬきをはめる前に、ドッグキャリーがベッドの下にあったと言いたいのかね?」

「ほいな」

「エルスパット」コリンが突然、なにかを確信して目をきらめかせた。「それは嘘だ。まったく、あんたは嘘をついてる! ベッドの下にはなにもなかったと言ったじゃないか。わたしはこの耳でたしかに聞いたぞ」

「あたしは絶対本当のことを言ってるし、カースティもそう言うさ」彼女は全員に等しく敵意のこもった視線を送った。「もうすぐ午餐(ディナー)だから、あんたたちみんなに構ってはいられないよ」

きっぱりとそう表明すると、彼女は部屋を後にしてドアを閉めた。

問題はいまのエルスパットの証言で事情が変わるかどうかじゃないかとアランは考えた。コリン・キャンベルはエルスパットが嘘をついているとあきらかに確信しており、それには同意する。しかし、彼女はぬけぬけと家族を欺く(あざむ)ことに慣れているし、立派な目的のためと信じれば嘘をつくことに慣れているから、何事においても真実と虚偽を見極めることはむずかしかった。

今度、沸き立つ議論を鎮めたのはフェル博士だった。

「いまの件についてはおいおい論じるとして、先を続けよう。次にあげる点はわしたちの問題をはっきりと明確にするものだ。

15、アンガスは内側からドアの鍵をかけてかんぬきをはめた。

16、遺体は翌朝六時、塔の下で牛乳配達人によって発見された。

17、死因は落下で生じた複数の傷だった。

18、死亡推定時刻は午後十時から午前一時のあいだである。

19、彼は薬を盛られたり酔わされたりした形跡はなかった。

20、ドアはまだ内側から鍵がかけられ、かんぬきをはめられていた。かんぬきは錆び(さ)ていたため、外すのは容易ではなく、受け口に固く挿さっていた。このことから、かんぬきに細工がされていた可能性は除外される」

アランの頭のなかに、昨夜目にした破られたドアのイメージが浮かんだ。

かんぬきが錆びていたこと、丈夫な錠がドア枠から引きちぎられていたことを思いだした。紐などを使った細工はあきらかに考えられない。フェル博士が話を続け、ドアのイメージは頭から消えた。

「21、窓から出入りは不可能だった。これは尖塔職人からの証言である。

22、部屋に隠れていた人間はいなかった。

23、ベッドには休んだ形跡があった」

フェル博士は頬を膨らませ、顔をしかめてからメモを鉛筆でトントンと小突いた。

「こうしたことから、次なる質問をはさまねばならんな。あんたの手紙には書かれておらんかったことだ。朝になって遺体が発見されたとき、スリッパやガウンは身につけておったのかね？」

「いや」コリンが答える。「ウールの寝間着だけだが？」

フェル博士がまたメモを取った。

「24、日記がなくなっていた。しかしながら、これは事件発生からしばらく経ってもちさられたのかもしれない。

25、窓の留め具にはアンガスの指紋だけがついていた。

26、ベッドの下には犬を運ぶために使われるようなケースがあった。これはこの家のものではなかった。フォーブスのものと推測される。だが、いずれにしても前夜そこにはなかった。

27、この箱はからっぽだった。

それゆえに結論を出すとなれば――」

フェル博士は間を置いた。

「言ってくれ！」アリステア・ダンカンが鋭い声で急かした。「どんな結論なんだね？」

フェル博士は鼻を鳴らした。

「諸君、それは見逃しようがなかろうに。ほかには考えられんよ。結論としてはどうしたって、(a) アンガス・キャンベルは意志をもって自殺したか、(b) 箱になにかが入っており、そのせいで一目散に逃げだし、窓を突き破って命を落とすことになったか、このどちらかだ」

キャスリンは少し震えた。しかし、チャップマンは納得しなかった。

「その話ですか。蛇。蜘蛛。フー・マンチュー。昨夜すっかり検討しましたよ。でも、なんの解決にもなりませんでしたね」

「わしの事実に異論があるのかね？」フェル博士はメモを小突きながら訊ねた。

「いいえ。でも、わたしの事実に異論を唱えることができますか？　蛇ですって！　それに蜘蛛――」

「そして今度は」コリンがにやりとする。「幽霊まで」

「はあ？」

コリンが説明した。「ジョック・フレミングという名のお調子者が、ゆうべ塔の窓でハイランドの衣装を着た顔なしの何者かがなにやら口走っていたと言い張っている」

チャップマンはやや青ざめた。

「その方面にはまったく詳しくはありませんが」彼は言う。「後からスーツケースの留め具を閉じることができる器用な蜘蛛や蛇よりは、幽霊のほうがまだ信じられるかもしれません。わたしはイングランド人で、現実家です。ただ、ここはおかしな国のおかしな家ですからね。わたしだったら、あの部屋では一晩だって過ごす気にはなれません」

コリンが椅子から立ちあがり、部屋じゅうを少し跳ねてまわった。

「万事休す」彼は息ができるようになると怒鳴った。「もう無理だ！」

フェル博士はやんわりとたしなめるように彼にむかってまばたきをした。コリンの顔は真っ赤になり、太い首の血管が浮きでている。

「いいか」彼は高ぶる気持ちを懸命にこらえながら話を続けた。「ここに来て以来、誰も彼もわたしに幽霊の話をする。うんざりだ。この寝言は論破しなければならんし、絶対にそうしてやるからな。さっそく午後に塔の部屋へ身のまわりの品を移し、今後はそこで寝起きすることにする。幽霊のそのまたまぼろしでも醜い頭を覗かせたり、このわたしを窓から飛び降りさせようとする者がいたりしたら……」

彼の視線は家族用聖書にむけられた。神を信じないコリンがそれに手を伸ばして置いた。

「そうしたら、これから一年間、毎週日曜にスコットランド長老派教会に通うとここに誓ってやる。そうとも、後は祈禱会(きとうかい)にもな！」

彼は玄関ホールのドアめがけて突進し、勢いよく開けた。

「聞こえたか、エルスパット？」彼は怒鳴ってから引き返してくると、ふたたび聖書に手を置いた。「毎週日曜の教会と、水曜の祈禱会だ！　幽霊！　ばけもの！　黒魔術師！　世の中にまともな人間は残っていないのか？」

彼の声が家じゅうに響いた。こだまになりそうな勢いだ。キャスリンが静かにと注意しようとしたが、その必要はなかった。コリンは言うだけ言って、すでに機嫌を少し直していた。気をそらしてくれたのはカースティ・マクタヴィッシュだった。戸口から顔を突きだし、心から畏怖しているような口調でこう言った。

「あの記者がまた来ましたけど」

## 11

コリンが目を見ひらいた。「デイリー・フラッドライト紙のあの男じゃあるまいな？」

「その人です」

「わたしが会うと伝えろ」コリンが襟を正して深呼吸をした。

「だめです！」アランは口をはさんだ。「いまの気持ちのまま会えば、たぶんあなたは彼の心臓をえぐりだして食べてしまいますよ。僕に会わせてください」

「そうして！」キャスリンが叫び、死に物狂いの表情になった。「わざわざここにもどってきたってことは、まだ新聞でわたしたちについてひどいことを書いているはずがない。わからないの？　彼に謝ってすべてをやり直すチャンスよ？　どうかアランに会わせてやって！」

「いいだろう」コリンが同意した。「なんと言っても、おまえは彼のズボンにクレイモアを突き刺してないからな。おまえならば彼をなだめられるかもしれん」

アランは急いで玄関ホールに入った。玄関ドアのすぐ外には、このインタビューをどう進めるつもりか決めかねていることがあきらかなスワンが立っていた。アランは外に出ると玄関ドアを忘れぬように閉めた。

「あの」アランは切りだした。「ゆうべのことは心から申し訳ないと思っている。僕たちがなんだってあんなことをしたのか自分でもわからない。飲みすぎてしまって……」

「よくもそんなことが言えるね？」スワンが切り返す。アランを見やるその表情は怒りよりも本物の好奇心のほうがやや勝（まさ）っているようだ。「いったい、なにを飲んでたんだね？　TNT火薬と猿の生殖腺（モンキー・グランド）か？（猿の睾丸を移植すると若返り効果があると謳った手術に由来するこの名のカクテルがある）　俺自身、以前はトラック競技の選手だったんだが、あのがっしりした巨漢のおやじさんみたいに走れる者はパーヴォ・ヌルミ選手が引退してフィンランドにこもって以来、お目にかかったことがないね」

「だいたいきみが言ってるようなものを飲んだんだ」

相手をやりこめられたと見て取ったスワンの表情はだんだん険しいものに変わった。

「いいか」彼は強気に言う。「ひどい怪我を負わされて、俺のほうとしてはあんたたちを訴えられるのはわかってるね？」

「ああ。しかし——」

「それに、俺が恨みがましいタイプの男なら活用するような、紙面であんたに泥を浴びせられるだけの材料をもってることも?」

「まあ、そうだが――」

「だから幸運の星に感謝したほうがいいぞ、ドクター・キャンベル。俺は恨みがましいタイプの男じゃないからね。それだけは言える」スワンは重々しくうなずいた。そんな彼はあたらしい薄灰色のスーツにタータンのネクタイをつけていた。ふたたび、陰を帯びた険しさは好奇心にとってかわられた。「ところで、あんたはどういう教授なんだ? ほかのカレッジの女教授たちを追いかけまわし、ふしだらな評判の宿に通い詰めて――」

「ちょっと! とんでもない言いがかりを――」

「いまになって否定するなよ」スワンは細い指をアランの顔に突きつけて言う。「証人たちがいる前で、ミス・エルスパット・キャンベルその人が話してるのを聞いたよ。あんたがいつもやっているのは、まさにそういうことだって」

「おばさんが怪しげな宿にふれたのは、ローマ・カトリック教会のことを指していたんだ! 旧式の人たちはああいう言いまわしをする」

「俺の故郷では、旧式の人たちはああいう言いまわしをしないからな。それにだ、あんたたちときたらへべれけになって、公道でデカい剣を振りまわしながら尊敬すべき者を追いかけた。ハイゲートでもそんなふうなのかい、博士? それとも休暇中だけなのか? 本気で知りたいんだが」

「誓って言うが、すべては誤解だ！　そして、はっきりさせたいことがある。きみが僕のことをなんと書こうが構わない。ただ、ミス・キャンベルについては、なにも書かないと約束してもらえないか？」

スワンは考えこんだ。

「ふむ、どうするかな」彼はそう言うと、またもや暗く重々しい雰囲気になって首を振り、約束するとしたら、自分の心根（こころね）に優しさがあるからこそだとほのめかした。「俺は市民に情報を知らせるという義務があるからね」

「戯言（たわごと）を」

「だが、こうしようじゃないか」スワンはあたかも突然結論に達したかのように提案した。

「俺は気のいい男だと見せるためだけに、あんたと取引しよう」

「取引？」

スワンは声をひそめた。

「そこにいる男、でっぷり太った男はギディオン・フェル博士じゃないか？」

「そうだが」

「彼が俺の前から去った後で、やっと気づいたんだ。会社に電話したら、大慌てされたんだよ。彼が行くところには大きなニュースのネタがあると言って。だから、へばりつけと言われてる。ねえ、博士。俺はどうしても記事をとらないといけないんだよ！　今度の件で経費をたくさん使った。ガソリン食いの車をまた頼んだからね。この記事を落とせば、経費が認められず、首になるかもしれない」

「だから？」

「だから、あんたにはこうしてほしい。俺に情報を流しつづける、それだけのことだ。状況を全部知らせてくれ。そのお返しに——」

　彼は少々びくりとして口をつぐんだ。コリン・キャンベルが玄関ドアから現れたからだ。しかし、コリンはうしろめたそうな笑みを浮かべ、大げさなほどあからさまに愛想よくしようとしていた。

　スワンは話を再開した。「情報をもらうお返しに、あんたとミス・キャンベルについて知ってることすべて、それから」——彼はコリンを見た——「俺に大怪我を負わせたかもしれない、あんたがやったことも忘れると約束しよう。俺が気のいい男であり、恨んでなんかいないと示すためだけにそうするんだよ。さあ返事は？」

　コリンはほっとして表情が明るくなっていた。

「それで結構だ」彼は喜んで大声で答えた。「まったく、話がわかる人だな、お若いの！　じつに話がわかる！　わたしは酔っていたんだよ、謝ろう。どうだね、アラン君？」

　アランの声は熱がこもっていた。

「僕もそれで結構ですよ。ミスター・スワン、あなたが約束を守ってくれれば、不満のないようにしよう。記事になるような話があれば、知らせるよ」

　彼は二日酔いのことを忘れたような気分になった。安定しているというすばらしい感覚、世界がふたたびまともになったという感覚がアラン・キャンベルにゆっくりと入りこんで血管を熱くした。

スワンが眉をあげる。

「では、取引成立で？」

「成立だ」とコリン。

「成立だよ」もうひとりの無頼漢も賛成した。

「では、決まりだ！」スワンは深呼吸をしたが、口ぶりはまだ暗かった。「あんたたちのために市民への義務を曲げていることは、忘れないようにしてほしいね。自分たちの立場を忘れず、変な真似はしないように――」

彼らの頭上で窓がきしんで開いた。大きなバケツの水が狙い定めて正確に、スワンの頭へきらきらと輝く密な滝となって降り注ぐ。実際、スワンの姿は一瞬消えてしまったぐらいだった。

窓辺にはエルスパットおばさんの悪意ある顔が現れた。

「あんたときたら、察することができないのかい？」彼女は問いかけた。「出ておゆきと言ったし、二度と同じことは言わないよ。これはおまけだ」

やはり同じくらい正確に、悠々としたくらいの動作で、彼女はふたつめのバケツをもちあげてスワンの頭上に水をぶちまけた。そこで窓はバタンと閉まった。

スワンは黙りこんでいた。身じろぎをせず、ただ目を見ひらいていた。あたらしいスーツは水が染みてじわじわと黒くなっていく。帽子はぐっしょり濡れた吸い取り紙のようで、垂れ下がった縁の下から次第に理性を奪われていく男の目が覗いていた。

「こいつはまずい！」コリンは本気で慌てふためいて叫んだ。「あのばあさんめ！　あの首をひねってやるから、手を貸してくれ。そうするとも！　あんた、怪我はなかっただろうな？」

コリンは玄関前の階段を駆けおりた。スワンはまずはゆっくりと、次第に急ぎ足になって彼から後ずさりをする。

「おい、あんた、待てよ！　とまれ！　乾いた服に着替えないと！」

スワンはそれでも足をとめなかった。

「家に入れ、ほらほら。家に——」

ここでスワンは口がきけるようになった。

「家に入れだって」彼はさらに遠くへと後ずさりをしながら金切り声をあげた。「俺の服を脱がせて盗んでから、また追いだそうっていうんだろう？　いいや、そんなことはさせない！　俺に近づくな！」

「気をつけろ！」コリンが叫ぶ。「あと一歩で、湖に落ちるぞ！　危ない——」

アランは必死になってあたりを見やった。居間の窓からは、ダンカン、チャップマン、フェル博士が興味津々で見守っていた。だが、とりわけ彼が意識したのは、キャスリンの恐怖におののく顔つきだった。

スワンは奇跡的に桟橋の端から落ちずにすんだ。

「まともなじゃない奴らばかりの家に俺が入ると思うのか？」スワンはわめいた。「あんたたちは頭のおかしな犯罪一味だ。そうだとも。なにもかも記事にしてやる。絶対に――」

コリンが説得した。「なあ、そんな格好で歩いちゃいかん！　ひどい風邪を引くぞ！　家に入れ。それにだな、事件の現場にいることになるじゃないか？　フェル博士の隣という調査の中心にへばりつけるぞ？」

これを聞いてスワンは足をとめたようだ。ためらっている。情熱的な噴水のように怒りはまだ噴きだしているものの、震える手で目元の水を拭くと、頼みこむようにコリンを見つめ返した。

「その言葉、信じていいのか？」

「信じていいとも！　意地悪ばあさんはあんたを嫌っているが、ばあさんのことはわたしがなんとかする。さあ、家へ」

スワンはどうすべきか検討していたようだ。そしてついに、コリンに腕を取られるがまま玄関ドアへと引っ張っていかれた。二階の窓の下を通るとき、煮えたぎる鉛でも注がれないかと考えたかのようにとっさに頭をかがめた。

家のなかでは決まりの悪い一幕が続いた。弁護士と保険会社の男は急いでいとまを告げた。コリンは引き受けた人間の世話をせっせと焼きながら、着替えをさせるべく彼を二階へ案内した。居間ではしょげ返ったアランがキャスリンやフェル博士と顔を合わせた。

「わかってはおるんだがの」フェル博士は慇懃無礼（いんぎんぶれい）に切りだした。「あんたの身の振りかたは誰よりもあんたが承知していると。にしても、忌憚（きたん）ない意見を言わせてもらえば、あんなふうにマスコミを敵にまわすのが賢明だと本気で思っておるのかね？　今度はあの男になにをした？　首根っこをつかんで雨水桶に突っこんだか？」

「僕たちはなにもしてません。エルスパットですよ。彼女が窓から彼めがけてバケツ二杯ぶんの水をかけたんです」

「あなたたちがやったんじゃなくても、彼はきっと記事を——」キャスリンが大声で言う。

「ここで話がどう進むか彼に情報をあたえつづければ、一言も記事にしないと彼は約束したよ。少なくとも、彼はそう約束した。いまどう思っているのかはなんとも言えないが」

「情報をあたえつづけるとは？」フェル博士が鋭い口調で訊ねた。

「ここで話がどう進むか、この事件が自殺か他殺か、博士、あなたがどう考えるかといったことですよ」アランは間を置いた。「ところで、あなたはどんなふうに考えていますか？」

フェル博士の視線は玄関ホールに続くドアへむけられ、しっかりと閉まっていることをたしかめていた。彼は頰を膨らませて首を振ると、ついにまたもやソファに腰を下ろした。

彼は轟く声で言った。「事実がいまいましいほど単純でなければどんなによいか！　単純な事実は信用できん。罠が潜んでおる気がするからな。ミス・エルスパット・キャンベルがいまになって証言を変えたがり、問題の部屋の鍵がかけられる前にドッグキャリーがベッドの下にあったと誓う理由もぜひ知りたいもんだ」

「変えた後の証言は真実だと思いますか？」

「いいや、まったく思わん！」フェル博士は杖を床でコツコツいわせた。「変える前の証言が真実だと思う。だが、そうなると密室の謎はますますわけがわからなくなる。ただし――」

「糸口があるんですね？」

フェル博士はこの質問を無視した。

「先ほどの二十七の指摘を何度も繰り返したところで、役には立たんようだ。もう一度言うが、単純すぎるんだよ。男がドアに二重の鍵をかける。ベッドで休む。夜中に起きだしてスリッパも履かず――ここに注目だ――窓から飛び降りて即死する。彼は――」

「ただ、それは正確とは言えませんよね？」

フェル博士は下くちびるを突きだして顔をあげた。

「なんと？　どこが正確じゃないんだね？」

「どこまでも正確なことにこだわるならば、アンガスは即死していません。少なくとも、コリンからはそう聞いています。監察医は死亡推定時刻を狭めようとしなかったそうです。アンガスはすぐには亡くならず、おそらく少しのあいだは意識不明のまま生きていただろうと言ったそうです」

フェル博士の小さな目が細められた。腹を覆うベストの尾根を下るぜいぜいという息遣いが、とまったようになった。いまにもなにか口を開くかに思えたが、思い留まった。

「それから、コリンが塔の部屋に泊まると言い張っておるのも気に入らんよ」

「まだ危険があると思っているんじゃないでしょ？」キャスリンが訊ねた。

「なにを言うんじゃ、お嬢さん！　もちろん、危険があるとも！」フェル博士が言う。「理解できんなにかしらが人の命を奪ったとなれば、危険はつきものだ。その正体を探りだせば、心配はなくなるよ。ただ、そいつがわからんうちは……」

彼は考えこんだ。

「なんとしてでも起こさせまいとしておることが、たいてい起こってしまうものだと、おそらくあんたたちも承知しておるだろう。スワンの大いなる経験談を見よ。だが、よいかな。この場合はもっとこまったことに、それと同じ運命の車輪がまわって同じ危険がまたもどってくるというわけだ。おお、アテネの執行官よ！　あのドッグキャリーにはなにが入っておった？　どんな形跡もまったく残さないものとは？　それに端が開いておる理由は？　あきらかに、なにかしらが金網越しに空気を取りこんで呼吸できるようにするためだ。しかし、それはなにか？」

ぼやけてすべて歪（ゆが）んだ光景がアランの頭に浮かんだ。

「あの箱が目くらましだとは思いませんか？」

「かもしれん。だが、これに意味がなければ、事件そのものが成立しなくなり、わしたちも家に帰ってぐっすり眠ってよいわけだ。つまり意味があるに違いない！」

「なにかの生き物では？」キャスリンが提案した。

「そいつが箱から出て留め具をかけたのかね？」フェル博士が訊ねた。

アランが指摘した。「そんなにむずかしいことではないかもしれませんよ。網のあいだから抜けだせるくらい細いなら。いや、待てよ。そんなはずがない！」彼は箱そのものと、金網を思いだした。「あれはとても目の詰まった金網で、地球上に存在するいちばん小さな蛇でもあそこから這いでることは無理だったでしょう」

「それに」フェル博士が先を続ける。「えぐれた顔のハイランダーの話がある」

「その話を信じていないんですか？」

「ジョック・フレミングは目撃したと言ってるものを現に見たと、わしは信じておるよ。なにもわしが幽霊を信じる必要はない。結局のところ、月明かりのなかで塔の上、六十フィートの距離にあるものを偽装するのはむずかしくもなんともない。古い縁なし帽とプレードを使い、少々化粧を施せば——」

「でも、そんなことをする理由はなんでしょう？」

フェル博士は目を見ひらいた。要点をとらえようとしているらしく、悪霊めいた形相で必死になって息をするのもつらそうだ。

「まさにそこだよ。理由は？　この話の重要性を見過ごしてはいかん。つまり、超自然的なものかどうかという点じゃなく、そもそもなんでこんなことがおこなわれたか、という理由だな。そのなにかしらが、わしたちと同じような理屈をもっていれば、ということになるが」博士はかなり考えこんだ。「あの箱の中身を見つけたら、獲物に手が届くぞ。ここはわしたちの課題だな。この事件の調査にはもちろん簡単なところもある。なくなった日記を盗んだのは誰か、もうあたりはついておるんじゃないかね？」

「当たり前です」キャスリンがすぐに答えた。「エルスパットが盗んだんですよ、そうに決まってます」

アランは彼女を見つめた。

フェル博士は、思っていたより見所のある人物だったとでも言いたげに、大満足の笑みを彼女にむけてうなずいた。

「いいぞ！」博士はくすくすと笑った。「判断力を必要とする歴史研究によって磨かれた推理の才能は、探偵業でも立派に活かされるんだよ。それを忘れんようにな、きみたち。わしは年若い頃にそうと学んだ。そして図星だよ。五ポンド賭けてもいい、エルスパットだった」

「でも、どうしてそんなことを？」アランは訊ねた。

キャスリンは二晩前の論争を蒸し返すかのように、かぎりなく険しい表情になった。口調には失望が表れている。

「ドクター・キャンベルったら。わたしたちにわかっていることを考えてみて。何十年というもの、彼女はアンガス・キャンベルの家政婦以上の存在だったのよ？」

「それで？」

「でも、彼女はとにかく病的なくらい評判を気にしていて、自分が本当に考えていることは誰にも悟られないとまで信じているでしょ？」

アランは〝きみと似ているね〟と言いたい誘惑に駆られたが、自分を押しとどめた。

「そうだね」

「なんでも率直に話すタイプのアンガス・キャンベルは日記をつけていて、そこに書いていたかもしれないわよね、親密な関係について——なにが言いたいか、わかるでしょ！」

「わかるよ？」

「よかった。亡くなる三日前にアンガスはまた別の保険契約を結んだ。自分が亡くなった場合に長年連れ添った愛人の面倒を見られるように。そうなると、日記に保険契約のことを書くとき、絶対と言っていいくらい、どうしてそうしたか、その理由を書きそうなものじゃない？」

彼女は間を置き、眉をあげてみせた。

「だから当然、エルスパットは何十年も前の行動を人に知られるんじゃないかというおそろしい不安から日記を盗んだ。

ゆうべ起こったことを覚えていないの、アラン？　あなたとコリンが日記について話を始めたとき、彼女はどんな反応を見せた？　あなたがこの件で議論を始めようとしたら、彼女はまず、おかしなことを言うなとたしなめ、あの忌（い）まわしいウイスキーのことをほのめかし、結局あなたのやりたかったことをじゃました（ヘッド・オフ）でしょ？　そしてもちろん、あなたの脳みそは吹き飛んだ（ヘッド・オフ）わけだけど。そういうことよ」

アランは口笛を吹いた。

「びっくりだな、きみの言うとおりだと思う！」

「それはどうもありがとう。あなたがその脳みそを」キャスリンは愛らしい鼻に皺（しわ）を寄せて言った。「いつもほかの人には求めているように、観察から推論を導きだすとき少しでも使ってくれたらいいのにね」

アランは冷たく嘲笑して反応した。クリーヴランド女公爵についての引用元と、K・I・キャンベルがそこから導いた推論の浅さについてちょっと言ってやろうかと思わないこともなかったが、不幸な宮廷の貴婦人には休息をあたえることにした。

「では、日記は事件に関係あるわけじゃないってことかい？」

「どうだろうね」と、フェル博士。

「どう見ても」キャスリンが指摘する。「エルスパットおばさんはなにか知ってる。それもたぶん、日記を見て。そうでないのなら、デイリー・フラッドライト紙にわざわざ手紙を書いた理由がないでしょ？」

「そうだね」

「そして、新聞社に手紙を出したんだから、日記におばさんの評判を落とすような記述がいっさいなかったのは、わかりきってることよ。だったら、どうしてはっきりと言ってしまわないの？　おばさんはどうしてしまったわけ？　アンガスが殺されたという手がかりが日記にあるのなら、どうしてそう言わないのよ？」

「もちろん」アランは言った。「日記に彼は自殺するつもりだと書かれていなければだけどね」

「アランったら！　ほかの保険証書のことはともかく、アンガスは最後の契約を結んで、掛け金を払ってから、自殺するつもりだと日記に書いたの？　そんなのとにかく——不自然よ、そうでしょ！」

アランはむっつりして、そうだと認めた。

「三万五千ポンドの保険金よ」キャスリンは息継ぎをした。「それをエルスパットおばさんはこのままでは受けとれない。誰かおばさんに話せと説得したらどうなの？　あなたが説得してはどうですか、フェル博士？　ほかの人はみんな彼女に怯えているようですから」

「喜んでそうしよう」フェル博士は満面の笑みだ。

彼は港に入る軍艦のようにぎこちなく、ソファの上で身体のむきを変えた。眼鏡の位置を調整し、エルスパット・キャンベルを見てまばたきをした。彼女は怒り、苦しみ、心許なさ、しまったと言いたげな不安の混ざった表情を浮かべて戸口に立っていた。一瞬にして消えたこの表情の終わりだけを一同がとらえてから、彼女は歯を食いしばり、花崗岩のような不屈の決意を顔に浮かべた。

フェル博士は動じなかった。

「さて、マダム」彼はぶっきらぼうに訊ねた。「あんたは本当にあの日記をくすねたんですな？」

## 12

ロッホ・ファインを染める黄昏が色濃くなっていくなか、彼らは幽霊めいた灰色の倒木のあいだを下り、シャイラにむかう幹線道路を北へと折れた。

午後を屋外で過ごしたアランは健全な心地よい疲労を感じていた。ツイードの服と踵のたいらな靴といういでたちのキャスリンは頬の血色がよく、青い目は輝いていた。議論のときも一度たりとも眼鏡をかけることはなく、それはレッド・フォックスの殺人に疎いとからかわれたときでさえも同様だった。レッド・フォックスというのは、一七五二年に何者かによって射殺された官吏コリン・キャンベルの愛称で、アッピンの殺人とも呼ばれるこの事件では、アランが塔から跡地をながめたインヴァレリの裁判所でジェームズ・スチュアートが容疑者として裁かれたのだ。

丘を踏みしめて下りながらアランは語った。「問題は、スティーヴンスンがこの事件を『さらわれたデービッド』の題材にして僕たちをすっかり魅了したばかりに、〝英雄〟として描かれたこの有名なアラン・ブレック——アランの綴りのLはひとつだからね——が実際はどんな人物だったか、僕たちは忘れがちになることだよ。誰かがキャンベル家の側からの視点を息抜きに描いてもいいのにと何度も願ったことがある」

「それも知的に誠実だということ?」

「いいや。純粋に楽しみのためだけだよ。でも、あの事件をなにより妙に解釈したのは、映画の『さらわれたデービッド』だよ(ここで指しているのは一九三八年作品、日本未公開)。アラン・ブレック、デービッド・バルフォア、それにまったく必要のない女性がイングランド兵を振り切って逃避行するんだ。全身変装し、兵士がうようよしている道で馬車を走らせながら、〈ロッホ・ローモンド〉を歌う。そんな状況でアラン・ブレックは囁くんだ。〝これなら絶対に疑われないぞ〟とね。

僕は立ちあがってスクリーンに〝反乱勢力ジャコバイト党員の歌を歌うなんて、疑われるに決まっているだろう〟と言ってやりたい気分になったよ。イギリスの諜報員グループがゲシュタポに変装し、ベルリンのウンター・デン・リンデン大通りを闊歩しながら〈イングランドよ永遠なれ〉を歌っているようなものだ」

キャスリンはいまの話の見過ごせない点に食らいついた。

「じゃあ、女性はまったく必要なかったわけ？」

「どういう意味だい？」

「女性はまったく必要なかったと、あなたは偉そうに言うわけね。なるほど！」

「僕はただ、彼女は原作に登場しないし、物語を少しぶち壊した面もあると言いたかっただけさ。五分でいいから、男対女の戦いを忘れられないのか？」

「いつもこの話を引っ張りだすのはあなたのほうよ」

「僕が？」

「そう、あなたが。あなたのことをどう考えたらいいのかわからない。あなたはそうしようと思えば、感じよくもなれるのに」彼女は足元の落ち葉を蹴り、突然くすくすと笑いはじめた。

「ゆうべのことを思いだしちゃった」

「その話はやめてくれよ！」

「でも、本心から言うのだけれど、あのときのあなたがいちばんいい感じだった。自分がわたしになにを言ったか、覚えてないの？」

彼は慈悲深い忘却に埋まっているあの出来事のことを考えてみた。覚えていなかった。

「僕はなんて言ったんだ?」

「気にしないで。わたしたちはお茶の時間にかなり遅れているから、エルスパットおばさんはゆうべみたいにまた騒ぐわ」

彼は手厳しい口調で言った。「きみもよく知ってのとおり、エルスパットおばさんは、お茶に降りてくるもんか。むくれて怒鳴ってヒステリーを起こして部屋に閉じこもっただろう」

キャスリンは足をとめ、どうしようもないと言いたげなそぶりを見せた。

「ねえ、わたしはあのおばあさんのことを好きなのか、それとも殺したいのか自分でも決められない。フェル博士が日記のことでずばりと質問したら、ひどく怒ってここは自分の家だと叫び、あたしをいじめるなんてけしからんと言ったあげく、ドッグキャリーはたしかにベッドの下にあったと言って——」

「そうだね。でも——」

「わたしが思うに、彼女は自分のやりかたを通したいだけよ。誰にもなにも話そうとしないのは、まわりは自分に話してもらいたがっていると考えているからで、それだけで彼女は自分が主導権を握れると決めつけてる。コリンがあの可哀想で無害なスワンという男を家にあげると言い張ったせいで、本気でむくれてしまったのよ」

「お嬢様、質問をはぐらかさないでくれよ。僕はゆうべきみになんて言ったんだ?」

この愛らしい意地悪女はわざとはぐらかしているのだろう。彼は好奇心があることを覗かせて彼女を満足させたくなかった。しかし、訊かずにはいられなかった。幹線道路に出たから、シャイラ城まではほんの六ヤード（約五・五メートル）ほどだ。キャスリンは取り澄ましてはいるが、黄昏のなかではいたずらっぽくも見える表情に変わった。

「あなたが思いだせないのなら」彼女は無邪気に言った。「わたしから繰り返して口にすることはできない。でも、わたしが答えたとすれば、こんな感じっていう返事なら教えてあげられる」

「言ってみて」

「そうね、わたしは〝だったら、どうぞ？〟みたいなことをたぶん言ったはずよ」

そう言って彼女は走って離れていった。

アランは玄関ホールでようやく追いついたが、なにか声をかける時間はなかった。食事室から轟（とどろ）くような声がして、半開きのドアの隙間からコリンの姿こそ見えなかったものの、どんなことが進行中なのかと身構えたからだ。

まばゆい明かりが、整えられたテーブルを照らしていた。コリン、フェル博士、チャールズ・スワンは大量の食事をすでに終えていた。皿を片側に押しのけたテーブル中央には、コクのある茶色の液体が入ったデカンターが置かれている。からっぽのグラスを前にしたフェル博士とスワンの顔には、大いなる精神的な経験をくぐり抜けたばかりの男の表情が浮かんでいた。

コリンがアランたちにきらめく目をむけた。

「さあ、入って！」彼はキャスリンとアランに叫んだ。「座って。冷める前に食事をするんだ。

わたしたちの友人たちに〈キャンベル家の破滅〉をまず味見させたところだ」

異常なほど厳かなスワンの表情は、いまではかすかにしゃっくりが出て歪んでいた。しかし、彼は厳かなままで、深遠な経験について瞑想しているようだった。

彼の服装もまた目を引いた。コリンのシャツを借りており、肩幅も身頃も大きすぎるのだが、袖だけがあまりに短い。この家には彼にサイズの合うズボンがなかったらしく、腰から下はキルトを身につけていた。とても濃い緑と青の地に、細い黄色のストライプが横に走り、白が縦にクロスしたキャンベル氏族のタータン柄だ。

「すごい！」スワンがからっぽのグラスを見つめてつぶやいた。「すごい！」

「その感想は」フェル博士はピンクの額を手のひらで拭った。「的外れではないのう」

「気に入ったかね？」

「そうだな――」スワンが言う。

「もう一杯どうだ？　おまえはどうだね、アラン？　それにキティ・キャットは？」

「いえ結構です」アランはこの件についてはきっぱりと答えた。「食事にしたいですね。その後で、ほんの少しだけそのアルコール入りタバスコ・ソースみたいなのはいただくかもしれませんが、ほんの少しでいいですし、いまは結構です」

コリンは揉み手をした。

「おお、ぜひそのようにしろ！　みんなもな。わたしたちの友人スワンのいでたちをどう思うね？　似合っているだろう？　いちばんいい寝室の抽斗から探しだしたんだ。マクホルスター氏族から生まれたタータンだ」

スワンの表情が翳(かげ)った。

「冗談だろう?」

「わたしが天国を信じているように」コリンが片手をあげて誓う。「こいつはマクホルスター氏族のタータンであることはたしかだ」

スワンは機嫌を直した。それどころか、喜んでいるようだった。

「おかしな気分だよ」彼はキルトを見つめながら言う。「下着を穿(は)かないで人前を歩きまわるのは。でも、すごいな! この俺が、トロントのチャーリー・スワンが本物のスコットランドの城で本物のキルトを身につけ、氏族の者のように年代物の密造酒を飲んでいると考えると! 親父にこのことを手紙に書いてやらないとな。しかもご親切に泊めてもらえるとは」

「礼はいらないよ! どちらにしても、あんたの服は朝になるまで乾かない。もう一杯どうだね?」

「どうも。いただきたい」

「あんたはどうだね、フェル?」

「コッホン」と、フェル博士。「その申し出——この場合は挑戦だな——は、わしがほぼ断らんものだ。ありがとーう。ただ」

「ただ、なんだね?」

「迷っておってな」フェル博士は大変な苦労をして脚を組んだ。「〝いまこそ飲むべきとき(ヌンク・ビベンダム・エスト)〟

（ホラティウス『詩集』より）の次は道理をわきまえた〝楽しみは存分に味わった〟（ウェルギリウス『牧歌』より）が続くべきかなと。もっとすっきりとした言語で話せば、あんたはまた飲んだくれて大騒ぎをしようと考えてはおらんだろう？ それとも、今夜あの塔で寝るという思いつきは取りやめにしたのか？」

コリンは身体をこわばらせた。

古めかしい部屋に、漠然とした心地悪さが急に漂いはじめた。

「どうしてわたしは塔で寝るという思いつきを取りやめないといけないんだ？」

「なんで取りやめてはいけないのか、わしにはわからんからだ」フェル博士は率直に答えた。

「それであんたには泊まってほしくないと思っておるのさ」

「くだらんことを！ わたしはこの午後の半分をあのドアの錠前とかんぬきの修理にあてたんだぞ。身のまわりの品もあの部屋に運んだ。このわたしが自殺するなどとは思ってないな？」

「ふむ」フェル博士が答える。「仮に自殺したらどうなる？」

心地悪さがさらに大きくなっていた。スワンでさえもそれを感じたようだ。コリンがあきれかえって怒鳴ろうとしたところで、フェル博士が押しとどめた。

「ちょっと待ってくれ。仮に、というだけの話だよ。もっと正確には、明朝、あんたが塔の下でアンガスとそっくりな状況で発見されたらどうなる、と言ってるんだ。その――ミス・キャンベル、食事中のところすまんが、煙草を吸ってもよいかな？」

「ええ、どうぞ」キャスリンが答えた。

フェル博士はステムのカーブした大きな海泡石パイプを取りだし、ふっくらした袋から煙草を詰めて火をつけた。議論に備えるかのように椅子にもたれる。眼鏡の奥の目を寄せたような表情になり、明るい照明の笠に渦巻きながら昇る煙を見つめた。

「あんたはお兄さんの死が殺人だと信じておる。そうだな？」

「そうだとも！　それどころか、どうしてもそうであってほしいと願っているぞ！　殺人だと証明できれば、わたしは一万七千五百ポンドを相続できる」

「たしかに。だが、もしもアンガスの死が本当に殺人だったとすれば、アンガスを殺したものがあんたも殺す可能性があるじゃないか。そのことを考えなかったか？」

「そんなことをやれるものにお目にかかりたいね。まったくな！」コリンがはねつける。

だが、フェル博士の穏やかな声には効き目があった。コリンの口調はだいぶ落ち着いてきた。

「さて、万が一のことがあんたに起こったら」フェル博士が話を続けると、コリンは身じろぎした。「三万五千ポンドのうちのあんたの取り分はどうなる？　たとえば、エルスパット・キャンベルのものになるのかな？」

「いや、それはない。血縁にしか渡らないんだ。ロバートのものになる。あいつが生きていなければ、ロバートの相続人のものになるな」

「ロバートというのは？」

「いちばん下の弟だ。問題を起こして何年も前に国から逃げてね。居場所も知らないが、アンガスはいつも見つけだそうとしていたぞ。あいつが結婚して子供たちが生まれたことはわかっている。三人兄弟で結婚したのはあいつだけだ。ロバートは――いま六十四歳かな。わたしよりひとつ年下だ」

フェル博士は瞑想するようにパイプをふかしつづけ、視線は照明にむけている。

「よいか」彼はぜいぜいと呼吸をした。「これが殺人だと仮定すれば、動機を探さねばならん。そして少なくとも金銭面の動機はかなり考えづらい。仮にアンガスが保険金目当てで殺害されたとしよう。犯人はあんた——おいおい、わしの喉元に飛びかかるんじゃない！　またはエルスパット。そうでなければロバートか、その相続人だ。それでもこうした状況で、殺人犯に理解する力があれば自殺と見なされるような犯罪の計画は立てんさ。そもそもの犯罪の動機だった金を受けとれんくなるからな。

そうなると、怨恨（えんこん）の線にもどることになる。このアレック・フォーブスという男だな。アンガスを殺すことはあり得たんじゃないかね？」

「ああ、そうとも！」

「ふむ。教えてくれ。この男はあんたには恨みを抱いておるかな？」

コリンはどこか満足して得意げにまくしたてた。

「アレック・フォーブスはアンガスと同じくらいわたしを心の底から憎んでいるさ。わたしは彼の計画をあざ笑った。ああした陰気な輩（やから）が耐えられないことがあるとすれば、それは笑い物にされることだ。ただし、わたしはあの男自身を嫌ったことはない」

「それはともかく、アンガスを殺したものがあんたも殺すかもしれんということは認めるな？」

コリンは首をぐっとすくめた。ウイスキーのデカンターに手を伸ばす。かなりの量をフェル博士、スワン、アラン、そして自分のグラスに注いだ。
「塔で寝ないようにわたしを説得しようとしているのなら——」
「説得しておるとも」
「だったら、やめておけ。絶対に塔で寝るからな」コリンは燃えるような目で周囲の者たちを見やり、怒鳴った。「みんなどうした？　みんな今夜はお通夜みたいだぞ。ゆうべのほうがずっと楽しかった。飲め！　わたしが自殺などするか。約束する。だから酒を飲んで、くだらない話はもうやめよう」

十時を少しまわった頃にそれぞれが寝室へ引きあげるとき、この部屋でまったく酔っていない者は皆無だった。

酔いの程度からいくと、不用意にあの酒を飲んで立つのもおぼつかないスワンから、見たところまったく変わらないフェル博士までさまざまだった。コリン・キャンベルはあきらかに酔っ払っていたが、足取りはしっかりしており、充血した目だけが怪しかった。だが、昨夜のように大笑いして叫びながらはめを外したほどには酔っていない。

みんなそうだった。煙草の煙さえもまずく感じてしまう夜もあるが、この日もそうなっていた。男たちはほしくもない最後の一杯を頑固に飲みつづけた。キャスリンが十時前に抜けだしたとき、誰も彼女をとめようとしなかった。

アランは悪酔いしていた。せっかく筋肉はほぐれて心地よい疲労感があったというのに、酒のせいでくたくたでありながらどうにも頭が冴えるのだ。石板を鉛筆で引っ掻くように、頭のなかでさまざまな思考がキーキーと音を立てる。それは消えようともしないし、静かにしようともしない。

彼の寝室は二階で、湖を見渡せた。脚が浮(うわ)ついたように感じながら階段をのぼり、驚くことに雑誌を何冊も抱えて自室に引きとるフェル博士におやすみなさいの挨拶をした。

脚が浮ついて頭のなかがうるさく、とにかく不快な状態は、眠りの特効薬にはならない。アランは手探りしながら部屋に入った。節約のためか、手抜きの灯火管制がわりなのか、ここのシャンデリアには電球がひとつもなく、照明になるのは一本きりの蠟燭(ろうそく)だった。

アランはタンスの上の蠟燭に火をつけた。わびしい小さな炎が周囲の闇を強烈に照らし、鏡に映る彼の顔を白く見せた。身体がぐらついているようだ。あの酒にまた手を出すとは、馬鹿丸出しじゃないか。しかも今回は意気揚々にもならなければ気分がくつろぐこともなかった。

頭のなかで思考がまわりつづけ、ぎこちないシロイワヤギのようにある一カ所から次へと飛び移る。昔の人は蠟燭の明かりで勉学に励んだものだ。みんなして目が見えなくならなかったというのはびっくりじゃないか。たぶん、ほとんどの人は目が悪くなっただろうが。彼はイプスウィッチのグレート・ホワイト・ホース・ホテルの暗い部屋にいるミスター・ピクウィックを思い浮かべた（C・ディケンズ『ピクウィック・クラブ』より）。そして〝大きな星のように明るいガス灯〟（L・G・ロックハート『ウォルター・スコット伝』より）の下で執筆して視力をだめにしたスコットのことを考えたのは……

これはよくなかった。全然眠れない。

暗いなかでよろめきながら服を脱いだ。スリッパを履いてガウンをはおる。彼の時計がカチカチと時を刻んだ。十時三十分。十時四十五分。十一時。十一時十五分……

アランは椅子に腰を下ろし、両手で頭を抱え、なにか読むものがないかと熱望した。シャイラにほとんど本が置かれていないことには気づいていた。そういえば、フェル博士がボズウェルの本をもってきたと話していたっけ。

いまボズウェルが手元にあれば、どれだけの慰めになることか、どれだけの癒やしと安らぎになるだろうか！　あの本のページをめくってジョンソン博士と対話しながらまどろみに誘われるのは、今夜最高の喜びになるはずだ。そのことを考えれば考えるほど、ますますあの本が読みたくなる。もしかして、フェル博士は貸してくれるだろうか？

彼は立ちあがってドアを開け、冷える廊下をパタパタと博士の部屋にむかった。ドアの下の隙間から漏れる照明の細い線を目にしたとき、歓声をあげそうになった。ノックすると、フェル博士のものだとは聞き分けづらい声が入るようにと言った。

異様なほど頭が冴えて緊張していたアランはフェル博士の表情を見て、恐怖で頭皮がピリピリするように感じた。

フェル博士は蠟燭の火が燃える燭台（しょくだい）が載った整理ダンスの隣に座っていた。テントのように大きな古びた紫色のガウンを着ている。口の端からぶら下がるメシャム・パイプ。彼のまわりには重ねた雑誌や手紙、請求書らしきものが散らばっていた。風の通らない部屋で煙草の煙がたちこめるなか、フェル博士の仰天しつつ遠くを見るような目、かろうじてパイプが落ちずにすんでいる開けた口が見えた。

「きみが来てくれるとはありがたい！」フェル博士は轟く声で言い、突然我に返った。「呼びにいこうとしておったんだよ」

「なぜです？」

「例の箱に入っていたものがわかった」フェル博士が言う。「どんな仕掛けだったか、わかった。アンガス・キャンベルをはめたからくりがわかったんだ」

蠟燭の炎が影のなかでかすかに揺れた。フェル博士は撞木(しゅもく)杖に手を伸ばし、荒っぽく探ってから見つけた。

「コリンをあの部屋から連れださねばならん」博士はそう言いたした。「危険はないかもしれん。たぶんないだろう。だがな、まったく、少しでも無茶な真似はさせられんよ！　いまならどんなからくりだったか説明できるから、あの男も耳を傾けるだろうて。よいかね」

頬を膨らませてぜいぜい息をしながら、彼は勢いをつけて立ちあがった。

「今日はすでに一度、塔の階段をあがるという苦行をやったから、もう無理だ。きみ、コリンを呼んできてくれんか？」

「いいですとも」

「ほかの者を起こす必要はないよ。コリンが入れてくれるまでドアをノックするだけでいい。いやだという返事は聞き入れんようにな。さあ、わしが小型の懐中電灯をもっておる。階段をあがるときは光が漏れんようにな。さもないと、パトロール中の国防義勇軍（軍隊の予備役組織）に追っかけられる。さあ急ぐんだ！」

「でも、いったい――」

「いまは説明する暇がない、急げ！」

アランは懐中電灯を受けとった。細く白い光が前を照らす。古い傘のにおいがする廊下に出ると階段を降りた。冷たい隙間風が足首にふれる。一階の廊下を横切って居間に入った。

この部屋を横切る最中、懐中電灯の光が写真をとらえた。炉棚でアンガス・キャンベルの顔が彼を見つめていた。アンガスの白く、肉づきがよく、あごがたるんだ顔つきは、秘密を知っているぞと言いたげに見つめ返しているように思える。

塔の一階に通じるドアは内側から鍵がかかっていた。きしむ鍵をまわしてドアを開けるアランの手は震えていた。

この時間、足元の土間は氷のようだった。湖からごくかすかな靄が漂っている。塔の階段に通じる陰鬱な穴めいたアーチ型の戸口は彼を拒絶し、なんだか不安にさせた。最初は階段を駆けあがったものの、足元が危なっかしいのと、のぼりは骨が折れるのとで歩調をゆるめるしかなかった。

二階。三階、まだ先だ。四階、息遣いが荒い。五階、てっぺんまでは果てしなく思える。懐中電灯の細い光が寒さを強調し、かこまれた空間のせいで閉所恐怖症になりそうだ。もしもこの階段で、ハイランドの衣装姿で顔半分を吹き飛ばされた男に突然出会ったら、たまったものではない。

あるいは、たとえば塔の部屋のどれかからそいつが現れて、後ろからアランの肩にさわろうものなら。

それがなんにしろ、ここで追いかけられたら逃げることなどできないだろう。

アランはてっぺんの部屋のドアがある、風がなく窓もない踊り場にたどり着いた。湿気でだいぶ傷んだオーク材のドアは閉まっていた。ドアノブをまわそうとしたところ、内側から鍵とかんぬきがかけられていた。

彼は拳（こぶし）をあげて大きな音を立ててノックした。

「コリン！」そう叫ぶ。「コリン！」

返事がない。

狭苦しい空間で、雷鳴のようなノックの音と自分自身の声がひどく耐えがたい騒音となって反響した。家じゅうの人を、それどころかインヴァレリじゅうの人を起こしたはずだと感じた。それでもノックと大声での呼びかけを続けた。やはり返事はない。

ドアに肩をあてて押した。膝をついてドアの下から覗こうとしたが、細い月明かりしか見えない。

ふたたび立ちあがると疲れからかめまいを覚え、すでに抱いていた疑念はますます大きくなって嫌な予感となっていく。コリンはもちろんぐっすり眠っているだけかもしれない。あのウイスキーを飲んだ後なんだから。そうでないとしたら——

アランは振り返り、足を踏み外しやすい階段を駆け下りた。息を吸うと肺は耳障りなノコギリを使っているような音を立て、何度も足をとめるしかなかった。ここで目撃されたというハイランダーのことさえも忘れていた。三十分のことのように感じたが、実際は二、三分で階段のいちばん下にたどり着いた。

中庭に通じる両開き戸は閉まっていたが、南京錠はかけられていなかった。アランが木製のドアを大きく開けると、弓柄のように反った縁が敷石にこすれてギーと音を立てて震えた。

アランは中庭に走りでると、塔をまわって湖に面したほうへむかった。そこでぴたりと足をとめた。自分がなにを発見することになるかわかっていたが、実際にそれを見つけたのだ。ぞっとするような墜落がまたもや起こっていた。

コリン・キャンベル——あるいはかつてコリンであった赤と白のストライプ柄のパジャマ姿の塊が敷石にうつ伏せで倒れていた。頭上六十フィートでは窓が開いており、欠けていく月の光できらめいた。湖からあがってきたのではなく、垂れこめているように見えるかすかな白い靄がコリンの乱れた髪を露で湿らせていた。



## 13

空全体はまだ石鹼の泡のような星明かりにほんのり染まっているが、くすんだ紫を背景に温かな黄金と白が燃え立つ朝焼けが谷を覆っていく時間に、アランはまたもや塔の階段をあがった。初秋の空気を愛でられそうな日だ。

だが、アランは楽しめるような気分ではなかった。

彼は木工用のノミ、螺旋形の錐、ノコギリを携えていた。後ろを勢いよく歩いてくるのは、ピリピリして緊張した様子のスワンだ。いまでは乾いた灰色のスーツを着ているが、もとは洒落て見えていたというのにいまでは喪服のように見える。

「しかし、本気であの部屋に入りたいのか？」スワンが食いさがった。「俺としてはぞっとしないが」

「どうしてだい？」アランは言った。「もう日が昇った。例の箱の住民もいまなら僕たちに手を出せない」

「住民ってなんのことだ？」

アランは答えなかった。考えていたのは、フェル博士が真相を突きとめたと話していたが、まだ秘密を明かしていないこと、それにもう危険はないとも言っていることだった。けれど、こうした事柄をまだ記者には漏らさないのがいちばんだと思った。

「懐中電灯をもってほしい」彼は頼んだ。「どうしてこの踊り場に窓をつけなかったのか解せないよ。コリンが昨日の午後、このドアを修理したことは覚えているね。これから、もう急いで修理なんかできないようにしてやろう」

スワンが懐中電灯で照らし、アランが仕事に取りかかった。時間のかかる作業で、錠に接して四角く切り取るため、ぐるりと穴が連なるように錐を使うのだが、アランの手つきは不慣れなものだった。

　この作業が終わると、四角の線をノミで割ってノコギリを差しこめるようにし、ゆっくりと切っていった。

「コリン・キャンベルは」スワンが突然、張り詰めた声で言った。「いい人だった。とてもいい人だったな」

「どういうことだい、〝だった〟というのは？」

「彼は死んでしまったんだから――」

「死んでないよ」

　かなりの間が空いた。

「死んでないだって？」

　ノコギリが神経にさわる音を立てて、つっかえた。夜中にあんなコリンを目にした後で、激しく安堵したと同時に気分の悪くなった反動から、アランはドアに猛攻をかけた。スワンが黙ってくれていたらいいものを。アランはコリン・キャンベルをたいそう気に入っているので、安っぽい感傷的な言葉など聞きたくなかった。

「コリンは」彼は振り返ってスワンの表情を見ることなく話した。「両脚と骨盤を折った。しかもあの年齢なんだから、笑い事じゃ済まない。ほかにも、グラント医師が大騒ぎするようなことがある。でも、死んでないし死にそうにもないよ」

「あんなふうに転落したのに――？」

「こういうこともあるんだ。この塔より高い場所から落ちたのに、かすり傷ひとつ負わなかった人たちの話を聞いたことはないかい。それにコリンみたいに頑丈な身体をしていれば、それも一役買っただろうし」

「でも、彼は自分から窓の外に飛び降りたんだろう?」

「ああ」

細かいおがくずを散らしながら、腱のように最後につながっていた部分が切れた。四角の板切れを部屋の内側へと押し、床に落とした。そこに手を入れると、鍵がまだしっかりとかけられ、錆びついたかんぬきはびくともせずに受け口に挿さっていた。アランは鍵をまわしてかんぬきを外した。一抹の後ろめたさを感じながらドアを開けた。

澄み切ったすがすがしい朝焼けに照らされた部屋は乱雑でかすかに不吉な雰囲気が漂っていた。コリンの脱いだ衣類が椅子や床にだらしなく散らばっている。懐中時計がタンスの上でチクタクと音を立てていた。ベッドには寝た形跡があり、掛け布団はめくられ、高く整えられた枕にはまだ頭のへこみの跡がある。

大きく開いた窓のガラス戸が風に吹かれて優しくきしんでいた。

「どうするつもりなんだ?」スワンは顔を突き入れ部屋の隅々まで見てから、ようやく入ることにした。

「フェル博士にやれと頼まれたことをやるよ」

なんでもないことのように言ったが、気持ちを落ち着けてからでないと、膝をついてベッドの下を探ることはできなかった。　例のなにかしらが入っていた革製のドッグキャリーを引っ張りだした。

「そいつをいじるつもりじゃないだろうね？」スワンが訊ねた。

「フェル博士から開けろと言われたんだ。指紋はついているはずがないから、気にするなと」

「あの親爺さんの言葉を鵜呑みにするんだな。まあ、そこまで自信があるのなら、開けるといい」

ここが最大の難所だった。アランは両手の親指で留め金をパチリと外し、蓋を開けた。

予想通り、箱はからっぽだった。それでも、自分が目にしたかもしれないありとあらゆる不気味なものの想像は消えなかった。

「あの親爺さんはあんたになにをしろと言ったんだ？」スワンが訊く。

「開けて、からっぽであることをたしかめろとだけ」

「だが、なにが入っていたんだ？」スワンが怒鳴った。「いいか、これがなんなのか突きとめようとして頭がおかしくなりそうだ！　俺は――」スワンはそこで口を閉じた。目を見ひらいてから細めた。ロールトップ式の机を指さした。

机の端で書類になかば隠れるようにして、昨日は確実に存在しなかったポケットサイズの小さな革装丁の手帳が置かれていた。表紙には金箔文字で『日記、一九四〇年』と箔押ししてある。

「あれはあんたが探してたものじゃないのか？」

ふたりとも日記めがけて走ったが、アランが先にたどり着いた。

見返しにはアンガス・キャンベルの名が、細いけれどぎくしゃくして小学生めいた筆跡で書かれており、アランは彼の指が関節炎を起こしていたのではないかと考えた。アンガスは首まわりのサイズや靴のサイズといった種々雑多な情報の表を念入りに埋め（こうした日記の販売元が、人は自分の首まわりのサイズを忘れがちだと考えているのは依然として謎である）、運転免許証番号の後には〝なし〟と書いていた。

だが、アランはそんなことを気にしなかった。日記は一日も飛ばされることなくみっちりと書きこんであった。最後の日付はアンガスが死亡した夜、八月二十四日の土曜日だった。アラン・キャンベルは喉が締めつけられるように感じ、胸の鼓動を激しくしながら日記を読んだ。

土曜日。銀行が小切手を処理。よし。エルスパットがまた愚痴をこぼす。メモ、アイスクリーム用のいちじくシロップの件。コリンに手紙を書いた。Ａ・フォーブスが今夜ここに。わたしが彼を騙したと主張。ハハハハハ。二度と来るなと言ってやった。彼はもう来ないし、その必要もないと言った。今夜は部屋の空気が妙にこもっている。メモ、トラクターのことで陸軍省に手紙を書く件。軍で使用するためだ。これは明日やること。

その後は空白で、書き手の人生が終わったことを物語っていた。

アランはページを前へとめくった。中身をそれ以上読むことはしなかったが、一カ所、ページそのものがちぎられていることに気づいた。小柄でがっしりした、白髪で団子鼻の老人が日記に言葉を綴るあいだも、死が彼を待ち受けていたのだと考えてしまった。

「ふむ」スワンが言う。「たいして役に立ちそうにないな？」

「それはなんとも言えない」

スワンが声をかけた。「とにかく、見るべきもの、と言うか見ないはずのものを確認できたんなら、もう塔を降りようじゃないか？　ここにおかしなものはもうないんだろうが、びくびくするんでね」

ポケットに日記を入れるとアランは工具を集めてスワンに続いた。下の居間にはフェル博士がいた。古びた黒いアルパカのスーツにリボンタイという早朝からきちんとした服装だった。ボックス襞のマントとシャベル帽（通常聖職者のかぶるつば広のフェルト帽）がソファに置いてあることに目を留めたアランは驚いた。昨夜は玄関ホールにかけられていたはずだが。

しかし、フェル博士はピアノの上にかけられた下手くそな風景画に興味津々のようだった。アランたちが部屋に入ると無邪気な顔でふりむき、スワンに話しかけた。

「なあ。ひとっ走りして――コッホン――これから病室と呼ぶことになる部屋へ行き、患者の具合を見てきてくれんか？　グラント医師に追い返されんようにな。コリンの意識がもうもどったかどうか、それになにか話しておらんか知りたい」

「知りたいのは俺もやまやまだ」スワンは意気込んで同意し、壁の絵が揺れるほど急いで去った。

フェル博士はすばやくボックス襞のマントを手にすると、目に見えるほど苦労しながら肩にかけ、首元の小さな鎖をとめた。

「お若いの、帽子を取ってきなさい」博士は言った。「ちょっとした探索に出かけるよ。記者がいれば刺激があることはまちがいない。ただ、どう考えても足手まといになるときがある。我らが友のスワンに見られることなく、こっそり出かけよう」

「どこへ行くんですか？」

「グレンコーさ」

アランは博士を見つめた。

「グレンコー！　朝の七時にですか？」

「残念なことに」フェル博士は家じゅうに漂ってきた焼いたベーコンと卵のにおいを嗅ぎながらため息を漏らした。「朝食まで待っておられん。だが、欲張ってすべてを台無しにするくらいなら、朝食を食べ損ねるほうがマシだからな」

「そうですけど、こんな時間にグレンコーへ行ってなにをすると言うんですか？」

「インヴァレリに電話して車を頼んでおいたよ。国のこの地方では朝をゆっくり過ごすという怠け者の習慣がないんだ、お若いの。昨日グレンコー近くのコテージで、アレック・フォーブスが発見されたか、発見されたらしいというダンカンの話を覚えておるかね？」

「ええ、覚えていますが？」

フェル博士は顔をしかめて撞木杖（しゅもく）を振った。

「本当ではないかもしれん。おまけにコテージを見つけることさえできんかもしれん。ダンカンから場所の説明は受けたが、そもそも民家がほとんどないらしい。だが、やれやれ、あたってみるしかない！　わしがコリン・キャンベルのためになにかしてやろうとするなら、ほかの者たちより――警察よりも――先にアレック・フォーブスを探しだし、会わねばならん。帽子を取ってきなさい」

　キャスリン・キャンベルがツイードの上着を身につけながら急ぎ足で部屋にやってきた。

「そんなのだめです！」

「なにがだめなんだね？」

「わたしを連れていかないなんて」キャスリンはふたりに言った。「博士が電話で車を頼んでいるのを聞いたんです。エルスパットおばさんはどこに行っても威張ってますが、病室でのおばさんはとにかく威張り散らして我慢できません。イーッって言ってやりたい！」彼女は拳を握りしめた。「ここではどうやっても手伝えることがない。お願いだから、わたしを連れていってください！」

　フェル博士はどうぞと慇懃に手招きをした。陰謀を巡らしている者たちのように忍び足で、彼らは裏口から家を後にした。ピカピカに磨かれた四人乗りの車がシャイラ城と幹線道路を隔てる生垣のむこうに待っていた。

　アランはこの朝、饒舌な運転手と話をしたい気分ではなかったが、実際のところ彼はそんな男ではなかった。日焼けして深い皺のある小柄な人物で、自動車の修理工のようないでたちをして、彼らのためにしぶしぶドアを開けていた。ダルマリーを過ぎてから、実際彼は生粋のロンドンっ子だと知ったくらいだ。

しかしアランは発見したばかりのことで頭がいっぱいなあまり、他人の目を気にかけなかった。アンガスの日記を取りだし、フェル博士に渡した。

空きっ腹なのに、フェル博士はメシャム・パイプに煙草を詰めて火をつけた。車はオープンカーで、どこか湿ったような空の下、大きな丘をのぼっていった。風のために、フェル博士は帽子と煙草の煙をとても気にかけていた。それでも注意深く日記を読み、すべてのページに最低一度は目を通した。

「ふうむ、そうか」博士はそう言い、眉をひそめた。「辻褄が合うな。すべては合う！　ミス・キャンベル、あんたの推理どおりだった。こいつを盗んだのはエルスパットだよ」

「でも――」

博士はページが破り取られた箇所を指さした。「ここの前の日付、前のページの下にこう書いてある。〝エルスパットはジャネット・Gが〟――どこの誰なのかはさておき――〝神を信じないふしだら者だと言う。エルスパットが若い頃は〟――ここで途切れている。おそらく、エルスパットの若くてあまり道徳観のなかった頃の秘話が、ここぞとばかりに詳しく語られていたんだな。それで証拠が記録から取り除かれたわけだ。エルスパットはこの日記で自分の印象を下げる記述をほかには見なかった。じっくりと、おそらくは確認のために何度も読んでから、日記を楽々と発見される場所にもどしたんだよ」

アランは感銘を受けなかった。

「それはともかく、あっと驚く暴露話はどうなったんですか？　そういうのがなければ、どうしてエルスパットがマスコミに連絡します？　最後の日記は示唆に富むかもしれませんが、僕たちに教えてくれることがたいしてないのははっきりしてますし」

「教えてくれないだと？」

「だって、教えてくれてますか？」

フェル博士は興味津々で彼を見つめた。

「わしは逆に、かなりのことを教えてくれると言いたいね。だが、最後の日記になにか、あっと驚く暴露話があるなどという予想は立てづらかったじゃないかね？　結局のところ、アンガスは満ち足りて深く考えることもなく寝た。彼がどんなものに襲われたにしても、やられたのは日記を書き終えて明かりを消した後だ。それゆえに、最後の日記には大いに関心をもつようなことが書かれているなどと予想できるかね？」

車がでこぼこを通り、アランの尻は浮いた。

彼は認めた。「たしかにそのとおりです。とはいえ――」

「きみの主張はまちがっておるんだよ、お若いの。日記の本当の要点はここ、だよ」フェル博士はトランプをまぜるようにページをぱらぱらとめくってみせた。「日記全体だ。この一年間における彼の行動の記録だよ」

博士は日記を見て眉をひそめてからポケットに入れた。絶対の確信を抱いた彼の途方もない苦悩の表情は色濃くなっていた。

「やりきれん！」そう言って彼は手のひらで膝を叩いた。「こうなることは必然だった！　エルスパットは日記を盗む。目を通す。愚か者ではないから見当をつける――」

「どんな見当ですか？」

「アンガス・キャンベルが本当はどうやって命を落としたかだよ。エルスパットは心の底から警察を憎み、信用しておらん。だから贔屓の新聞社に手紙を書き、爆弾を落とす計画を立てる。すると突然手遅れとなり、恐怖におののいて気づく――」

またもやフェル博士は口をつぐんだ。ひとりでに表情がやわらいだ。突風のようなため息を幌屋根に吹きかけて座席にもたれ、首を振った。

「なあ、そうなるとすべてが引き裂かれる」彼はぼんやりと繰り返した。「本当に引き裂かれるよ」

「わたし個人としては」キャスリンが歯を食いしばるようにして言った。「こんなに遠まわしな話が続いたら、なにかを引き裂いてやりたい気分になりそう」

フェル博士の苦悩はさらに深まったらしい。

彼は提案した。「どうかわしにもうひとつだけ質問をすることで、きみの自然な好奇心に反論させてくれ」ここで視線をアランにむけた。「先ほど、きみはアンガスの最後の日記が〝示唆に富む〟と言ったな。あれはどういうことだったんだね？」

「自殺するつもりの人間が書いた文章でないのはたしかだと言いたかったんですが」

フェル博士はうなずいた。

「そうだな」彼は同意した。「では結局のところ、アンガス・キャンベルは本当に自殺したんだと言ったら、きみはどう答えるね？」

## 14

「わたしから答えさせてください」キャスリンが言う。「完全に騙された気分です！　そんなこと、言ってはいけないのはわかってます。でも、これが正直な気持ちなんです。博士はわたしたちが熱心に殺人犯を探すよう仕向け、ほかの可能性に目をむけられないようにしたんですよ」

フェル博士は指摘ごもっともだと言いたげにうなずいた。

「それでもだな」彼は話を続けた。「議論の素材にするために、これからする説明を検討するよう頼むよ。わしたちにわかっておる事実はひとつ残らず、この説を裏づけることを考えてもらいたい」

博士は一瞬黙ってから、メシャム・パイプをふかした。

「まずは、アンガス・キャンベルのことを考えるとしよう。ここに抜け目がなく、世をすね、憔悴（しょうすい）した老人がいる。発明家の頭脳と家族への深い愛をもった人物だ。その男が破産する。すっからかんだ。大いなる夢が実現することはない。自分でそれがわかっておる。大変気に入ってておる弟のコリンも借金で首がまわらん状態だ。いまでも大変気に入っておる愛人のエルスパットは一文なしで、この先もそのままだろう。

アンガスは現実的な北国の者らしく、自分のことを役立たずの足手まといだと考えるだろうて。誰の役にも立たんと——死ねば別だが。しかし、彼はかくしゃくとした老人で、保険会社の担当医があと十五年は元気だと保証しておる。だが、そのあいだいったい全体どうやって暮らしを立てればいいんだ？

もちろん、彼がいま死ねば……」

フェル博士は小さく首を掻ききる仕草をした。

「だが、彼がいま死ぬとしたら、絶対確実に自殺ではないと見せねばならん。そのためにはちょっとした仕掛けが必要だ。かかっている額は三万五千ポンドと大金で、支払うのはひどく疑ってかかり、判断能力に優れた保険会社だ。

たんなる事故ではうまくいくはずがない。外出して崖から足を踏み外しても、事故だと解釈されるなどと、期待することはできんよ。もしかしたら、そう考えてくれるかもしれんが、あまりに運任せで、運に任せられる余地などまったくないんだ。彼の死は殺人、それも冷血な殺人で、疑問の影すらないと証明されなければならん」

ここでまたフェル博士は口をつぐんだ。アランはこの機会をとらえて嘲るような笑い声をあげたものの、あまり自信に満ちたようには響かなかった。

「だったら、博士」アランは言った。「あなたのむけた銃をそのままあなたにむけなおしますよ」

「ほう？　どうやってだね？」

「ゆうべあなたは、保険金目当てで殺人をおかすつもりの人間が、自殺にしか見えない殺人をおかす理由はなんだと訊かれましたよね。だったら同じ理屈で、よりによってアンガスが自殺にしか見えない自殺を計画する理由がありますか？」

「彼は計画せんかった」フェル博士が答える。

「どういうことです？」

　フェル博士は身を乗りだし、助手席に座るアランの肩をどこまでも決然とした様子で叩いた。博士の態度は熱がこもっているというのにどこか上の空でもあった。

「まさにそこなんだよ。彼は計画せんかった。なあ、ドッグキャリーになにが入っておったか、きみはまだ気づいておらん。アンガスがわざとそこに置いたものがなにか、気づいておらんのだ」

　フェル博士は厳かに片手をあげた。「さらに言わせてもらえば、ある些細で予見不可能な偶然、数学的な確率が百万にひとつほどのあり得ない不幸がなければ、アンガスが他殺だということになんの疑いもなかったはずだった！　アレック・フォーブスはこの瞬間、刑務所におっただろうし、保険会社は保険金を払うしかなくなっておったはずなんだよ」

　彼らはロック・オーに近づいていった。山の連なる深い谷にある宝石のように美しい湖だ。

しかし、誰も景色を見ていない。

「と言うと」キャスリンは息を呑んだ。「アンガスは自殺をするつもりで、わざとアレック・フォーブスを殺人犯に仕立てようとしていたってことですか?」

「そうだ。ありそうにないと思うかね?」

沈黙が流れ、フェル博士は先を続けた。

「この仮説を念頭に置いて、証拠を見直そう。

ここにフォーブスがいる。心からの激しい恨みを抱く男だ。やってもいない罪を着せるにはうってつけだ。

フォーブスは問題の夜、アンガスに会うために訪ねてくる──じつは〝呼びだされた〟かもしれないとも考えられるが。彼は塔の部屋へあがる。諍(いさか)いが起き、アンガスはそれが家じゅうに聞こえるようにする。さて、このとき〝スーツケース〟をもってきたのはフォーブスだったのか?

わしたちの知るとおり、女たちにはわからん。フォーブスが追いだされるときにしか、姿を見ておらんのだからな。スーツケースのただひとりの目撃者は誰だね? アンガス自身だ。フォーブスがもっておったはずだという事実に女たちの注意を巧みに引きつけ、その上、フォーブスがそれを残したに違いないとこれ見よがしに言う。

話についてきておるかね? アンガスが見せようとした構図は、フォーブスが隙を突いてスーツケースをベッドの下に押しこんだというものだ。アンガスは気づかぬままだったが、そのなかに入っておったものが後から命取りの仕事をしたらしい、というものだった」

アランは考えこんだ。

「面白いのは」アランは言った。「一昨日(おととい)、僕自身がフォーブスを殺人犯だとする説明を披露したことです。でも、誰も耳を貸そうとしなかった」

「それでもわしは繰り返そう」フェル博士が断言する。「完全に予想不可能な偶然がなかったら、フォーブスはただちに殺人犯として逮捕されておっただろうとね」

キャスリンがこめかみに両手をあてた。

彼女は叫んだ。「つまり、エルスパットはドアに鍵がかけられる前にベッドの下を見て、そこに箱なんかないと知っていたってことですか?」

だが、彼女たちが驚いたことに、フェル博士は首を振った。

「いやいや！　もちろん、そこはまた別の話だ。あまり重要じゃないがね。いずれにしてもアンガスはおそらく、彼女がベッドの下を見ると考えてもおらんかっただろう。いやいや！　わしが言いたいのは箱の中身のことだ」

アランは目を閉じた。

彼は抑えた声で言った。「箱になにが入っていたのか早く教えてほしいとお願いするのは厚かましいんですかね?」

フェル博士はますますもったいぶり、根比べをしているような表情になった。

「すぐにアレック・フォーブスに会えるはずだから、質問を彼にぶつけるつもりだよ。それまでのあいだ、きみたちには考えてほしいことがある。わしたちの知っておる事実について考えてくれ。アンガスの部屋にあった業界誌についても。彼のこの一年の行動についても。自分たちで解決にたどり着かないものか試してみなさい。

とりあえずは、大いなる計画の話にもどろう。もちろんアレック・フォーブスはスーツケースのたぐいなどもちこまなかった。すでにアンガス自身が準備しておった箱は下の部屋のどれかに隠してあったんだ。アンガスは十時に女たちを引きとらせると、こっそりそこへむかい、箱を回収し、ベッドの下に入れてからふたたびドアの鍵とかんぬきをかけた。これは密室に箱が運びこまれた経緯として、わしが受け入れられるただひとつのものだよ。

最後にアンガスは日記を書いた。フォーブスには二度と来るなと言ってやり、フォーブスはその必要もないといった意味ありげな言葉を入れた。ほかにも意味ありげな言葉がある。フォーブスに決定的なとどめを刺すためだ。それからアンガスは寝間着に着替え、明かりを消し、来るべきものに備える断固とした不屈の精神でベッドに入ったんだよ。

今度は翌日起きたことを見ていこう。アンガスは警察に見つけられるよう、すぐわかる場所に日記を置いておった。そしてエルスパットがそれを見つけてくすねる。

彼女はアレック・フォーブスがアンガスを殺害したと考える。厚い日記を読みとおし、アンガスが誰でも気づけるよう意図したとおり、彼の死んだ経緯にははっきりと気づく。彼女は殺人犯がアレック・フォーブスだとわかったんだ。彼女はこの罪人をハマン（旧約聖書『エステル書』で高い柱に吊られて処刑された）よりも高く吊るしてやらねばならん。彼女は腰を据えてデイリー・フラッドライト紙に手紙を書く。

手紙を投函した後になって、彼女は突然、理論の穴に気づく。フォーブスが犯人ならば、追いだされる前に箱をベッドの下に入れたはずだ。だが、フォーブスにはそんなことはできんかった！　彼女自身がベッドの下に箱など見ておらんのだからな。それに、なにより恐々(きょうきょう)となったのは、警察にも見ておらんとすでに話しておったことだ」

フェル博士は肩をすくめた。

「この女はアンガス・キャンベルと四十年間暮らしておった。だからアンガスのことは知り尽くしておる。世の奥さんたちはわしたち男の奇行や愚かさと取り組む際、身の毛のよだつほど明晰(めいせき)なところを披露するが、まさにそのようにして彼を見透かしたんだ。たいして時間もかからず、彼女はどこがおかしいのか理解する。犯人はアレック・フォーブスではなかった。やったのはアンガス自身だ。そうなれば——

その先を説明する必要があるかね？　彼女の言動を思い返してみなさい。箱について突然意見を変えたこと。虫の居所を悪くして、自分で呼びつけておいた記者を家から追いだす言い訳を探していたこと。そして何より、彼女の立場を。彼女が真相を打ち明けてしまうと、保険金はまったく手に入らん。その一方で、アレック・フォーブスを犯人だと告発すれば、彼女の魂は地獄の業火(ごうか)に永遠に焼かれることになる。そのことを考えてみなさい、きみたち。だからエルスパット・キャンベルが怒りっぽくなっても、あまり厳しい目で見ないようにな」

キャスリンが愚かなおばあさんと呼んだ人物の姿は、彼女たちの頭のなかで興味深い変身を遂げつつあった。

あの視線、言葉、身振りをあらためて思いだし、黒いタフタ織りのドレスに本当はどんな人柄が隠れているのか考えると、アランの気持ちはこれまでのさまざまな意見と同様に急変していた。

「それで――」彼は先をうながした。

「うむ！　彼女はどうしたらいいか決められんかったんだ」フェル博士が答える。「なので塔の部屋に日記をもどし、わしたちにどうしたらいいか決めさせようとした」

車はさらに標高の高いわびしい地域へ入っていた。荒涼とした高地には万が一の空からの侵攻に備えて醜い杭がうがたれ、うねった花崗岩に混じって茶色い地面が見えている。雲が多くなり、湿り気のある風が一行の顔に吹きつけた。

しばし間があってから、フェル博士はつけくわえた。「すべての事実に合う説明はこれだけだと言ってもよいかね？」

「では、僕たちが殺人犯を探さなくても――」

「おや、なにを言ってるんだね！」フェル博士は諭した。「わしたちは殺人犯を探しておるとも！」

ふたりはくるりと博士にむきなおった。

「ほかの質問を自分に訊ねてみなさい」フェル博士が言う。「幽霊のハイランダーになりすましていたのは何者で、その理由は？　コリン・キャンベルを死なせようとした者は何者で、その理由は？　忘れんようにな、運がよくなければ、コリンは今頃亡くなっておっただろう」

博士は考えこみ、火の消えたパイプのステムを噛むと、するりと頭から逃げてしまったものを追いかけるような仕草をしていた。

「絵画のたぐいというものは」彼は言いたした。「ときには途方もないひらめきをあたえてくれるもんだな」

ここで初めて、博士は部外者の前で話していたことに気づいたようだった。バックミラーを見て、何マイルも話をせず、ほとんど身動きしなかった日焼けした小柄な運転手と目を合わせた。フェル博士はうめき声をあげて鼻を鳴らし、マントに落ちた灰を払った。迷路めいた夢から覚めたようにはっとして、まばたきしながらあたりを見た。

「ふうむ。ヘッヘッ。そうだな。グレンコーにはいつ着くんだね？」

運転手は口をほとんど開けずに答えた。

「ここがグレンコーです」

全員が目を覚ましたようになった。

では、ここがかねてより思い描いていたスコットランドの荒れ山なのかとアランは考えた。この場所と結びつくただひとつの形容は神に見捨てられた、だった。形ばかりの言葉ではなく、まさに事実そのものを言い当てた言葉だ。

コーの峡谷はとてつもなく奥行きも幅もあったが、アランは窮屈な狭い場所だとずっと想像していた。黒い道路が矢のように一直線に貫いている。左右には、花崗岩の灰色とくすんだ紫の山の稜線がせりあがり、石のようにつるりとして見える。穏やかさのかけらもない。まるで自然が干上がってしまい、陰鬱(いんうつ)な部分さえも石化して敵意となってひさしいかのようだ。

　山腹を沢が何本も流れているが、あまりに遠くて水が本当に流れているのかも定かではなく、きらめきを目にしたときだけ、やはり沢なのだと合点が行く。まったくの静寂は峡谷の殺伐としてうらぶれた雰囲気を強調していた。たまにちっぽけな水漆喰(みずしっくい)塗りの小作人のコテージに出くわすものの、無人のようだ。

　フェル博士はそうした小屋のひとつを指さした。

「わしたちが探しておるのは、道路の左側にあるコテージだ。樅(もみ)の木立のなかの下り坂にある。コーの滝を過ぎてすぐだ。あんた、場所を知らんかね？」

　運転手はしばらく黙っていたが、知っていると思うと答えた。

「もうそう遠くないですね」彼はつけくわえた。「一、二分で滝です」

　道は上り坂となり、どこまでもまっすぐに続いてから、丘のスレート色の肩にそってカーブした。うつろで転がるような滝の轟音(ごうおん)が湿った空気を揺らし、一行は右に崖が迫っている狭い道へと曲がった。

　この道をしばらく車で進むと、運転手はエンジンをとめてシートにもたれ、なにも言わずに指さした。

　一行は暗くなっていく空の下、風の強い道路を徒歩で進んだ。滝の大音量がまだ彼らの耳でしぶきを立てていた。フェル博士は手を貸してもらって坂を滑り降り、ほかのふたりもすり足で進んだ。博士は続いて、さらに苦労しながら手を貸してもらって小川を渡った。川底の石は大地のまさに中心であるかのように、自然に磨きあげられ黒々としていた。

小川の先に、汚れた水漆喰塗りの石造りで藁葺(わらぶ)き屋根のコテージがあった。ちっぽけで、ひと部屋しかないように見える。ドアは閉まっていた。煙突からのぼる煙はない。その背後には薄い紫と妙にピンクの山々がそびえていた。

動くものはなにもない——ただし、雑種犬が一匹いた。

その犬は一行に目を留めると、円を描いて駆けはじめた。コテージに走り、閉じられたドアを引っ掻いている。それが遠くでくぐもる滝の音に負けじと小さく響き、グレンコーの不吉で荒涼とした景色のなかで、孤独と憂鬱を心に刻んだ。

犬はお座りすると吠えはじめた。

「よしよし、いい子だ！」フェル博士が声をかけた。

なだめる声はこの動物になにかしらの影響をあたえたらしい。ふたたび、狂ったようにドアを引っ掻き、それからフェル博士に駆け寄って跳ねまわり、ジャンプしてマントを引っ掻いた。アランを怯(おび)えさせたのは、犬の目に浮かんだ恐怖心だった。

フェル博士がドアをノックしたが、返事はない。掛け金を開けようとしてみたが、ドアは内側から開けられないようにしてあった。コテージの前面に窓はない。

「ミスター・フォーブス！」博士は雷のような声で呼びかけた。「ミスター・フォーブス！」

固い砂利に彼らの足音が響く。コテージはだいたい正方形だった。ひとりごとを言いながらフェル博士はどたどたと家の横手にむかい、アランもそれに続いた。

ここに小ぶりの窓があった。太い針金の金網のような錆びた格子が窓を覆うように内側から釘で留めてある。その奥、煤で汚れた窓ガラスは、蝶番で取りつけられたドアのように開け閉めできるタイプで、半開きになっていた。

一行は手庇しを作って金網に顔を押しつけ、なかを覗こうとした。淀んだ空気、古くなったウイスキー、灯油、缶詰のサーディンの混ざったむっとするにおいが部屋から漂ってくる。徐徐に目が暗がりに慣れてきて、ものの輪郭が現れてきた。

汚れた皿の積みあがったテーブルは片側に押しやられている。天井の中央には、どうやらランプ用らしい頑丈な鉄製のフックがある。アランはいまそのフックから吊りさがっているものを見た。犬がドアを引っ掻くたびに優しく揺れている。

彼は両手を垂らした。窓から顔をそむけ、片手を壁にあてて身体を支えた。コテージの表へともどると、キャスリンが待っていた。

「なにがあるの?」彼女の声は遠くから聞こえたが、まるで悲鳴のようだった。「どうしたの?」

「きみはここから離れたほうがいい」

「なにがあるのよ?」

だいぶ顔の赤味がなくなったフェル博士がアランに続いて玄関にまわってきた。

博士の息遣いは荒く、一瞬ぜいぜいと言ってから口を開いた。

「だいぶ薄っぺらなドアのようだ」彼は杖で指しながら言った。「きみなら蹴り開けられるだろう。そうすべきだと思う」

ドアの内側には小さくあたらしい、しっかりしたかんぬきが取りつけられていた。アランは全身の筋肉を使った全力の激しいキック三回で木枠からかんぬきの受け口を壊した。

なかに足を踏み入れたくなどなかったが、死んだ男の顔はいまは彼たちからそむけられた形で、最初、窓越しに見たときほど悪くはなかった。食べ物とウイスキーと灯油のにおいが強くなった。

死者は長くて汚れたガウンを着ていた。ガウンを留める編み紐がロープがわりに片端をゆるい輪にされ、もう片方の端は天井のフックにしっかり結んである。男はそこに吊りさがり、踵は床から二フィートあたりで揺れていた。あきらかにウイスキーらしいからっぽの樽が、彼の下から転がった場所にある。

どうしようもないほど悲しげに鳴きながら、雑種犬が彼らの横をさっと通り過ぎ、死者のまわりをくるくるとまわり、何度も飛びついてまた死者を揺らした。

フェル博士は壊れたかんぬきを調べた。金網のついた窓を見やった。ひどいにおいのする部屋で彼の声は重苦しく聞こえた。

「ああ、そうだ。また自殺だよ」

## 15

「どうやら」アランはつぶやいた。「これがアレック・フォーブスですね？」

フェル博士は片側の壁につけて置いてある簡易寝台を杖で指した。その上には汚れた衣類でいっぱいの開いたスーツケースがあり、〝A・G・F〟という頭文字が書かれていた。続いて博士は顔を確認しようとぶら下がる人物の前へとまわった。アランはついていかなかった。

「人相も一致するな。一週間ぶんのひげが伸びておるが。それに十中八九、心労は十年ぶん増えておる」

フェル博士はドアに近づいてキャスリンから室内が見えないようふさいだ。彼女は数フィート離れた場所で雲に覆われた空の下、蒼白になって立ち尽くしている。

「どこかに電話があるに違いないよ。地図についての記憶がたしかならば、一、二マイル先の村にホテルがある。ダヌーン警察署のドナルドソン警部に連絡し、ミスター・フォーブスが首を吊っておると知らせてくれんか。やれるかね？」

キャスリンはすばやく、だが頼りなげにうなずいた。

「自殺したんですよね？」彼女はかろうじて聞き取れる声で訊ねた。「まさか――ほかのなにかじゃないですよね？」

フェル博士はこれには返事をしなかった。キャスリンはもう一度すばやくうなずくと、背をむけて道路にもどっていった。

このコテージは幅と奥行きがだいたい十二フィート（四メートル弱）で、壁が厚く、床は石張りで素朴な暖炉がひとつあった。小作人の家ではなく、あきらかにフォーブスが隠れ家のようにして使っていたと見て取れる。備えつけてあるものと言えば簡易寝台、テーブル、台所用の椅子がふたつ、洗面台、水差し、白かびの生えた本を収めた本棚ぐらいだった。

雑種犬は必死になってクンクン鳴くのをすでにやめており、アランはそれをありがたいと感じていた。犬は物言わぬ人物のそばに寝そべり、変わり果てたその顔に忠実な視線をむけられるようにして、時折、ぶるりと震えていた。

「キャスリンが訊ねていたことを僕も訊ねますよ」アランは言った。「これは自殺なんですか、そうじゃないんですか？」

フェル博士は前に進みでてフォーブスの腕にふれた。すると犬が身体を緊張させた。威嚇（いかく）するように喉を鳴らしはじめて全身を揺らした。

「落ち着きなさい、いい子だから！」フェル博士が言う。「落ち着きなさい！」

博士は後ろに下がり、懐中時計を取りだしてしげしげと見つめた。うめいてつぶやき、どたどたとテーブルに近づいた。端にはカンテラが置いてあり、フックと鎖がついていて、天井から吊りさげられるようになっている。指先でフェル博士はカンテラをもちあげて振った。オイルの缶が隣にある。

「からっぽだ。だが、あきらかに使っていたのが燃え尽きておる」彼は死体を指さした。「まだ完全に死後硬直はしておらん。疑いようもなく、今朝の早い時間に起こったことだね。たぶん、二時か三時頃だろう。それが自殺した時間だ。それにこれを見てごらん」

次に博士は死者の首にまかれたガウンの編み紐を指さした。

「興味深いことに」彼は顔をしかめながら話を続けた。「正真正銘の自殺は一様に、できるだけ不快な思いをしないよう、細心の注意を払っておこなわれるんだよ。たとえば首を吊るとしたら、針金や鎖は絶対に使わん。首が切れたりすりむけたりする可能性のあるものはな。ロープを使うとしても、すりむけんようにくるむことも多いくらいだ。これを見なさい！　アレック・フォーブスは柔らかい紐を使い、ハンカチでくるんでおる。まさに自殺の印か、あるいは——」

「あるいはなんですか？」

「じつに天才的な殺人かだ」フェル博士は言う。

彼は身をかがめ、からっぽのウイスキーの樽を調べた。次にひとつきりの窓に近づく。金網状になった格子に人差し指を突っこんで揺らし、内側からしっかり留められていることを確認した。騒がしくいらだつ仕草をしながら、ドアのかんぬきの前へともどる。これは手をふれることなく子細に調べた。

ここで部屋を見まわし、足を踏みならした。地下鉄のトンネルを吹き抜ける風のように彼の声はうつろに響いた。

「やれやれ！　これは本当に自殺だ。自殺としか考えられん。樽はこの男が踏み台がわりにするのにちょうどいい高さで、転がった距離にもおかしなところはない。釘で打ちつけられた窓からも、頑丈なかんぬきのかかっていたドアからも、出入りできる者がおったはずはないよ」

博士はいくらか気に病むようにアランを見やった。

「いいかね、なんの因果か、わしはドアや窓の細工についていささか詳しいんだ。そうした事件に――コッホン――取り憑かれたように出くわしてきたからな」

フェル博士はシャベル帽を後ろに押しあげて話を続けた。「だが、鍵穴もないかんぬきや、枠が床にこすれるほどきつく建てつけられたドアを細工する方法は教えてやれん。ここのドアのような」

彼は指さした。

「内側から釘で留められた金網で覆われた窓を細工する方法も教えてやれん。やはり、ここにある窓のような。仮にアレック・フォーブスが――そうだ！」

はすかいに本棚の置かれた暖炉をフェル博士は調べた。げんなりすることに、煙突はあまりに狭く煤が詰まりすぎており、どんな小柄な人間でも通れないことが突きとめられた。手の埃を払いながら、博士は本棚を振り返った。

最上段の本の上に、もちはこび式のタイプライターが置かれていた。蓋はなくなってキャリッジから紙が突きでていた。そこに薄い青のインクで短い言葉が打ってあった。

これを見つけるどこぞのお巡りへ
アンガスとコリン・キャンベルを、奴らがわたしをペテンにかけるために使った同じもので殺した。おまえはこれからどう対応するつもりだ？

フェル博士は激しい口調で言った。「ほら、その上、遺書まである。最後の仕上げ、巨匠の一筆だ。もう一度言うよ。これは自殺に違いない。それでも——自殺だとしたら、わしはベドラムあたりに隠居する」

部屋のにおい、黒ずんだ顔のここの主（ぬし）、彼を恋しがる犬、それらすべてが相まってアラン・キャンベルの胃がおかしなことになってきた。これ以上ここの空気に耐えられそうにない。だが、それにあらがった。

「そんなことを言われるわけがわからないですよ」彼は言い放った。「博士、自分のまちがいを認めることはできないんですか？」

「まちがい？」

「アンガスの死が自殺だという件ですよ」絶対の確信がアラン・キャンベルの脳に根を下ろしていた。「フォーブスがたしかにアンガスを殺し、コリンを殺そうとしたんです。なにもかもそうだと示していますよ。あなた自身が認めているように、この部屋には誰も出入りできなかった。そして事件の決着をつけるフォーブスの自白があるんですから。

彼はここで自分の罪について葛藤（かっとう）し、とうとう頭がおかしくなったんです。僕の頭も信仰に頼らなければ同じようになったでしょうね。彼はふたりの兄弟をどちらも始末した。正しくは始末したと思っていたわけですが。やるべきことを終え、自殺したんですよ。ここに証拠があります。これ以上、なにを求めるんですか？」

「真実だよ」フェル博士はあくまでも言い張る。「わしは古めかしい人間なんだ。求めるのは真実だよ」

アランはためらった。

「僕も古めかしい人間ですよ。それから思いだしたことがあります。博士が北に来たのは、コリンを助けるという明確な目的があってのことですよね。アンガスは他殺だと証明するために自分たちの呼んだ探偵が、アレック・フォーブスの自白を手にした後でさえ、あれは自殺だと叫びまわるなんて、コリンやエルスパットおばさんを助けることになりますか？」

フェル博士はアランを見てまばたきした。

「いいかね」彼は傷ついて仰天した表情で切りだすと、眼鏡の位置を調整し、眼鏡越しに目をぱちくりさせた。「わしが信じておることを少しでも警察に漏らすなどと、本気で想像しておるわけじゃあるまい？」

「警察に話すつもりじゃないんですか？」

フェル博士は念のためにあたりを窺い、人に立ち聞きされていないかたしかめた。

彼は打ち明けた。「わしの過去はまっくろでな。コッホン。何度かは証拠を握りつぶして殺人犯が逃げられるようにした。それほど前のことではないが、家に火をつけるというこれまでで最大の暴挙にも出た。現在の目的はここだけの話、コリン・キャンベルが死ぬまで上等の葉巻と火酒を楽しめるよう、保険会社から金を騙しとることで……」

「ええっ？」

フェル博士は気遣うようにアランを見つめた。

「ショックを受けたかね？　チッチッ！　いまのはすべて、実行するつもりの話だよ。だがよいか！」彼は両手を広げた。「後学までに、真実を知りたいんだよ」

博士は本棚を振り返った。やはりふれることなく、タイプライターを調べる。その下段に並ぶ本の上に、魚籠（びく）と鮭釣りの毛針が置かれていた。三段目に並ぶ本の上に、自転車用スパナ、自転車のライト、ドライバーが置かれている。

フェル博士は続いて慣れた目つきで本をながめていった。物理化学、ディーゼル・エンジン、建築、天文学についての本がある。何冊ものカタログや業界誌も。それから辞書が一冊、全六巻の百科事典、さらには驚くことにG・A・ヘンティ（十九世紀後半、歴史冒険物で人気だった作家）の少年むけの本も二、三冊あった。フェル博士はこの最後の本に関心の目をむけた。

「うわ！　まだヘンティを読む者がおるのか？　人は自分の失いつつあるものがわかれば、彼に立ちもどるんだろうね。わしは誇りをもって、いまでも楽しく彼の作品を読むと言わせてもらおう。それにしても、アレック・フォーブスに夢見がちな心があるだなどと誰が想像したかね？」博士は鼻を引っ掻いた。「とはいえ――」

「ちょっといいですか」アランは食いさがった。「これがどうして自殺じゃないと言いきれるんですか？」

「わしの理論から。なんなら、わしが石頭だからと言いかえてもよい」

「それで、あなたの理論はやはりアンガスが自殺だというのですか？」

「そうだ」

「でも、ここにいるフォーブスは他殺だと？」

「まさしく」

フェル博士はぶらりと部屋の中央へもどった。スーツケースが置かれて乱れた簡易寝台を見つめた。視線はそのまま寝台の下のゴム長靴へむけられた。

「お若いの、わしはあの遺書を信じておらん。これっぽっちもな。信じないはっきりした理由がいくつもある。さて外に出よう。新鮮な空気を吸おうじゃないか」

アランはここを離れることができて嬉しかった。犬は前足に埋めていた顔をあげ、混乱して呆然としたような視線を彼らにむけてから、ふたたび頭を下げてうめくと、死者の下でどこまでも我慢強く待機した。

遠くから滝のごうごうという音が聞こえた。アランは冷たく湿った空気を吸いこみ、ぶるりと震えた。マントをはおって巨体の山賊のような姿のフェル博士は杖にもたれた。

「誰があの遺書を書いたにしても」博士が話を続ける。「それがアレック・フォーブスだろうがほかの誰かだろうが、アンガス・キャンベルの死に使われたからくりを知っておった。そこがしっかり注目したい最初の事実だ。さて！　その仕掛けがどんなものか、もう推測はついたかね？」

「いえ、まだですよ」

「あの遺書らしきものを見てもか？　おい、きみ！　考えて！」

「考えろと言うのは簡単ですけど。僕は鈍ちんなのかもしれません。でも信じてほしいんですが、真夜中にベッドから飛び起きて窓から落ちて死ぬことになる原因なんて、やっぱりわからないんですよ」

「では、この点から始めようじゃないか」フェル博士がうながす。「日記というのは得てしてそういうものだが、アンガスの日記は彼のこの一年の行動を記録しておるという事実に注目だ。よろしい。ではこの一年、アンガスはおもにどのような行動をとったかね？」

「金儲けをしようと、さまざまないんちきくさい計画にかかわっていました」

「まさに。しかし、アレック・フォーブスもかかわった計画はただひとつじゃなかったかね？」

「そうですね」

「よし。その計画とは？」

「タータン柄のアイスクリームを大量生産するというようなものでした。少なくとも、コリンはそう話してました」

「そして、アイスクリームを作っておった」フェル博士は言う。「彼らが大量に使った冷凍材はどんなものだった？　コリンはそれもわしたちに話したぞ」

「コリンの話では、人工の氷を使ったということでした。〝あのとても高価な化学物質〟――」

アランはいきなり口をつぐんだ。

忘れかけていた記憶が頭にふたたび流れこんでくる。衝撃を覚えながら、学生時代の実験室と教壇で先生が話していた言葉を思いだした。その言葉がかすかにこだましながら記憶によみがえった。

「わかったようだね」フェル博士が訊ねる。「この人工の氷、すなわち〝ドライ〟アイスとは実際はなんだね？」

「見た目は白っぽい物質です。本物の氷と似ていますが、ただ不透明です。あれは――」

「正確には」フェル博士が言う。「液化ガスにほかならない。固形の〝雪のような〟塊に変わり、切り分け、手で扱えて、もちはこびできるそのガスの名を知っておるかね？　そのガスの名は？」

「二酸化炭素」アランは答えた。

まだ理解力は呪いで縛られているようになっていたものの、突然、ブラインドがぱっと開いたかのように、アランには真相が見えはじめた。

フェル博士が議論を進める。「では、仮にだよ、その塊を保存用の密封タンクから取りだしたとする。大きな塊で、そう、大型のスーツケースにちょうど入るくらいの大きなものだ。あるいは、片端が開いておって、空気を取りこみやすい箱と言ったほうがいいかの。そこに入れるとどうなるね？」

「ゆっくりと溶けますね」

「溶けていくともちろん、その部屋に放たれるものがある……なにが放たれるね？」

アランは思わず叫びそうになっていた。

「二酸化炭素です。油断するとあっという間に命取りになるガスです」

「仮にだよ、夜はいつも窓を閉め切っておる部屋のベッドの下に、片端が開いた入れ物にその人工の氷を置いたとしよう。どうなるね？

僭越(せんえつ)ながら、ソクラテスのような問答はここでやめ、わしから話そう。前代未聞の確実な殺人の罠を仕掛けたわけだ。次のふたつのうちどちらかが起こるだろう。被害者が眠りこけるかうたた寝すれば、部屋に放たれた濃厚なそのガスのなかで呼吸することになり、ベッドで死亡する。

あるいは、被害者がこのガスの充満するなかで肺に空気を入れるうち、鼻につくかすかなにおいに気づく（本来は無臭。二酸化炭素 carbonic acid gas の acid からの誤解か）。よいかね、彼は長くは呼吸できん。高濃度でこのガスを吸ってしまったら、どんな屈強な男でもよろめいて蠅のようにコロリだ。彼は空気を求める――どんなことをしてでも。どうしようもなくなり、ベッドを離れて窓にむかおうとするだろう。

そもそもたどり着くことはできそうにない。たとえ行けたとしても、脚が弱りきって踏ん張ることはできんよ。そこで、もしもその窓が低い位置、膝のすぐ上ぐらいにあるとしたら。もしも、外にむかって開ける両開き式の窓だとしたら、窓に寄りかかれば――」

フェル博士はすばやく両手を外に突きだす仕草を見せた。

アランは、寝間着姿のぐったりして言うことを聞かない身体が外に飛びだし、落ちていく様子が見えるような気がした。

「もちろん、ドライアイスは溶けてしまい箱にはまったく跡を残さん。いまは窓も開いておるから、ガスはやがて消えていく。

ここまで話したんだから、アンガスの自殺計画が絶対確実だった理由をわかってくれたことを願うよ。投機的な事業のパートナーを殺害するためにドライアイスを使うのは、アレック・フォーブス以外に誰がおるね？

わしの見るところ、アンガスには窓から飛び降りたり、落ちたりするつもりなどまったくなかった。そうとも！　二酸化炭素中毒によってベッドで死体となって発見されるつもりだったんだ。検死がおこなわれる。するとこのガスの〝手跡〟がはっきりと体内で見つかる。日記が読まれ、検討される。アレック・フォーブスに対するあらゆる不利な状況が思いだされる。先ほど、わしがあんたにかいつまんで話したようにな。そして日がまた明日も昇るように確実に、保険金が支払われると」

アランは小川を見つめてうなずいた。

「でも、どうやら、いよいよ最後の瞬間に――？」

「いよいよ最後の瞬間に」フェル博士が同意した。「多くの自殺と同じく、アンガスは死に直面できなくなった。どうしても空気が必要だった。自分が失敗しかけておると感じた。パニックを起こして彼は窓から飛び降りた。

お若いの、そこに先ほどわしの言った百万にひとつの偶然があった。（a）ガスで死ぬか、（b）窓からまっさかさまに落ちて即死するか、どちらかのはずだった。だが、どちらも起こらんかった。彼は致命傷を負った。だが、即死はせんかった。覚えておるかな？」

ここでもアランはうなずいた。

「はい。その点は何度も話題にのぼりましたね」

「息を引きとる前に、彼の肺と血液からガスは消えた。それゆえに検死ではなにも痕跡がなかったんだ。即死みたいに、すばやく死に至っていたら、そうした痕跡があったはずだったのに、それがなかった。だから、わしたちには老紳士が窓から身を投げるためにベッドから飛び起きたという、意味をなさないなりゆきにしか見えなかったのさ」

フェル博士の大きな声が激しさを増した。杖の石突きで地面を打つ。

「いいかね――」博士は話を切りだした。

「ちょっと待ってください！」アランは突然思いだして言った。

「なんだね？」

「ゆうべ、僕はコリンを引っ張りだすために塔の部屋にあがり、かがんでドアの下の隙間から覗こうとしたんです。身体を起こしたとき、めまいがしたのを覚えてますよ。もっと言えば、階段を降りるときには足がふらついてました。僕もガスを少しばかり吸ったんでしょうか？」

「もちろん。あの部屋はガスが充満しておった。少し吸っただけですんだのは、きみにとって幸運だったよ。

いよいよ最後の問題だ。アンガスは日記に注意深く、〝部屋の空気が妙にこもっている〟と書いた。一見して戯言（たわごと）とわかる。もしも彼がガスの存在に気づきはじめておったんなら、日記を書き終えてベッドに横になれたはずはないんだ。あり得ない。これもまた、アレック・フォーブスを吊るし首にするための芸術的な彩り（いろど）にすぎなかったんだ」

アランはうめいた。「それを僕が誤解したんですよ。なにか動物がいるんだと考えました」

「だが、こうしたすべての事実からどんな結論が導かれるかわかるね？」

「いえ、全然。ますます混乱してるだけですよ。でも、それはさておき――」

「ここまで話した事実につけられるただひとつの説明は」フェル博士が主張した。「アンガスは自殺したというものだ。仮にアンガスが自殺したとすれば、アレック・フォーブスは彼を殺しておらん。そして仮にアレック・フォーブスが彼を殺しておらんとすれば、アレックは自分がやったと自白する理由がない。それゆえに遺書は偽物だよ。

よいかね、これまでわしたちは誰もが他殺と考える自殺を抱えておった。今度は誰もが自殺と考えるだろう他殺だよ。わしたちは右往左往することになる。どうやっても脳天が破裂しそうになるわい。ひょっとして、きみにはよい考えがないか？」

16

アランは首を振った。

「さっぱりですよ。ただ、コリンを苦しめ、グラント医師が大騒ぎしていた〝ほかの〟ものというのは二酸化炭素中毒のことでしょうか？」

フェル博士はうめき声で同意した。ふたたびメシャム・パイプを探りだし、煙草を詰めて火をつける。「そのせいで」と、彼は火山の精のようにもくもくとパイプをふかす合間に話した。「わしたちは大いにこまったことになる。コリンの中毒はアンガスのせいにできん。死の箱はみずからドライアイスを詰めなおすはずもない。

何者か――あそこでコリンが休むことを知っておった者――がすでに都合よくベッドの下に置かれたままだった箱に罠を仕掛けたんだ。コリンの行動を熟知しておった何者かが、彼より先にあの部屋にひとっ走りした。コリンは酔ってわざわざ箱を調べようともせんかった。命が助かったのは、窓を開けて眠り、手遅れになる前に目覚めたから、それだけだ。ここで質問しよう。罠を仕掛けたのは誰で、その動機は？

最後の質問はこれだよ。アレック・フォーブスを殺害したのは誰で、その手段と動機は？」

アランは疑うように首を振りつづけた。

「フォーブスの死は他殺だとまだ納得しておらんのかね、お若いの？」

「正直言って、納得してません。フォーブスがあとのふたりを殺して――ふたりとも殺せたと思っていたわけですが――それから自殺したんじゃないと言える理由がやはりわからない」

「論理的にかね？　それとも希望的観測があるからかね？」

アランは正直だった。「たぶん、両方が少しずつといったところですかね。金銭的な問題を度外視すれば、アンガスが無実の男を死刑にしようとした卑劣なじいさんだったと思いたくないんですよ」

フェル博士が切り返した。「アンガスは卑劣なじいさんでもなければ、正直なキリスト教徒の紳士でもなかった。自分が気にかける者たちのためになるよう、一方通行の見方しかせん現実家だったのさ。わしもそこは弁護せんよ。だが、その気持ちが理解できんと言いきれるかね？」

「理解できませんね。それに確実に自分を窒息させたかったのならば、彼が窓から遮光具を外した理由も理解できな……」

アランはそこで口をつぐんだ。フェル博士の顔を突如としてみるみる染めた表情は、理性がすっ飛んだものだったからだ。博士は宙を見つめながら天を仰いだ。パイプが危うく口から落ちそうになった。

「おお、主よ！　おお、酒神バッカスよ！　おお、わしの古ぼけた帽子よ！」彼は息を継いだ。「遮光具！」

「それがどうしました？」

フェル博士が言う。「殺人犯の第一の誤りだ。一緒に来てくれ」

大急ぎで博士は振り返り、どたどたとコテージにもどった。アランも若干遅れをとって後に続く。フェル博士は手早く部屋を調べはじめていた。勝ち誇った叫びをあげ、寝台近くの床に軽い木枠にタール紙を釘打ちしたものを発見した。これを窓にあててみると、ぴたりとはまった。

「わしたち自身が証言できる」博士はすさまじく意気込んで話を続けた。「ここに到着したとき、この窓にはなんの遮光具もなかったと。どうだね？」

「その通りです」

「それなのにカンテラは」──博士は指さした──「夜遅くまで、あきらかに長いこと灯っておった。燃えた灯油のにおいがまだつんと鼻に突くくらいじゃないか？」

「ええ」

フェル博士は虚空をにらんだ。

「この近隣は隅々まで夜通し、国防義勇軍が巡回しておる。カンテラは強力な光を出す。わしたちがやってきたとき、この窓には灯火管制用の遮光具はおろか、カーテンだってかかってなかった。誰もその光に気づかんかったのはなんでだ？」

間があった。

「たぶん、ただ見えなかったのでは」

「しっかりせんかね！　このあたりの丘ではほんの少しの光でも、何マイルもの四方から国防義勇軍が押し寄せてくるぞ。違う違う！　それはあり得んのだ！」

「だったら、たぶんフォーブスは首を吊る前にランタンを吹き消し、遮光具を外したんですよ。僕たちが目に留めたように、窓は開いていました。もっとも、彼がどうしてそんなことをしたかわかりませんが」

またもやフェル博士は激しく首を振った。

「もう一度、自殺者の習性を聞かせよう。明かりをつける手段があれば、暗闇で自殺などせんよ。別に心理の分析をしておるんじゃない。事実を述べておるだけだ。それにだな、フォーブスは暗闇でこれだけの自殺の準備をできはせんかったよ。違う違う！　成り立たん！」

「では、どういう説を唱えたいんですか？」

フェル博士は額に両手をあてた。その格好でしばらく動かず、静かにぜいぜいと呼吸していた。

「わしが唱えるのは」博士はしばらくして両手を下ろし、答えた。「フォーブスが殺害され吊るされた後、犯人自身がランタンを消したという説だ。犯人は残っておったオイルを容器にもどし、後から見れば自然と燃え尽きたように偽装した。それから遮光具を外したんだ」

「でも、なんだってわざわざそんなことを？　遮光具はそのままでコテージを後にし、カンテラは燃え尽きるままに放っておけばよかったのでは？」

「あきらかに、犯人は小屋を後にするために窓を使わねばならんかったからだな」

これが我慢の限界だった。

「いいですか」アランは必死で堪えながら言い、部屋をどしどしと歩いた。「問題の窓を見てください！　内側からしっかりと固定された金網に覆われてます！　あなたは殺人犯がどんな方法で――方法があればですよ――ここから滑りでることができるか、説を唱えられるんですか?」

「うむ——できん。いまのところは。それでも、窓を使って逃げたんだよ」

ふたりは顔を見合わせた。

いくらか距離があるところから、呼びかけてくる男の声と、かすかな話し声が聞こえた。ふたりは急いでドアの外に出た。

チャールズ・スワンとアリステア・ダンカンが急ぎ足でやってくるところだった。レインコートと山高帽といういでたちの弁護士はいままでになく青ざめて見えたが、さりげなく勝ち誇った様子が前面に出ていた。

「けしからん人だね」スワンがアランを非難した。「すべてのニュースの種を教えると約束したのに逃げるとは。車がなかったら、取り残されるところだった」

ダンカンが彼を黙らせた。ダンカンはいかめしい顔をしながらも口角をあげ、軽くフェル博士に頭を下げた。

「みなさん」彼は教師めいた態度で言った。「グラント医師から、コリン・キャンベルは二酸化炭素中毒だと知らされたよ」

「まちがいない」フェル博士が賛成する。

「おそらく、アンガス・キャンベルのアイスクリーム工場からもちだしたドライアイスによるものだそうで」

ふたたびフェル博士はうなずいた。

「ということは」ダンカンが両手をそっと揉みあわせてたたみかける。「アンガスがどうやって死んだのか疑問の余地があるか？　あるいは、彼にガスを吸わせたのが誰かも」

「ないね。このコテージを一目見れば」フェル博士はコテージにあごをしゃくった。「事件解決の最後の証拠が見つかるだろうて」

ダンカンは急いでドアに近づき、同じように急いで後ずさりした。スワンはもっと断固とした足取りで冷淡にコテージに足を踏み入れた。

弁護士が勇気をかき集めるあいだ、長い沈黙が流れた。大きすぎる襟の上、長い喉で喉仏が動いていた。彼は山高帽を脱いでハンカチで額を拭いた。それからまた帽子をかぶると背筋を伸ばし、スワンに続いてどうにかコテージに入った。

ふたりとも大慌てで体面もかなぐり捨ててまた姿を見せた。連続する獰猛な威嚇のうめきからキャンキャンいう吠え声に変わったものに追われたのだ。赤い目をした犬が戸口から彼らを見ている。

「可愛いわんこ！」ダンカンは見え透いた嘘でなだめながら横目をくれたが、犬はふたたびうめきだした。

「あの男にふれてはいけなかったのに」スワンが言う。「ワンコロが怒るのは当然だね。電話をかけたいな。いやいや、すごいスクープだぞ！」

ダンカンはくしゃくしゃになった体面を取り繕った。

「では、アレック・フォーブスだったと」彼は言う。

フェル博士がうなずいた。

「いやはや、博士」弁護士は話を続けてフェル博士に近づき、勢いよく握手をした。「わたしは――わたしたちはいくら感謝しても感謝しきれない！　あなたはアンガスの部屋から拝借した業界誌や請求書から、なにを使って彼が殺害されたか推測したんじゃないかね？」

「いかにも」

「ふしぎでならない」ダンカンが言う。「わたしたちが揃って最初からこのぐらいのことがわからなかったとは。ただ、もちろん、ガスの効果はアンガスが発見されたときはすでになくなっていたがね。ドッグキャリーの留め金が閉まっていたのも当然だ！　蛇や蜘蛛といった得体の知れないものかもと想像していたのを考えると、笑ってしまいそうだよ。すべてはどこまでも単純なことだった。事件の裏に隠された計画を把握してしまえば」

「賛成だね」フェル博士が言う。「まったく、賛成だ！」

「あなたは、その、遺書を見たかね？」

「ああ」

ダンカンは満足してうなずいた。

「保険会社はこれで前言を取り消すしかない。全額支払われることに疑問の余地はないね？」

そう言いながらダンカンはためらっている。正直者ゆえに別の点が気になって仕方ないことはあきらかだ。

「だが、ひとつだけどうしても理解できないことがあってね。こちらの紳士が月曜にそれはそれは知的な提案をしたように」――弁護士はアランを見やった――「フォーブスが追いだされる前にベッドの下へドッグキャリーを置いたのなら、エルスパットとカースティがそこを調べて見つけられなかったというのはどうしてだろう?」

「あんた、忘れてしまったんかね?」フェル博士が訊ねた。「彼女も後から言っておったが、たしかに見ておるんだ。ミス・エルスパット・キャンベルの意識はドイツ人のように言葉をそのまま受けとるんだ。あんたはベッドの下にスーツケースはあったかと彼女に訊ね、彼女はなかったと答えた。それだけのことだよ」

ダンカンの顔から疑問がすっかり晴れたと言えば正確ではないだろう。だが、彼は朗らかになりつつも、フェル博士にとても興味ありそうなまなざしを送った。

「保険会社がその訂正を受け入れると思っているのかね?」

「警察が受け入れることはわかっておるよ。だから、保険会社も好もうが好むまいが、受け入れるしかない」

「明白な事件として?」

「明白な事件としてさ」

「わたしにもそう思えるよ」ダンカンはますます朗らかになった。「さて、この悲劇はできるだけすみやかに片づけねばならない。今度の――一件についてはもう警察に知らせたのかね?」

「ミス・キャスリン・キャンベルが知らせにいったよ。いまにももどってくるはずだ。ご覧のようにドアを壊さねばならなかったが、ほかはなにも手をふれておらん。なんと言っても、事後従犯として捕まりたくないからな」

　ダンカンは声をあげて笑った。

「あなたはどんな事件でも事後従犯として捕まりはせんよ。スコットランドの法律には、事後従犯というものがないんだから」

「いまはそうなっておるのか？」フェル博士は考えこみ、パイプを口から外していきなりこう言いたした。「ミスター・ダンカン、ロバート・キャンベルとは面識があるかね？」

　博士の言葉には不可解なのにはっとさせられるものがあり、誰もが彼を振り返った。コーの滝のかすかな轟音（ごうおん）がいまの質問に続く静けさでやけに大きく聞こえる。

「ロバートだって？」ダンカンがおうむ返しに言う。「三人兄弟の末っ子の？」

「そうだよ」

　潔癖症ならではの嫌悪感の表情が弁護士の顔を横切った。

「博士、古いスキャンダルをもちだすのは本当に勘弁して――」

「彼を知っておったかね？」フェル博士は譲らなかった。

「ああ」

「彼について話せることはないか？　これまでのところ、わしにわかったのは彼が問題を起こして国を離れるしかなくなったということだけだよ。彼はなにをしでかした？　どこへ行ったんだ？　なによりも、彼はどんな人間だったね？」

　ダンカンはしぶしぶ言われたことを考えた。

「若い頃の彼なら知っているよ」彼はフェル博士にすばやい視線を投げた。「ロバートはわたしに言わせれば、この一家でもっとも頭が切れる賢い男だった。だが、彼は品行方正ではなかった。幸運にもそれはアンガスにもコリンにも見られなかったがね。ロバートは働いていた銀行で問題を起こした。それにバーの女給仕をめぐって発砲騒ぎっていうのもあった。

いま彼がどこにいるかは、知らない。海外へは行ったよ——植民地かアメリカか——行き先は知らないが、グラスゴーで外国行きの船に乗ったからね。そんなことがいま重要だなどとは思ってないだろう？」

「ああ。思っておらんよ」

博士の注意力がそれた。キャスリン・キャンベルが土手を急いでやってきて、小川を渡ると彼らのもとにやってきた。

「警察に連絡しましたよ」彼女はダンカンとスワンに鋭い視線をむけてから、息を切らして報告した。「ホテルがありました。グレンコーの村にグレンコー・ホテルというのが。だいたい二マイルぐらい先です。電話番号はバラフーリッシュ——綴り（つづ）はBallachulishなんですよ——の45番です」

「ドナルドソン警部と話したかね？」

「ええ。アレック・フォーブスはそんなことをするんじゃないかといつも思っていたって。気が進まなければ、わたしたちがここで待つ必要はないそうです」

彼女の視線はコテージへ漂ったが、落ち着かない様子でそむけられた。

「お願い。ここに留まらないといけないんですか？　ホテルに行ってなにか食べましょうよ？　こんなお願いをしているのは、ホテルの女主人がミスター・フォーブスのことはよく知っていたようだからよ」

フェル博士は関心を抱いて反応した。

「そうなのかね？」

「そうなんです。女主人の話では、彼は有名な自転車乗りだったみたい。どれだけ酒を飲んでも、信じられないスピードで、とんでもない距離を走ることができたようです」

ダンカンが低い叫び声をあげた。思わせぶりな仕草でほかの者たちの注意を引くと、コテージの横手へまわったので、一行はとっさに彼に続いた。コテージの裏に屋外トイレがあり、後ろに荷台が取りつけられたレース用の自転車が立てかけてある。ダンカンはそれを指さした。

「失われていた最後の鎖だよ、諸君。これでフォーブスが好きなときにここからインヴァレリに行き来した手段の説明がつく。あなたが話を聞いた女主人から、それ以上のことが聞きだせたかね、ミス・キャンベル？」

「あまり。彼女の話では、フォーブスは酒を飲み、魚釣りをして、永久機関だとかそれに類したものの計画を立てるためにここに来ていたそうです。彼を最後に見たのは昨日、ホテルのバーでだったんですって。午後の閉店時間には彼を放りだしたようなものだったと。女主人が言うには、彼はいつも不機嫌な男ですべてのものや人を憎み、例外は動物だけだったそうなの」

フェル博士はゆっくりと前進し、自転車のハンドルに手を置いた。アランは落ち着かずにその様子を見ていた。以前と同じように、またもや博士の顔には驚愕の表情、そして呆けたようにさまよう無の表情が現れていたからだ。今回はそれがますます深く爆発せんばかりになっている。

「おお、主よ！」フェル博士が駆り立てられるようにくるりと振り返った。「わしはなんたる愚か者だったんだ！　どこまでもグズで！　のろまもいいところだ！」

ダンカンが言う。「推理を話さないのなら、どうしてほのめかしだけするのかね？」

フェル博士はキャスリンにむきなおった。

「きみの言うとおりだった」博士はしばらく考えこんでから真剣な口調で言った。「わしたちはそのホテルに行かねばならん。腹ごしらえのためじゃないぞ。もっとも、わしは率直に言って大食漢だがね。だが、わしは猛烈に電話を使いたい。もちろん、わしの思っておることが起こる確率は百万にひとつだが、前にも確率が百万にひとつのことが起こったんだから、また起こる可能性がある」

「百万にひとつとはなんだね」ダンカンはいらだっていなくもない声色で訊ねた。「誰に電話をかけたいんだ？」

「国防義勇軍の地元の隊長に」フェル博士はそう答えると、マントをはためかせ、コテージ横をどたどたとまわっていった。

# 17

「アラン」キャスリンが訊ねた。「アレック・フォーブスって本当は自殺じゃなかったんでしょ?」

夜も更けて雨が降っていた。彼女たちはシャイラの居間で赤々と燃える薪の炎の前に椅子を近づけて座っていた。

アランは緩衝材入りの厚い表紙で天金の家族アルバムのページをめくっていた。しばらくキャスリンは黙ったままで、肘掛けに肘を突き手にあごを載せて炎を見つめていた。そんなとき、突然いまの質問を放ったのだった。

アランは言った。「どうして、何年も前の写真ってやつは例外なく面白おかしいんだろうね? 誰の家族アルバムでも突っこみどころがあって、腹を抱えるくらい笑えるよ。知っている人の写真がまじっていようものなら、効果は絶大さ。なぜだろう? 服なのか、表情なのか、なにが原因だ? 実際そんなに愉快なことはしていないのにね?」

彼女を無視してアランは一、二枚、ページをめくった。

「概して女のほうが男より写りがいいね。ここに若かった頃のコリンがいるけれど、〈キャンベル家の破滅〉をしこたま飲んでから、カメラマンに流し目をくれているような顔をしているよ。逆に、エルスパットおばさんはじつに見目麗（うるわ）しい人だったんだね。目に力のある黒髪で。サラ・シドンズ（十八世紀から十九世紀に活躍した悲劇俳優）風だ。この写真では男性用のハイランドの衣装を身につけているよ。縁なし帽、羽根飾り、ブレードと一式ね」

「ねえ、アラン・キャンベルってば！」

「その一方で、アンガスはつねに威厳があってもの思わしげに見せようとしている」

「アラン、愛しい人（ダーリン）」

彼は、はっとして背筋を伸ばした。雨が窓にぱらぱらと打ちつけている。

「なんて言った？」彼は訊ねた。

「いまのはただの呼びかけ」彼女はあごを高くあげた。「まあ、嘘ってわけじゃ――それはともかく、どうにかしてあなたの注意を引くしかなかったから。アレック・フォーブスって本当は自殺じゃなかったんでしょ？」

「どうしてそう思うんだい？」

「あなたの表情から読みとれるわ」キャスリンが切り返した。すると彼はいつでも彼女に見透かされつづけるのではと考え、将来的には何度かやりこめられる時も訪れるのではと、落ち着かない気持ちになった。

「それにね」彼女は話を続け、立ち聞きされていないかあたりを見まわしてから、声を落とした。「彼が自殺するはずないでしょ？　絶対に、可哀想なコリンを殺そうとしたのは彼のはずがないもの」

しぶしぶアランはアルバムを閉じた。

昼間の記憶がよみがえる。グレンコー・ホテルでの食事、アレック・フォーブスがいかに犯罪をおこなってから首を吊ったか、アリステア・ダンカンが繰り返し説明し、そのあいだずっとフェル博士は無言で、キャスリンは考えこみ、スワンは本人によるとすばらしい出来だという記事をデイリー・フラッドライト紙に送った。

彼は訊ねた。「じゃあさ、フォーブスがコリンを殺害しようとしたはずのない理由は？」

「彼はコリンが塔の部屋で寝ることを知っていたはずがないから」

やれやれ！　彼女はそこに気づいていたか！

「ホテルの主の話を聞いてなかったの？」キャスリンが問いただす。「フォーブスは昨日の午後、閉店時間までホテルのバーにいた。コリンが塔で寝ると大いなる宣言をしたのは午後早い時間だった。フォーブスにどうやってそれを知ることができたの？　コリンが急にそんなことを決めたのは話の行きがかり上のことで、家の外部の人が知ることができたはずはない」

アランはためらった。

「ねえ、ふれまわるつもりはないから！　アラン、フェル博士の考えていることならわかるの。車で出かけたとき話していたように、博士はアンガスが自殺したと考えてる。ひどい話だけれど、わたしもそうだと思う。ドライアイスのことを聞いたいまでは、ますますそうだと思ってる」

彼女は身震いした。

「あれが――説明のつかないものの仕業じゃないことはわかった。蛇や蜘蛛や幽霊やなにかの可能性を考えていたとき、白状するけれどわたしは本当におそろしかったの。それなのに、結局はドライアイスの塊でしかなかったなんて！」

「たいていの怖い話はそういうものさ」

「そう？　だったら、幽霊を演じていたのは誰？　それにフォーブスを殺したのは誰なのよ？」

アランは考えこんだ。「もしフォーブスが殺されたのなら」彼は初めてキャサリンの主張を認めるようなことを言った。「動機は明確だよ。アンガスの死が結局のところ殺人であり、コリンの件も殺人未遂だと証明するためだ。そしてさらにどちらの罪もフォーブスになすりつけ、事件にすっかり片をつけるためさ」

「保険金を手に入れるために？」

「そんなふうに見えるね」

雨が途切れなく窓を打つ。キャスリンは玄関ホールに通じるドアにすばやく視線を投げた。

「でも、アラン！　そうなると……？」

「そうだ。きみの考えていることはわかる」

「どちらにしても、フォーブスはどうやって殺されたと言うの？」

「僕もそこで頭を悩ませているんだ。フェル博士は犯人が窓から外に出たと考えている。そうだよ、窓は無傷の金網で覆われていたことを僕は知っているのに！　でも、覚えているかな、ドッグキャリーの端もそうだった。二十四時間前には、ドッグキャリーから出てきたものはなかったはずだと僕は言いきってもいた。それなのに、そこから出てきたものがあったんだから」

彼はそこで口をつぐみ、苦心して平気な顔を作ってキャスリンに警告の視線を送った。玄関ホールで足音がしたからだ。彼がふたたびアルバムのページをめくりはじめると、スワンが居間にやってきた。

スワンはエルスパットにバケツ二杯の水をかけられたときと同じようにびしょ濡れだった。勢いよく暖炉に近づき、両手の滴を火の上に垂らした。

「この一件が片づくまでに、どうにか肺炎にかからず済んだとしても」彼は足踏みしながら宣言した。「理由は不運を免れているからじゃないね。俺は編集の指示にしたがってフェル博士に張りつこうとしていたんだ。簡単なことだと思うだろう?」

「ああ」

スワンはしかめ面になった。

「それが、そうじゃないんだ。今日は彼に二回まかれた。彼は国防義勇軍となにかしていたんだ。とにかく、この雨が降りだすまではそうだった。けど、なにをしていたのか理解できないし、シャーロック・ホームズその人だって当てられやしないさ。なにかわかったか?」

「なにも。僕たちは家族の写真を見ていただけだ」アランはページをめくった。一枚の写真を素通りしてページをめくろうとしたが、突然関心を覚えてその写真にもどった。「おや! この顔はどこかで見たことがあるぞ!」

それは明るい色の髪と両端の垂れた豊かな口ひげの男の正面をむいた顔で、一九〇六年頃のものだった。顔立ちは整っているが目に生気がない。だが、この印象は写真が茶に色あせているせいかもしれなかった。右下に流麗な筆跡、あせたインクで〝元気で！〟と書かれている。

「もちろん、見たことあるわよ」と、キャスリン。「これはキャンベルの人間の顔。ここにいるわたしたちひとり残らず、多少は似たところがあるでしょ」

「いや、そういう意味じゃなく――」

彼は台紙の四隅の切り込みから写真を外し、裏返した。裏には同じ筆跡で〝ロバート・キャンベル、一九〇五年七月〟と書いてある。

「じゃあ、これが頭脳明晰なロバートか！」

肩越しに覗いていたスワンはあきらかにほかの写真に気がうつっていた。

「ちょっと待てよ！」スワンは写真をもとにもどすよう急かし、すばやく前のページにもどった。「これはこれは、なんて美人だ！　このきれいな女は誰なんだ？」

「エルスパットおばさんだ」

「誰だと言った？」

「エルスパット・キャンベル」

スワンは目をぱちくりさせた。「まさか、あの意地悪ばあさんだなんて――」言葉をなくした彼はあたらしいスーツを両手でなでまわし、顔を歪めた。

「そうなんだ。きみに洗礼を施したあの人だよ。ハイランドの衣装を着たこっちの写真を見てくれ、彼女は脚を出している。そこに言及するならば、とてもいい脚だよ。最近の一般的な好みからすると、少々どっしりして筋肉質かもしれないけれどね」

　キャスリンは自分を押しとどめることができなかった。「あなたの大事なクリーヴランド女公爵の脚とは比べものにならないけれどね」

　スワンは懸命にふたりの注意を引いた。

　彼は力強い声で言った。「あのなあ、穿鑿(せんさく)好きだと思われたくないが」――かなり熱のこもった声だ――「いったい、そのクリーヴランド出身の女男爵というのは何者なんだ？　チャールズというのは？　ラッセルというのは？　あんたたちが彼女とかかわった経緯は？　訊くべきじゃないとわかってはいるんだが、そのことを考えたら夜も眠れないよ」

　アランが答えた。「クリーヴランド女公爵はチャールズの愛人だった」

「ああ、それは察しがついてた。で、彼女はあんたの愛人でもあるのか？」

「違う。それに彼女はオハイオ州クリーヴランド出身でもなかった。二百年以上前に亡くなっているからね」

　スワンは彼を見つめた。

「俺をかつごうとしてるんだろう」

「いいや。僕たちは歴史について議論をしていたのであって――」

「いいか、あんたは俺をかつごうとしてる！」スワンはなぜかとても怯(おび)えたような声で繰り返した。「本物のクリーヴランドの女がいるはずだ！　デイリー・フラッドライト紙に送った最初の記事で、あんたたちについて書いたように——」

彼は黙りこんだ。ふたたび口を開けたがまた閉じた。口を滑らせてしまったと感じているようだ。実際のところ、それは本当だった。不気味な沈黙が流れるあいだ、二組の目は彼から離れなかった。

キャスリンはきっぱりとした態度で訊ねた。「デイリー・フラッドライト紙に送った最初の記事で、わたしたちについてなにを書いたの？」

「全然たいしたことは書いてない。名誉にかけて約束するが、書いてないさ！　ちょっとした冗談だけで、誹謗中傷なんてなにも——」

「アラン」キャスリンが天井の隅を見てつぶやいた。「あなた、またあのクレイモアを手にすべきだと思わない？」

スワンはとっさに背中が壁にくっつくまで、後ずさりをした。開いた口から漏れでた声は真剣そのものだった。

「どのみち、あんたたちは結婚するんだろ！　フェル博士その人があんたたちは結婚すべきだと言ってるのを小耳にはさんだぞ。だから別にどうってことないだろ？　俺は害をあたえるつもりなんてなかった。俺はただ——」

本当に悪気はなかったらしいとアランは考えた。

「なんて残念なの」キャスリンはまだ天井を見つめている。「コリンが歩ける状態じゃないなんて。でも、彼は散弾銃の名手と聞いてるわ。それに彼の寝室の窓は幹線道路に面しているんだから――」

彼女が意味ありげに口を閉ざして考えていると、カースティ・マクタヴィッシュが思い切りドアを開けた。

「コリン・キャンベル様が会われたがっています」彼女は柔らかく優しい声で告げた。

スワンは顔色を変えた。

「誰に会いたがってるんだ？」

「みなさん全員にです」

「でも、面会は許されていないでしょ？」キャスリンが大声で訊いた。

「さあ。あの人はベッドでウイスキーを飲みつづけてます、かれこれ一時間になるでしょうか」

「ねえ、ミスター・スワン」キャスリンが腕組みした。「わたしたちに厳正なる約束をしたわよね。それをあなたはすぐに破ったし、最初から破るつもりでいた。約束を守らない以上そんな権利はないのに、ここでのもてなしを受けた。たぶん、あなたが生涯でただひとつ手に入れた良記事はなんの苦労もなく差しだされたもので、そのくせ、もっと手に入れようとしている――こんなことをしてきた後で、いまコリンに顔を合わせる勇気があって？」

「だが、俺の立場になってもらいたいもんだね、ミス・キャンベル！」

「なによ？」

「コリン・キャンベルなら理解してくれる！　いい奴だから！　彼は……」あきらかになにか思いついたらしく、スワンはメイドを振り返った。「なあ、彼は酢漬けになってないね？」

「ええっ？」

「酢漬け（ピックルド）。塩漬け（サウスト）」スワンは探るように言った。「寄り目（コックアイド）。べた塗り（プラスタード）。満杯（フル）（すべて酔っ払うという意味もある）」

カースティはなんのことか悟った。彼女は、コリンは酔っ払っていないと請けあった。もっともこの保証は、階段を二段続けて踏み外しても怪我をしないうちは酔っ払いではない、というカースティの経験則によって信憑性（しんぴょうせい）にぶれが生じていたのだが、それを知らないスワンは自分に都合のいい話だったので納得した。

「この件は彼に訴えるからな」スワンは大まじめに論じた。「それはそれとして、あんたたちふたりにも言いたいね。俺がここに来て、どんな目にあったと思ってるんだ？」

「これから起こることと比べたら、たいしたことないわ」キャスリンが言う。「でもどうぞ話を続けてくださいな」

スワンは彼女に耳を貸さなかった。

「俺は道で追いかけられ、敗血症になりかねない重傷を負わされた。翌日、オースチンリードで十ギニーもする新品のスーツを着てここにやってきたら、あの頭のおかしな女がバケツ二杯の水を俺にかけた。一杯じゃないんだからな、二杯だ」

「アラン・キャンベル」キャスリンがきつい口調で言う。「この話のどこがそんなに面白いと思っているの？」

アランは堪（こら）えられなかった。頭をそらして大笑いした。

「アラン・キャンベルったら！」

「おかしくってさ」アランは言い訳しながら目元の涙を拭いた。「結局、きみは僕と結婚するしかないなと思ったら」

「そいつを記事にしていいか?」スワンがすぐさま訊ねた。

「アラン・キャンベル、いったいどういうこと? わたし、そんなことしない! なに考えているの!」

「きみは結婚するしかないよ、僕の娘っ子。僕たちの難題を解決するにはそれしかない。その記事が載ったデイリー・フラッドライト紙はまだ読んでいないが、どんなことがほのめかしてあるか見当はつくから」

スワンはこの機会に飛びついた。

「あんたが怒らないことはわかってたよ」彼は晴れやかな表情になった。「誰からも抗議されるようなことは書いてないんだ、誓うぞ! あんたが売春宿の常連だってことはいっさいふれてない。それを書いたら本物の名誉毀損になるし――」

「なんの話よ」キャスリンが慌てて話の腰を折って問いただした。「売春宿の常連?」

「こいつは悪かった」スワンは同じくらい慌てて口をはさんだ。「あんたの前で話すつもりなんかなかったんだ、ミス・キャンベル。うっかり口が滑っただけで。どちらにしても本当のことじゃないかもしれないから、忘れてくれよ。俺はあんたたちにも、読者に対しても正々堂々と行動しなけりゃならんかったと言おうとしただけで」

「来られます?」辛抱強くまだ戸口で待っていたカースティが訊ねた。

スワンはネクタイを正した。

「ああ、みんなで行くよ。コリン・キャンベルはめずらしいほど人のいい男だから、俺の立場を理解してくれるさ」

「だったらいいけれど」キャスリンは息を吐いた。「ああ、どうか、そうでありますように！コリンはウイスキーを飲んだと言っていたわね、カースティ？」

それはある意味で答えの必要ない質問だった。カースティに続いて三人が階段をあがり、廊下を家の奥へと進んでいると、コリン自身が答えたのだ。シャイラ城のドアはどれも頑丈で厚く、物音のたぐいが外に漏れるようなものではない。だから、彼らが耳にした声はそう騒がしくはなかった。しかし、階段のてっぺんではっきりと聞こえてきたのだ。

あの娘にぞっこん、可愛い、可愛いあの娘
品のいいこと、まるで谷間の百合！
可憐なこと、まるでヒース、
可愛い紫のヒース――
（スコットランドの歌手、ハリー・ローダーのI love a lassie より）

カースティがドアを開けると、歌声はぱたりとやんだ。

オークの家具で設え、家の奥にある広々とした寝室で、コリン・キャンベルは紛うことなき病床であるベッドに伏せっていた。だが、元気なやんちゃじいさんの日頃のおこないから、おとなしく寝ているなどと想像していた者はいなかったはずだ。

腰から下は包帯で巻かれ、片脚は可動式の鉄の枠と支柱でベッドより少し高い位置に吊ってある。だが、背中の下に枕を重ね、頭は起こせるようにしてあった。

髪、あごひげ、口ひげは整えてあったが、いつもよりはぼさぼさに見える。こうした毛の隙間の紅潮した顔から、大変気さくな目が覗いていた。風の通らない部屋は蒸留所のようなにおいがした。

自分は怪我人なんだからたっぷり明かりをつけろとコリンは言い張っており、シャンデリアはいくつもの電球できらめいていた。その明かりは彼の挑むような笑顔、派手なパジャマの上着、ベッドサイドテーブルに散らかった雑多な品々を照らしていた。ベッドは灯火管制用の遮光具のかけられた窓の下に寄せてある。

「入ってくれ!」彼は叫んだ。「入って、老いぼれ病人の話し相手になってくれ。ここから動けないとはうんざりだ。カースティ、ひとっ走りしてグラスをあと三つとデカンターのおかわりを頼む。おまえたち! ほかのおまえたち! 椅子を近づけなさい。こっちに、わたしから顔がよく見えるようにな。まったく、暇すぎてこんなことをするしかなかったよ」

彼が注意をむけているのはふたつ、中身がだいぶ減ったデカンターと、掃除をしてオイルを差そうとしているとても軽い二十番径の散弾銃だった。

# 18

「キティ・キャットや。おまえの顔を見ることができて嬉しいよ」彼は話を続けながら、銃をあげて銃身のひとつから彼女を覗いた。「元気にやっているか？　ふむ、なにか指さしてみたらどうだ。そうしたら、わたしがそいつを撃ってやろうか」

スワンはコリンを一目見てから背をむけ、まっすぐドアに走った。

キャスリンはすかさず錠の鍵をまわし、後ろ手でしっかり握ってドアに背中をつけた。

「ぜひお願いしたいわ、コリンおじさん」キャスリンがにこやかに言う。

「それでこそ、わたしのキティ・キャットだ。それからアラン、調子はどうだ？　そこのホレス・グリーリー殿（十八世紀の著名な新聞編集者）、あんたはどうだね？　わたしはざっくばらんに言ってみじめなものだよ。纏足（てんそく）をする成長期の中国女性みたいにぎっちり包帯で巻かれていて、しかもわたしの場合は足だけじゃない。まったくな！　車椅子をあたえてくれたら、せめて動くことはできるんだが」

彼は考えこんだ。

散弾銃の銃身をカチリと閉じると、銃をおろしてふたたびベッドの横手に立てかけた。

「わたしは幸せだ」彼は突然、言いたした。「たぶん幸せだと思ってはいけないんだろうが、実際幸せなんだ。わたしになにがあったか聞いてるか？　ドライアイス。アンガスと同じだ。結局、あれは他殺だった。もっとも、アレック・フォーブスの奴は可哀想なものだ。あの男を嫌いだと思ったことはなかった。ちょっと待て。フェルはどこに？　なぜフェルはここにいない？　フェルをどうした？」

　キャスリンはきっぱりと意志を固めていた。

「博士は国防義勇軍と出かけてるわ、コリンおじさん。聞いて。お話ししなくちゃいけないことがあるの。ここにいる恥知らずの記者は、約束をしたくせに――」

「フェルが国防義勇軍に参加したがっただって？　あの年齢と目方で？　敵の落下傘兵とまちがわれて撃たれはしないだろうが、空を背景にして丘陵に立とうものなら、落下傘兵とまちがわれて撃たれるのが関の山だぞ。正気の沙汰じゃない。いやそんなもんじゃない。危険そのものだ」

「コリンおじさん、どうかわたしの話を聞いてくれません？」

「よしよし、もちろんだとも。国防義勇軍に参加！　そんな馬鹿げた話は聞いたことがない！」

「この記者は――」

「フェルは少し前にここに顔を見せたとき、そんなことはまったく話してなかったぞ。あいつは哀れなラビー（スコットランドにおけるロバートの愛称）の奴についてたくさん質問したがっただけだ。あとは月曜にわたしたちが塔の部屋でどんな話をしたかと。それにだな、あいつがどうしてスコットランドの国防義勇軍に入れるんだ？　おまえたち、わたしをからかっているのか？」

キャスリンの表情はこの頃にはあまりに必死なものになっており、さすがのコリンもそのことに気づいた。彼は話をやめ、ぼさぼさの髪から彼女を見つめた。

「こまったことでもあるんじゃなかろうね、キティ・キャット?」

「それがあるの。ちょっとでいいから話を聞いてください！　ミスター・スワンは、わたしたちが彼のほしがっている記事をあげたら、ここで起こったことについてなにも書かないと約束したのを覚えてる?」

コリンは眉間に皺を寄せた。

「もちろんだとも！　わたしたちがクレイモアであんたのズボンの尻を突いたことを新聞に載せたんじゃなかろうな?」

「いや、助けてください、載せてないって！」スワンは即座に自分の都合のいい真実をもちだした。「その件はなにも書いてない。ここに新聞の現物があるから、証明できるよ」

「だったら、なにを気に病んでいるんだね、キティ・キャット?」

「この記者はアランとわたしについて、ひどいことを書いたか、におわせたかしたの。正確にはなんて書いてあるか知らない。なのにアランは気にもしてないみたいで。でも、それはアランとわたしがふしだらなことをしたという記事で——」

コリンは彼女を見つめた。それから頭をそらして轟くような大笑いをした。浮かれ騒いだために彼の目には涙まで浮かんできた。

「というと、そんなことはしてないと?」

「してません！　ひどい手違いのせいで、ロンドンからの列車の同じコンパートメントで一夜を過ごすしかなかったからで――」

「おまえたちは月曜、この城の同じ部屋で一夜を過ごす必要はなかっただろう?」コリンが指摘した。「だが、おまえたちはそうしたじゃないか?」

「ふたりはこの城の同じ部屋で一夜を過ごした?」スワンはすぐに訊き返した。

「もちろん、そうだとも」コリンが轟く声で言う。「さあさ、キティ・キャット！　ここは男になれ！　いや、女になれ！　潔く認めなさい！　自分が有罪だと受け入れる勇気をもつんだ。せっかくの時間を楽しく使わなかったと言うのなら、いったいなにをしていたんだ？　そんなはずはない！」

「わかってほしいんだ、ミス・キャンベル」スワンが懇願する。「記事にどうにかして色恋沙汰を盛りこまないといけなくて、こうするしかなかったんだよ。コリンは理解してくれてる。あんたの恋人も理解してくれてる。全然心配するようなことはないよ、これっぽっちも」

　キャスリンは彼らの顔をひとりひとり見まわした。どうしようもなく絶望したことが赤くなった顔に表れた。目に涙を浮かべて彼女は椅子に腰を下ろし、顔を両手で覆った。

「ほら！　泣かないで！」アランが言った。「コリン、僕は彼女に指摘したところだったんですよ。彼女の評判がどこまでも地に落ちないためには、すぐに僕と結婚するしかないって。僕は結婚してくれと彼女に申しこんで――」

「そんなこと言ってないでしょ！」

「じゃあ、証人の前で、いま申しこむよ。ミス・キャンベル。僕の妻になってくれますか？」

キャスリンは涙がにじんで憤慨した顔をキッとあげた。

「もちろん結婚するわよ、この馬鹿！」彼女はアランに怒鳴りちらした。「でも、わたしは数え切れないほどチャンスをあげたのに、なんでたしなみのあるプロポーズができなかったの？　こんな脅迫まがいじゃなくて。それとも、わたしが脅迫まがいであなたにプロポーズさせた？」

　コリンが目を丸くした。

「ということは」彼は嬉々として大声をあげた。「結婚式があるということか？」

「そいつを記事にしていいかね？」

「どちらも答えはイエスで」アランが答えた。

「キティ・キャットや！　それにキャンベルの若者よ！　そうとも！」コリンが両手を擦りあわせて言った。「一九〇〇年に高潔なエルスパットが陥落した夜以来、城が目にしたことのなかったお祝いをしないと。カースティはまだおかわりのデカンターをもってこないのか？　まったくな！　この家にはバグパイプがなかったか？　何年も手を出してないが、昔は聞く者をうっとりさせる演奏だと言われたものだ」

「俺に怒ってないのかね？」スワンが心配しながら訊ねた。

「あんたに？　いやはや、まさか！　なんでわたしが怒るね？　あんた、こっちに来て腰を下ろせ！」

　スワンはそれでもしつこかった。「だったら、なんでそのおもちゃみたいな散弾銃をいじりたかったんだ？」

「〝おもちゃみたいな〟散弾銃だと？」コリンは二十番径の銃をさっと拾いあげた。「こいつは十二番径よりもぐんと腕前と正確さが必要なことを知ってるか？　信じていないようだな？　証明してみせようか？」

「いやいや結構。あなたの言葉を信じるんで！」

「それがいい。さあ、一杯やりなさい。いや、まだグラスがないんだったな。カースティはどこだ？　それにエルスパット！　ここにエルスパットを呼ばないとな。エルスパット！」

キャスリンはドアの鍵を開けるしかなかった。スワンは安堵のため息をふうっと漏らし、腰を下ろして完全にくつろいで脚を伸ばした。だが、エルスパットが姿を見せると、疑心暗鬼になって勢いよく立ちあがった。

しかしながらエルスパットはスワンを無視し、その氷のように辛辣な態度に彼は後ずさりをした。エルスパットはスワンを除いた者たちに何を思っているかつかみづらい視線を順番に送った。目蓋は腫れて赤く、口はまっすぐに結ばれている。アランはあの古い写真の美しい女の面影を探そうとしたが、すべて失われてしまっていた。

「いいか、エルスパットや」コリンは片手を彼女に差しだした。「すばらしい知らせがある。華々しい知らせだよ。このふたりが」――彼はアランたちを指さした――「結婚することになったんだ」

エルスパットは無言だった。視線をアランにじっとむけている。続いて、視線はキャスリンにむけられ、長いことそのままだった。そこでキャスリンに近づくと、すばやく頬にキスをした。驚くことに涙が二粒、エルスパットの目からこぼれた。

「これこれ、いいかね！」コリンが居心地悪そうに身じろぎをしてから、にらみつけた。「家族の習慣は変わらないな」彼は愚痴っぽく言う。「結婚式の前にいつも泣きだすんだから。これは幸せな出来事なんだからな、まったく！　やめろって！」

エルスパットはやはり身じろぎもしていないが、泣いて顔は引きつっている。

「泣くのをやめないと、なにか投げつけるぞ」コリンが叫ぶ。「〝おめでとう〟だとかそんなことを言えないのか？　ところで、この家にはバグパイプがなかったか？」

「この家で、不敬などんちゃん騒ぎはさせないからね、コリン・キャンベル」エルスパットは顔を引きつらせながらも言葉を振り絞り、ぴしゃりと言った。彼女は性格上、言い返せずにはいられないのであり、アランはだんだんいたたまれなくなってきた。

「ほいな、あんたたちを祝福するよ」彼女はまずキャスリン、次にアランを見た。「歯もボロボロのばあさんの祝福が、あんたたちにとって少しでも意味あるならね」

「となれば」コリンがむっつりと言う。「せめてウイスキーは飲んでいいだろう。ふたりの健康を祈って飲むのはいいだろう？」

「ほいな。今夜飲むのはあたしも構わないよ。おや、悪魔があたしの墓の上を歩いたかね」と、彼女はぶるりと震えた。

「生まれてこのかた、ここまで楽しみに水を差してばかりの人間は見たことがない」コリンはぼやいた。だが、カースティがグラスとデカンターをもってくると、顔を輝かせた。

「娘っ子や、もうひとつグラスを頼むよ。ちょっと待て。ひょっとしたら、三杯目のデカンターも用意したほうがいいもしれんな？」

「待ってください！」アランはこの場にいる人々を見まわし、やや落ち着かない気分で散弾銃も見た。「今夜も記憶が飛ぶまで酒盛りをしようと言っているんじゃないですよね？」

「酒盛りだと！　なにを言う！」コリンはどうやらほかの者たちに酒を注ぐ元気が出るよう、まず自分のために少量を注ぎ、飲み干した。「誰が酒盛りの話などした？　わたしたちは健康と花嫁の幸せを祝って飲むだけだぞ。そんなことに反対などできないだろう？」

「わたしはできません」キャスリンはほほえんだ。

「俺もだ」スワンが言う。「最高だな！　みんなを許してあげよう。マダムだって許してあげよう」――彼はここで、あきらかにエルスパットに怯(おび)えているために躊躇(ちゅうちょ)した――「十ギニーもしたスーツを台無しにされたことも」

　コリンは説き伏せるように言った。

「いいか、エルスパット。アンガスのことは残念だ。しかし、こうなってしまったからには、これでよかったんだとわかった。どうしても兄が死ぬことになるのなら、ひどい借金の落とし穴からわたしを引っ張りだしてくれるようなのがありがたいと認めるのはやぶさかじゃない。

　これからわたしがどうするつもりか知ってるか？　とりあえず、もうマンチェスターでの医者稼業はやめる。ケッチ型帆船を手に入れて南太平洋へ船旅に出るんだ。そしてエルスパット、あんたはアンガスの大きな肖像画を一ダースでも描かせて、一日じゅうながめられるぞ。あるいは、ロンドンに行って本式のジルバを見物してもいい。もうなんの心配もいらないんだ、あんたは」

エルスパットの顔から血の気が引いた。

「ほいな」彼女はカッとなってコリンに話しかけた。「あたしたちがもうなんの心配もいらないのは、なんのおかげか知ってるかい？」

「落ち着いて！」アランは叫んだ。

結婚が決まって嬉々として浮かれた気分に包まれていても、彼はこれからなにが起きるのかわかった。キャスリンもだ。ふたりともエルスパットに近づいたが、彼女は歯牙にもかけなかった。

「あたしには良心てもんがあるからね、もう嘘八百には我慢できないよ。あたしたちがもうなにも心配しなくていいのは、なんのおかげか知ってるかね？」

彼女はくるりとスワンを振り返った。しばらく彼にむかって語りかけ、アンガスは自殺したことを冷静に告げた。信じてもらえるだけの理由をつけて事件の全貌をすっかりぶちまけた。一言一句にいたるまでそれは真実だった。

「そいつはとても興味深い話だね、マダム」ウイスキーのグラスをひとつ受けとっていたスワンは、一瞬、そのグラスを突きだした。彼女に注目されて気をよくしているようだ。「じゃあ、もう俺に怒ってないんだね？」

エルスパットは彼を見つめた。「あんたに怒る? やれやれ! あんた、あたしの話を聞いてたのかい?」

「ええ、もちろんだよ、マダム」スワンはなだめるように返事をした。「もちろん、今度のことであなたがどれだけ混乱されたか理解してるよ」

「あんた、あたしの話を信じてないのかい?」

スワンは頭をそらして笑い声をあげた。

「ご婦人に反対するのは嫌なんだがね、マダム。しかし、警察、あるいはフェル博士やここにいる人たちと話をすれば、誰かがあなたに冗談を言ったのか、それともあなたが勝手に勘違いしているのか、どちらかだとわかるだろうね。俺はちゃんと知ってる。アレック・フォーブスが自殺し、ミスター・キャンベルを殺害したことを自白する遺書を残していたと、誰にも聞いてないのかね?」

エルスパットはぐっと息を呑んだ。くしゃくしゃと顔に皺を寄せる。振り返ってコリンを見ると、彼はうなずいた。

「本当だよ、エルスパット。話題に乗り遅れないように! 一日じゅう、どこにいたんだ?」

彼女を見ると、アランは胸を刺されるように心が痛んだ。彼女は椅子を手探りして腰を下ろした。人間らしい存在——知性があって血が通っている傷ついた人間が、エルスパットが世間にむけて固定させていた怒りの仮面の奥から現れた。

「あたしを騙してるんじゃないだろうね?」彼女は言い張った。「お天道様に誓えるかい!」

ここで彼女はロッキングチェアを前後に揺らしはじめた。声をあげて笑いだし、きれいな歯を見せ、彼女の顔は明るく輝いた。全身に感謝の祈りが息づいているようだった。アンガスは自殺という大罪をおかしていなかった。地獄に落ちていなかった。そして誰も本当の姓を知らないこのエルスパットは、身体を前後に揺さぶって大笑いして幸せだった。コリン・キャンベルは涼しい顔でこの反応に目もくれず、相変わらずバーテンダーとして振る舞っていた。

彼はにっこり笑った。「いいかい、フェルもわたしも一瞬たりとも自殺だったと思ったことはなかったんだ。とはいえ、これですべてに片がついたじゃないか。あんたが知らないとも、これっぽっちも思わなかった。知っていたら、このベッドから這(は)いおりてでも知らせにいったさ。もう、ぐちぐち言うな。ここが表むきにはまだ喪中の家なのはわかっている。だが、こんな状況なんだから、わたしにバグパイプを演奏させてはどうだ?」

エルスパットは立ちあがって部屋を後にした。

「おやまあ」コリンは感嘆の声をあげた。「取りにいったぞ!……なにを気に病んでいるんだ、キティ・キャット?」

キャスリンは好奇心にきらめくなんとも言えない視線をドアにむけた。くちびるを噛(か)む。そしてアランのほうを見た。

「わからないの」彼女は答えた。「わたしは幸せ」——ここで彼女はアランをにらみつける——「それなのにへんてこりんでごっちゃでたまらない」

「いまのは文法が全然なってないな。でも、その感情は正しいよ。結局エルスパットはいままでは信じたんだよ。これからも信じつづけることになる。もちろん、それが真実だからだけど」

「もちろん、そうよ」キャスリンが急いで賛成した。「ねえ、コリンおじさん。お願いがあるんだけど」

「どんなことだって言ってごらん」

「あの」キャスリンはためらいながらグラスを差しだした。「たぶん、そこまで大変なお願いじゃないのだけれど。もう少しお酒を強くしてもらえる？」

「それでこそ、わたしのキティ・キャットだ！」コリンが大声を出した。「ほうれ……これでいいかな？」

「もう少しお願い」

「も、もっとか？」

「ええ、お願い」

「これはこれは」そうつぶやいたスワンは〈キャンベル家の破滅〉の最初の効果である猛烈な身震いが過ぎ去ると、早口になって興奮した。「あんたたちふたりの教授はしっかり手を組んだんだね。よく話がついたもんだ。さて、ひょっとして誰か歌いたい気分じゃないか？」

喜びに満ちていくつもの枕に頭を埋め、堂々と王座についた様子を思わせるコリンが散弾銃を取り上げ、オーケストラの指揮をするように宙に振った。低音の声が窓に反響した。

あの娘にぞっこん、可愛い、可愛いあの娘――

スワンはぐっとあごを引き、いかめしくもったいぶった雰囲気を出した。まずは咳払いをして正しい音程を見つけると、グラスを振るタイミングを合わせて自分も歌った。

品のいいこと、まるで谷間の百合！

乾杯のためにキャスリンにグラスを掲げていたアランにとって、すべてが最高の結果になったように感じられた。明日は明日でどうにかなると。恋をしている高揚感、キャスリンを見ているだけで得られる高揚感が、底知れぬ可能性を秘めた妙薬を手にしているという高揚感にくわわった。彼も歌にくわわった。キャスリンにほほえみかけると、彼女も笑い返した。こうしてふたりとも歌いはじめた。

可憐なこと、まるでヒース、
可愛い紫のヒース――

アランはよく響くバリトンで、キャスリンはなかなか聞きごたえのあるソプラノだった。四重唱が部屋に歌声を響かせた。エルスパットおばさんがバグパイプ一式を手にもどり、険しい表情でそれをコリンに手渡すと、彼は歌をやめることなく嬉々として握りしめた。エルスパットにとって、古きよき日々がもどってきたように感じられたに違いない。

「ああ、そうかい」エルスパットおばさんは観念気味に言う。「いいんじゃないかい！」

## 19

アラン・キャンベルは片目を開けた。

どこか遠くから、姿も見えなければ声も聞こえないほど弱々しく、魂がつらそうに這いもどってきて、隠れた通路からふたたび身体に入りこんだ。その感覚はしまいには確信となった。家族の写真アルバムを見ており、どこかでつい最近見たことのある顔がこちらを見つめ返している……

そこで彼は目覚めた。

最初の目だけでもひどく応えたというのに、もう一方の目も開けると、脳内に激痛が押し寄せ、自分がどうして具合が悪いのか知り、またやってしまったとはっきり悟った。

仰向けに横たわって天井のヒビを見つめた。部屋には日光が入っている。

激しい頭痛がして喉はカラカラだった。しかし、なんとも驚いたことに、最初のときほどひどいとは思えなかった。そのためにちらりと嫌な疑念が頭をかすめた。あの地獄のような酒の虜になってしまったのか？　禁酒を説くパンフレットに書かれているように、あの酒は日々度数が弱くなっていくように感じられる、じわじわときいてくる毒なのか？

勇気づけられるか、失望するかはあの酒をどう見ているか次第だが、彼はそのとき、ほかの感情にすっかりとらわれた。

記憶を探っても、バグパイプのうるさい音ばかりが耳につくぼんやりした光景、そのなかでエルスパットがロッキングチェアで幸せに顔を輝かせて前後に揺れていた姿しか思いだせないのだ。

それでもなにか悪いことをしたという意識に圧倒されることはなく、後ろめたさも無茶をしたという覚えもない。自分のおこないは紳士がくだけた態度になったぐらいだとわかっていた。奇妙な自信だが、本物の自信だった。キャスリンがドアを開けたとき、怯むことさえなかった。

反対に今朝はキャスリンのほうがうしろめたく怯えた様子だった。運んできたトレイにはブラックコーヒーが一杯ではなく二杯載っている。彼女はトレイをベッドサイドテーブルに置くと、彼を見た。

「あなたのほうが」彼女は咳払いしてから言った。「今朝わたしにこれを運んでくれなくちゃ。でも、あなたがげんなりして正午過ぎまで寝ていると思ったから。ゆうべのことも、なにひとつ覚えてないんでしょ？」

彼は起きあがろうとして、頭のうずきを静めようとした。

「うん、覚えてない。あの――僕はなにもして――？」

「ええ、してない。アラン・キャンベル、あなたのような堅物にはお目にかかったことがないわ。座っているだけで、地上を支配したみたいに笑顔だった。でも、詩を暗唱しようとはしていたわね。テニスンの暗唱を始めたときなんて、わたしは最悪の事態をおそれた。あなたはあの長い『プリンセス』を全部、『モード』もほぼ全部暗唱した。『プリンセス』であなたがぬけぬけと本当に〝汝の優しき手を委ね、我を信じよ〟を暗唱したところでわたしの手をなでて――本当のことなんだから！」

彼は目をそらし、コーヒーに手を伸ばした。

「自分がそんなにテニスンを覚えているとは知らなかった」

「本当はそんなに覚えていなかった。でも、あなたは思いだせない部分に差しかかると、ちょっと考えてから〝なんとかかんとか、なんとかかんとか〟と言って先を続けたの」

「それは気にしないでくれ。とにかく、僕たちは無事だったのかい？」

キャスリンはくちびるに運んでいたカップを下ろした。カップは受け皿でガチャガチャと音を立てる。

「無事ですって？」彼女は目を丸くしてその言葉を繰り返した。「あの恥知らずのスワンはたぶん今頃入院しているというのに？」

アランの頭は激しくうずいた。

「まさか僕たちが――？」

「いいえ、あなたじゃない。コリンおじさんよ」

「おいおい、またスワンをひどい目にあわせたんじゃないだろうね？　だって、ふたりはあんなに仲がいいのに！　またスワンをひどい目にあわせたなんてあり得ないよね！　なにがあったんだ？」

「コリンが十五杯目ぐらいの〈キャンベル家の破滅〉を飲むまでは大丈夫だった。スワンも本人の言いかたでは〝缶詰（カンド）になった〟（酔っ払ったの意味もある）とかで少し気を大きくしすぎたのか、昨日、記事を書いた新聞を引っ張りだしたの。わたしたちが嫌がるといけないから、念のために隠しておいたみたい」

「それで？」

「正直、そんなに悪い記事じゃなかった。それは認める。なにもかも大丈夫だったのよ、コリンが塔の部屋に泊まると決めた件（くだり）のスワンの描写までは」

「と言うと？」

「あの出来事のスワンの解釈はこんな感じだった。覚えてる？　あのとき、彼は居間の窓の外をうろついていたらしいわ。記事にはこう書かれていたの。〝とても信心深いドクター・コリン・キャンベルは片手を聖書に置き、一家の幽霊が陰気なシャイラ城を歩きまわることをやめるまでは、二度と教会に足を踏み入れないと誓った〟ってね。十秒ほどもコリンは彼を見つめるだけだった。それからドアを指さして、〝外〟と言ったの。スワンが意味がわからないでいると、とうとうコリンは顔を紫に染めてこう言ったのよ。〝この家の外に出て、二度ともどるなよ？〟と。コリンは散弾銃をつかんで――」

「まさか――?」

「そのときは撃ってない。でも、スワンが跳ねるように階段を降りたらコリンは言ったの。〝照明を消して遮光具を外せ。奴が道を進むところを窓から撃ってやりたい〟って。コリンのベッドは窓につけてあるでしょ」

「まさかコリンが、インヴァレリへ逃げるスワンのズボンの尻を撃ったと言いたいんじゃないね?」

「違う」キャスリンが答える。「コリンはやってない。わ、わたしがやったの」

彼女の声はむせび泣きのようになった。

「アラン、ダーリン。この国にいたら、いつの間にかおかしくなってしまうのよ、もう逃げだしましょう! 最初はあなた、今度はわたし。自分がどうなるのか、わからない。本当にわからない!」

アランの頭はさらに激しくうずいた。

「でも、ちょっと待ってくれよ? 僕はどこにいた? 僕はそれをとめなかったのかい?」

「あなたは気づいてもいなかった。エルスパットにテニスンの『サー・ガラハッド』を暗唱してたから。雨はもうあがっていた。明け方の四時で、月は出ていた。ほら、わたしはスワンに頭に来ていたでしょ。その彼が道を歩いていたのよ。

彼は窓が開く音を聞いて、月明かりで散弾銃が見えたに違いないわ。こちらを一目見ると、月曜の夜だってあんなではなかったというくらい速く走った。わたしは言ったの。〝コリンおじさん、わたしにやらせて〟と。そうしたら彼は〝いいだろう。だが、スポーツマンシップにのっとった距離を稼がせてやってからだ。怪我をさせたくはないしな〟と答えた。普段ならわたしは銃が怖くて、撃っても的にかすりもしない。でも、あのとんでもない酒でなにもかも変わった。でたらめにぶっ放したら、二発目で命中しちゃったのよ。
アラン、彼はわたしを逮捕させると思う？　それから、どうか笑ったりしないでよ！」

「〝妻ポンピリアよ、わたしを安らかに処刑してくれないか？〟」（ロバート・ブラウニング『指輪と書物』より）アランはつぶやいた。コーヒーを飲み終えて身体を起こすと、ゆらゆらと泳ぐ世界を安定させた。「心配しないでいい。僕が彼をなだめてくるよ」

「でも、わたしは――？」

アランは絶望するキャサリンを見つめた。

「スワンにたいした怪我を負わせてはいないよ。その距離で、二十番径の軽くて威力のない弾なんだから。彼は倒れなかったんだろう？」

「ええ。ますます速く走っただけだった」

「だったら、大丈夫さ」

「でも、わたし、どうしたらいいのよ？」

「〝汝の優しき手を委ね、我を信じよ〟」

「アラン・キャンベルったら！」

「でも、それがいちばんいいんじゃないかい？」

キャスリンはため息を漏らした。窓辺に近づき、湖を見おろす。水面は穏やかで日射しを浴びてちらちらと輝いていた。

「しかも」彼女は間を開けてから言った。「それだけじゃないの」

「もしや、また——」

「いえ、違う！ とにかく、その手の厄介事ではないの。今朝、手紙を受けとったのよ。アラン、わたしは呼びもどされた」

「呼びもどされた？」

「大学が休暇からもどれって。それに今朝のスコットランド版デイリー・エクスプレス紙を読んだら空襲への警告が書かれていた。本格的な爆撃が始まりそうよ」

日射しは明るく、丘はいつもと変わりなく黄金と紫色に染まっていた。アランはベッドサイドテーブルから煙草のパックを手にした。一本に火をつけて吸った。頭はかえってぐらついたが、腰を下ろして湖をながめながら絶え間なく吸いつづけた。

「では、僕たちの休暇は戦争の幕あいのようなものか」

「そうよ」キャスリンは振り返らずに訊ねた。「アラン、わたしを愛している？」

「愛していると知ってるじゃないか」

「では、わたしたち心配することがある？」

「ないね」

沈黙が流れた。

「いつ出発するんだ?」やがて彼は訊ねた。

「残念ながら今夜。手紙にそう書いてあった」

彼はきびきびと宣言した。「だったら、もう時間を無駄にはできないよ。僕も荷物をできるだけ早くまとめたほうがいい。寝台車では隣りあった部屋を取りたいね。とにかく、ここでできることは全部やれた。もっとも最初からできることはたいしてなかったけどね。事件は公式には解決した。とはいえ——終わりがあるんだとしたら、本物の終わりをぜひ見たいよ」

「終わりは見られそうよ」キャスリンがそう言い、窓から振り返った。

「どういう意味だい?」

額に皺(しわ)を寄せた彼女のそわそわした態度は、昨夜のことを心配しているからだけではなかった。

「フェル博士よ。博士にわたしは今夜帰らないといけないと言ったら、自分も絶対今夜帰るべきだと思うと言いだして。でも、博士がご存じのことについてはどうするんですか？"と訊いたら、"それについては流れでどうにかなるよ〟と言われたのよ。でも、その口ぶりが妙で、わたしはなにかが起こりそうな気がしてしまった。なにか——とてもひどいことが。博士は明け方近くまでここにはもどらなかった。そうそう、あなたに会いたがっているわよ」

「一瞬で着替えるから。今朝、ほかの人たちはみんなどこに?」

「コリンはまだ寝てる。エルスパット、それからカースティも出かけているの。ここにはあなたとわたしとフェル博士だけ。アラン、二日酔いでも、スワンのことでも、神経が高ぶっているのでもない。それなのに、わたしは怖いの。できるだけ急いで下に来て」

彼はひげを剃っていて顔を切ってしまい、これは昨夜のあの酒のせいだと、ひとりごとをつぶやいた。さらには自分の懸念は胃の不調とスワンの災難のせいで引き起こされたのだとも、ひとりごとをつぶやいた。

シャイラはやけに静かだった。訪れた者は太陽だけ。蛇口をひねったり閉めたりすると、幽霊でも出そうなギギーという音が家じゅうに響き、こだまして消えた。アランが朝食をとりに降りてみると、居間にフェル博士がいた。

古い黒のアルパカのスーツにリボンタイ姿のフェル博士は、ソファを占領していた。温かい黄金の日射しを浴びて腰を下ろし、メシャム・パイプをくわえ、遠くを見るような表情だ。危険なことをたくらんでいるが、それをどう実行すればいいのかわかりかねる、といった雰囲気だ。ゆっくり静かにぜいぜいと息をして、ベストの端が上下している。白髪交じりのもじゃもじゃの豊かな髪が片目に落ちかかっていた。

アランとキャスリンはバターを塗ったトーストとさらなるコーヒーで食事を共にした。たいして話はしなかった。どちらも、どうしたらいいかよくわかっていなかった。校長室に呼びだされたのか、そうでないのか、よくわかっていないときのような気持ちだ。

だが、ふたりのこの疑問は解決された。

「おはよう！」声が呼びかけた。

彼らは玄関ホールに急いだ。

アリステア・ダンカンが夏向きのように派手な茶色のスーツ姿で、開けられた玄関に立っていた。中折れ帽をかぶり、ブリーフケースを抱えている。ノックしていたんだぞと言いたそうに、開いたドアのノッカーに手を伸ばした。

「誰もいないかと思ったよ」そう話す彼の声は、感じよくしているつもりのようだったが、いらだっていることがかすかににじんでいた。

アランは右に視線を走らせた。居間の開いたドア越しにフェル博士が身じろぎしてうめき声をあげ、眠りから目覚めたかのように頭をあげるのが見えた。それからアランは外のちらちらときらめく湖を背に浮かびあがるのっぽで猫背の弁護士にふたたび視線をもどした。

「おじゃましてもよろしいかな？」ダンカンは丁寧に訊ねた。

「は、はい」キャスリンが口ごもりながら言った。

「ありがとう」ダンカンは慎重に家へと足を踏み入れながら、帽子を脱いだ。居間のドアへ近づいて覗きこむと、満足しているとも不快だとも受けとれる短い声をあげた。

「さあ、入んなさい」フェル博士が轟く声で言う。「よければ、みんな。ドアは閉めてもらえるかね？」

いつもの湿ったオイルスキンや古い木と石のにおいが、風通しのない部屋で日射しによって強まっていた。まだ黒いリボンがかけられているアンガスの写真は暖炉の上から彼らのほうを見ている。日射しは金メッキの額に入れられた暗く稚拙な絵画を安っぽくみせて、カーペットの擦りきれた箇所を映しだした。

「親愛なる博士」弁護士は聖書が載っているテーブルに帽子とブリーフケースを置きながら、声をかけた。まるで手紙の書きだしのような口ぶりだった。

「お座んなさい」フェル博士が勧める。

ダンカンの薄くなりかけた広い額にはわずかに皺が刻まれた。

「あなたの電話に応じてやってきたよ」彼はおどけた仕草を見せた。「だが、わたしは多忙な男なのだと言わせてもらえんかね？　この一週間ばかり、ほぼ毎日どういうわけかこの家にいた。ここで起こったことは深刻だったが、それも解決したいまとなっては——」

「解決してはおらん」フェル博士が言う。

「しかし——！」

「お座んなさい、みんな」フェル博士は言った。

パイプの表面の灰を吹き飛ばし、彼は椅子にもたれるとふたたびパイプをくわえて吸った。灰はベスト一面に落ちていたが、彼は振り払おうともしない。長いこと一同を見つめていて、アランの居心地の悪さはかすかな不安のようなものにまで高まった。

「紳士諸君、それにミス・キャンベル」フェル博士は話を再開し、パイプの芳香を鼻からいっぱいに吸いこんだ。「昨日の午後、百万にひとつの確率について話したのを覚えておるかね。そんなことが起きるとはたいして期待しておらんかった。それでも、アンガスの事件でそいつがあったので、フォーブスの事件もそうではなかったかと期待した。案の定だったんだよ」

博士は口をつぐみ、相変わらずいつもと同じ調子で言いたした。

「いまでは、アレック・フォーブスを殺害するために使われたと言ってよい道具を手に入れておるからだ」

部屋じゅうに広がる死んだような静寂は、白い煙草の煙が日射しを浴びる糊のきいたレースのカーテンの先へと渦巻くなかで、数秒ほど続いた。

「殺害されただと?」弁護士が大声で言った。

「まさしく」

「失礼だが、言わせてもらえば——」

「あのですな」フェル博士は口からパイプを取りだし、遮った。「心の奥底では、あんたもアレック・フォーブスは殺害されたと知っておるだろう。アンガス・キャンベルは自殺だと知っておるのと同じように。さあ、そうじゃないかの?」

ダンカンはすばやくあたりを見まわした。

「気にせんでいい」博士は彼を安心させた。「ここにはわしたち四人だけだ——いまのところは。あんたは好きなようにしゃべって大丈夫だて」

「好きなようにだろうがなかろうが、しゃべるつもりなどない」ダンカンの声は素っ気なかった。「そんなことを言うためだけに、はるばるここまでわたしを呼びつけたのかね? あなたのほのめかしは馬鹿げている!」

フェル博士はため息を漏らした。

「それほど馬鹿げておるとあんたは思うだろうかね」博士は言う。「わしがこれからある提案をあんたに話したら」

「提案？」

「協定でも取引でも、好きなように呼んでいいが」

「取引するようなことなどないだろう、親愛なる博士。あなたは自分でこれは簡単明瞭な事件、そう、わかりきった事件だと言ったじゃないか。警察もそう信じている。わたしは今朝、地方検察官のミスター・マッキンタイアに会ったんだ」

「そうだね。それもわしの取引の一部だよ」

ダンカンは危うく堪忍袋の緒が切れそうになった。

「どうか教えてくれないか、博士。仮になにかがあるとして、わたしになにを望んでいるんだ？　それから、アレック・フォーブスは殺害されたというこの邪(よこしま)でじつに危険な考えかたをどこから思いついたんだね？」

フェル博士はぽかんとした表情になった。

博士は頬を膨らませて答えた。「最初は木枠にタール紙を貼った遮光具からだよ。フォーブスのコテージの窓にはまっているはずだったのに、外されておった。

あの遮光具は夜間には窓にはまっておった。さもないと、カンテラの明かりが国防義勇軍に見られたはずだからな。そして――あんたたちが証拠のことを覚えておるだろうか――カンテラは燃えておった。それなのに、なんらかの理由で火を消し、窓から遮光具を外す必要が出たんだ。

理由は？　そこが問題だった。あのとき、わしも訊かれたのだが、なんでまた犯人は立ち去る際、カンテラを灯したまま、遮光具もはめたままにしておかなかったのか？　一見したところ、こいつは難題のように思えたよ。

反論としてわかりやすい線は、犯人は逃げるために遮光具を外さないとならんかったから、と返すことだよ。外してしまったら最後、犯人は遮光具をもどすことはできんかったと。わかるかね、これはとても意味深長な線だよ。たとえば、犯人がどうにかして金網から抜けて、あとでそいつをなんとかもどすことができたとしたら？」

ダンカンが鼻を鳴らした。

「金網は内側から釘付けしてあっただろうに？」

フェル博士は重々しくうなずいた。

「そうだ。釘付けされておった。つまり、犯人はそんなことができたはずはない。そうじゃないかね？」

ダンカンは立ちあがった。

「申し訳ないがね、もうこうした馬鹿げた話を聞くために留まってはいられないね。博士、あきれたよ。フォーブスが他殺だなどという、このような考えは――」

「わしの提案を聞きたくないのかね？」フェル博士はそうほのめかして、いったん黙った。「そのほうがずっとあんたのためなんだが」彼はふたたび口をつぐむ。「ずっとずっとあんたのためになる」

小さなテーブルから帽子とブリーフケースを手にしようとしていたダンカンは、両手をぱたりと下ろし、背筋を伸ばした。フェル博士を振り返った。ダンカンの顔からは血の気が引いていた。

「なんということだ！」彼は囁いた。「あなたはもしや——その——わたしが犯人だと言いたいのかね？」

「いやいや」フェル博士は答えた。「チッチッ！　もちろん、そうじゃない」

アランの呼吸は楽になった。

同じことがアランの頭にもひらめいており、フェル博士の口調には含みをもたせたところがあったから、それはなおさらだった。ダンカンはゆるいカラーの内側に人差し指を滑らせた。

「嬉しいね」ダンカンは乾いたユーモアをにじませるようにそう言った。「それが聞けて嬉しくはあるよ。さて、博士！　手札をテーブルに並べよう。わたしの興味を引きそうなどんな提案があるのかな？」

「あんたの顧客の幸せにかんするものだ。つまり、キャンベル家に」フェル博士はまたもやパイプの表面の灰をのんびりと吹いた。「いいかね、わしはアレック・フォーブスの死が他殺だと証明できる立場にある」

ダンカンは火傷でも負わされたかのように、帽子とブリーフケースをテーブルに置いた。

「証明できる？　どうやってだね？」

「彼を殺害するために使われたと言ってよい道具を手に入れておるからだ」

「だが、フォーブスはガウンの紐で首を吊っただろう！」

「ミスター・ダンカン、最高の犯罪学の文献を紐解けば、あんたもひとつのことに賛成するだろうて。被害者が首を吊ったのか、それとも最初に首を絞められてから首吊りに見せかけて吊るされたのか、という疑問ほど判断しやすいものはない。後者の事例がフォーブスの事例では起こったんだよ。

フォーブスは背後から襲われて首を絞められた。なにを使ったのかはわからん。ネクタイかもしれん。スカーフあたりかもしれん。続いて、あの芸術的な罠が手練（てだ）れの犯人によって一から十まで仕込まれた。ああいうことが細心の注意を払っておこなわれたら、正真正銘の自殺と見分けはつかなくなるよ。この犯人はひとつだけ失敗した。避けられんものだったが、致命的なものだったんだ。

金網のはまった窓について、もう一度考えてみるといい――」

ダンカンは懇願するように、両腕を大きく広げた。

「だが、その謎めいた〝証拠〟とやらはなんだ？　それに、その謎めいた〝犯人〟というのは？」彼の目つきは鋭くなった。「誰だか知っているのかね？」

「知っておるとも」とフェル博士。

弁護士はテーブルを拳（こぶし）で小突きながら言った。「あなたはアンガス・キャンベルが自殺だと証明できる立場にはないだろう？」

「ないね。それでも、フォーブスの死が他殺だと証明されたら、残されていたあの偽の自白書はまず無効になるだろう？　都合よくタイプ打ちされた自白、そんなのは誰だって書けるものであり、実際、犯人が書いたものだよ。そうだったら警察はどう考えるね？」

「はっきり言ってくれ、あなたはなにを提案しようとしているんだ？」

「じゃあ、わしの提案を聞くんだね？」

「なんでも聞こう」そう言い返した弁護士は椅子に近づき、拳の山の浮きあがった両手を固く握りしめて腰を下ろした。「あなたが方向性を示してくれたらな。その犯人とは誰なんだね？」

フェル博士は彼を見つめた。

「見当がつかんのか？」

「まったくないとも、誓ってな！　それにわたしは――あなたの言う言葉はすべて信じないという権利を保持している。だからその犯人とは誰なんだ？」

フェル博士は答えた。「当然のことながら、犯人はいまこの家にいて、すぐにもわしたちは会えると思う」

キャスリンは必死になってアランを見やった。

部屋はとても暑かった。季節外れの蠅が糊のきいたカーテンの裏と明るい窓ガラスのあいだでぶんぶんと音を立てている。その他は静まり返ったなかで、彼らは何者かが玄関へと廊下を歩いていくはっきりした足音を聞いた。

「それはわしたちの友人のはずだ」フェル博士はやはり淡々とした口調で話を続ける。そこで彼は声を張りあげて叫んだ。「わしたちは居間にいる！　こっちに来てくれんか！」

足音の主は立ちどまり、むきを変え、居間のドアに近づいてきた。

ダンカンは発作的に立ちあがった。両手を固く握りしめ、押しつけた拳の関節がポキリと鳴る音がアランに聞こえた。

彼らが最初に足音を聞いてからノブがまわってドアが開くまでのあいだは、おそらく五、六秒ほどだった。アランは生涯においてあれほど長い間は初めてだったとあとで振り返った。部屋じゅうのすべての板がそれぞれきしんで音を立てるようだった。なにもかもが命と知性を与えられ、窓ガラスにブンブンと飛ぶ蠅のように執拗(しつよう)になったようだった。

ドアが開き、ある人物が足を踏み入れた。

「これが犯人だよ」フェル博士は言った。

彼はヘラクレス保険会社のミスター・ウォルター・チャップマンを指さした。

## 20

チャップマンの風貌は細部にいたるまで日射しで陰影が際立っていた。小柄でがっしりした身体に濃紺のスーツ。ブロンドで血色がよく、奇妙なほど薄い色の目。片手に山高帽、もう片方の手にネクタイをもっていじっている。攻撃をかわすかのように、頭を片側に傾(かし)げていた。

「なんと言われました?」彼はやや甲高い声をあげた。

「入んなさいと言ったんだよ、ミスター・チャップマン」フェル博士が答えた。「おお、ミスター・キャンベルと呼ぶべきかな？　あんたの本当の名前はキャンベルだろう？」

「いったいなんの話をしているんですか？　さっぱり意味がわからない！」

フェル博士が言う。「二日前、初めてあんたに目を留めたとき、いまとまったく同じ場所にいた。覚えておるかな、わしはあそこの窓の近くに立ち、アンガス・キャンベルの顔を正面から撮影した写真をじっくり見ておったよ。

あんたとはまだ引きあわされておらんかった。写真を観察するのをやめて顔をあげたわしの前に、すぐさま身内と思われる驚くほど似た人物がいたから、〝あんたはどの分家のキャンベルなんですかな？〟と訊いた」

アランはそれを覚えていた。

頭のなかで、目の前の小柄でがっしりした人物は小柄でがっしりしたコリン、あるいはアンガス・キャンベルとなった。ブロンドと生気のない目は――そうだ！――家族アルバムにあったロバート・キャンベルのブロンドと生気のない目となった。こうした要素がゆらめいて変化し、水面に映る顔のように歪(ゆが)んでから、合わせて折りたたまれ、彼らの目の前にいる実体のある人間という姿に収まっていった。

「いまこそ彼を見て誰かを思いださんかね、ミスター・ダンカン？」フェル博士が訊ねた。

弁護士は弱々しく椅子に沈みこんだ。椅子の肘掛けを手探りして見つけた彼のひょろりとした手脚は、干し物掛けがたたまれるように見えた。

「ラビー・キャンベル」彼は言った。それは叫びでも、質問でも、感情に結びついたいかなる形の言葉でもなく、事実を述べただけだった。「きみはラビー・キャンベルの息子だ」

「言わせてもらいますが……」チャップマンなる人物が口を開いたが、フェル博士が遮った。

「アンガスの写真とこの男の顔が突然、並んだとき」博士は話を続けた。「ここにいる数人が見過ごしたらしいことを思いついたんだ。もうひとつ、思いだしてほしいことがある」

彼はアランとキャスリンを見やった。

「エルスパットはきみたちに、アンガス・キャンベルが家族の面影に目を留める嗅覚は尋常ではないと話しておったんじゃなかったか。たとえその人物が〝顔を塗りたくって妙な話しかたをしたって〟、自分たちのキャンベル家の人間だと言い当てられたと。同じ嗅覚は程度こそ下がってもエルスパット自身ももっておった」

今度はフェル博士はダンカンに視線をむけた。

「それゆえに、ミスター・〝チャップマン〟がいつもエルスパットと出くわすのを避け、どんな状況でも彼女に近づこうとしないとあんた自身が言っておったと聞き、わしは大変好奇心をそそられ、興味深いことだと思えたんだよ。調べる価値があると思えた。

スコットランドの警察はスコットランド・ヤードの情報を使うことはできん。だが、わしは友人であるハドリー警視を通じてそれができる。ほんの数時間でミスター・ウォルター・チャップマンについての真実がわかったよ。もっとも、その後、ハドリーがかけた公式の大西洋間電話の返事は明け方近くになるまで届かんかったが」

走り書きされた封筒をポケットから取りだしたフェル博士はこれにまばたきしてから、眼鏡をいじってチャップマンを見やった。

「あんたの本名はウォルター・チャップマン・キャンベル。南アフリカ連邦発行の６０９３４８番のパスポートをもっておる。いや、もっておった。八年前、ポート・エリザベスからイングランドに渡った。彼の地ではあんたの父親、ロバート・キャンベルはまだ生きておる。ただし、とても身体の具合が悪くて衰弱しておるそうだな。あんたが名前からキャンベルの部分を外したのは、父親の名前があんたの働くヘラクレス保険会社でよからぬことと結びつけられるからだ。

　二カ月前、あんたは、自身が言っておったように、グラスゴーに複数あるあんたの会社の営業所のひとつの所長となるためにイングランドから引っ越してきた。

すると、当然ながら、アンガス・キャンベルはあんたに気づいた」

　ウォルター・チャップマンはくちびるを湿らせた。

　顔にはこわばった疑り深い笑みが貼りついている。それなのに彼の視線はすばやくダンカンにむけられ、この弁護士がこの告発をどう見ているか探るようにしてから、また博士へともどった。

「馬鹿げたことを言わないでください」チャップマンは言う。

「こうした事実を否定されるのかね？」

　チャップマンはカラーが極端にきつくなったかのような声を出した。「仮に、わたしなりの理由で名前の一部しか使わなかったからといって、だいたいわたしがどんな悪いことをしたと言うんです?」

彼は少々食ってかかるような仕草を見せた。これを見ている者たちにコリンを連想させるものだ。

「それからフェル博士、あなたと二名の国防義勇軍兵士たちがゆうべ真夜中に、保険についてのふざけた質問をするためだけにダヌーンのホテルのわたしを起こしたわけも知りたいものですよ。でも、まあそれはいいとしましょう。もう一度言いますよ。だいたいわたしがどんな悪いことをしたと言うんです?」

「あんたはアンガス・キャンベルが自殺の計画を立てるのを手伝った」フェル博士が答えた。「そしてコリン・キャンベルの殺害を試み、アレック・フォーブスを殺害した」

チャップマンの顔から血の気が引いた。

「話にならない」

「あんた、アレック・フォーブスとは面識がなかったと?」

「もちろん、ありませんよ」

「コー滝の近くにある彼のコテージの近くに行ったこともないと?」

「一度も」

フェル博士は目を閉じた。「だったら、あんたがなにをしたか、わしの考えておることを話しても構わんだろう。

あんたが自分で言ったように、アンガスは最後の保険契約を結ぶとき、グラスゴーの営業所まであんたに会いにやってきた。彼はあんたを以前に見かけたことがあると、わしはにらんでおるよ。弟の息子だと指摘し、あんたはそれを否定したが、結局は認めさせられたともな。

こうしてアンガスは最後には計画を三重に保証できるようになったわけだ。アンガスはなにひとつ、偶然には任せんかった。あんたの父親がどこまでも腹黒い男だと知っておったし、人を見る目があったから、あんたもどこまでも腹黒い男だと判断できた。それで、あんたに近づくための口実としてこの最後の、むしろ必要なさそうな保険契約を結び、本当の意図を説明したんだ。あんたは変死の調査にやってくることになる。少しでも手抜かりがあろうものなら、いつでもあんたが後始末をして、この死は殺人だと指摘できる。実際はなにがあったのか、すっかり知っておるんだからな。

あんたにはアンガスを手伝う理由しかなかった。あんたは自分自身の家族を助けるだけだと、彼は指摘しただろう。アンガス自身が死ねば、一万八千ポンド近い遺産とあんた自身の父親のあいだに立ちはだかるのは――そしてもちろんのことやがてはあんたとのあいだにも――もう六十五歳のコリンのみだとな。家族の忠誠心をあんたに訴えたことだろう。それはアンガスがただひとつ、やみくもにこだわっておったことだった。

だが、家族の忠誠心はあんたにとってはこだわる点ではなかったな、ミスター・チャップマン・キャンベル。アンガスが死ぬのなら、あんたは自分自身の役割をどう演じればいいか突然ひらめいたんだ。アンガスが死ぬのなら、コリンも死ねばいいと」

フェル博士はいったん口をつぐんだ。

「よいかね」博士はほかの者たちをむいて話を続けた。「コリンの殺人未遂事件によって、ここにいるわしたちの友人が絶対確実に有罪に違いないとあきらかになった。コリンが塔の部屋で眠るよう仕向けたのは、他の誰でもなく、ミスター・チャップマンだったことを覚えておらんかね？」

アリステア・ダンカンが立ちあがったが、また腰を下ろした。

部屋は暑く、チャップマンの額には小さな玉の汗が浮かんできた。

「ふたつの会話を、できれば思いだしてほしい。ひとつは月曜日の夕方に塔の部屋でかわされ、後からわしに報告されたもの。もうひとつは、火曜日の午後にこの部屋でかわされ、わし自身も立ち会っていたものだよ。

この一件で〝超自然現象〟という言葉を最初にもちだしたのは誰だったね？　その言葉でコリンはいつも、雄牛が闘牛士の赤いケープを見せられたように反応するだろう？　考えてみれば、それはミスター・チャップマンだった。月曜の夕方に塔の部屋で、彼はわざと、なんなら関連性もないのにそっちの方面に会話を振った。それまで、誰もそんなことはほのめかしてなかったのに。

コリンは幽霊などおらんと断言した。だから当然、わしらの創意工夫に富む友人はコリンに幽霊を見せんとならなかったのさ。わしは前にこう訊ねたな、月曜日の夜、えぐれた顔の幽霊のハイランダーの無言劇が演じられた理由はと。答えは簡単だよ。コリン・キャンベルを最終的に駆り立てるための拍車の役割だったんだ。

この仮装を実行するのはむずかしくなかった。塔は家から孤立している。一階の入り口は外の庭に面しているから、外部から好きなように出入りできる。入り口はたいてい開いておる。たとえ開いておらんでも、ありふれた南京錠はどうとでもなる。ブレード、縁なし帽、少々の蠟と絵の具の助けを借りて、幽霊はジョック・フレミングの前に〝現れた〟。ジョックがその場におらんでも、ほかの誰かが目撃したさ」

「その後についてはどうですか?」

「晴れ渡った火曜日の朝、ミスター・チャップマンは準備万端整えた。幽霊話は広まっておった。覚えておらんかね、彼はここにやってくると、幽霊の話題について意見して、哀れなコリンを限界に追いこんだ。

コリンをそこまで追い詰めた言葉はなんだったね? コリンに〝もう無理だ〟と言わせ、塔で寝ると誓わせた言葉はなんだ? それはミスター・チャップマンの周到で悪賢いちょっとした意見の最後の部分、〝ここはおかしな国のおかしな家ですからね。わたしだったら、あの部屋では一晩だって過ごす気にはなれません〟だった」

アランの記憶のなかで、そのときの光景がふたたび形になった。

この頃にはチャップマンの表情はもとにもどっていた。ただし、その陰に絶望が見え隠れするようになっていた。

フェル博士が話を続ける。「コリンを塔で寝かせるために、あれは絶対に必要な行為だった。

たしかに、ドライアイスのトリックはどこでだって実行できたはずだ。ただし、チャップマンが実行できるのはあそこだけだったんだよ。

彼は家の母屋（おもや）に忍びこむことはできんかった。外の入り口から出入りできる孤立した塔でやらねばならんかったんだ。コリンがおやすみの挨拶を怒鳴り、階段をご苦労にも登っていく直前、チャップマンはドライアイス入りの箱を置いて逃げることができた。

要点だけ言わせてくれ。もちろん、この時点まで、チャップマンはアンガスがどうやって亡くなったのか知っておると、ちらりとでもにおわすことはできんかった。ほかのみんなと同じように、悩んでおるふりをせねばならんかったのだ。彼は自殺だと思うと言いつづける必要があった。それはなかなかうまい小芝居だった。

言わずもがなではあるが、ドライアイスについてはまだ、いっさいふれてはいかんかった。まだそのときではない。その秘密が暴露されようものなら、塔で寝るようコリンをおばけ話で釣ることはできんかった。だから、彼はアンガスが窓から身を投げ、意志をもって自殺をしたに違いないと言いつづけた！　細かい点まで繰り返し主張しておったように、特に理由はなかったか、あるいは理由があるとしたら、すさまじい恐怖に駆られてのことだとな。

コリンを始末するまでは、その主張を通すつもりでおったんだよ。そこで、すべてはがらりと変わるはずだった。

そのときこそ、明白な真実が叫び声をあげながら姿を現すはずだった。コリンは二酸化炭素中毒で命を落としたと判明するだろう。ドライアイスのことが思いだされただろう。仮にそうならなければ、わしたちの創意工夫に富む友人は、自分でそのことを思いだしたようにする心構えをしておった。ぴしゃりと額を叩き、もちろんこれは殺人だと言ったことだろうて。こうなれば、もちろん保険金は支払わねばならず、疑いようもなくすべての犯行に手を染めた残忍なアレック・フォーブスはどこへ行ったのかとな。

それゆえに、ただちに必要となったのは、コリンを始末した同じ夜にアレック・フォーブスも始末することだった」

フェル博士のパイプの火は消えていた。パイプをポケットに入れると、両の親指をベストのポケットに引っかけ、私情をまじえずチャップマンを査定するように見つめた。

アリステア・ダンカンは一度、二度と喉をごくりと言わせ、長い首では喉仏が動いていた。弁護士は細い声で訊ねた。「あなたは――これをすべて立証できるのかね?」

「立証する必要はない」と、フェル博士。「わしはフォーブスの殺人を立証することができる。あんたの魂に主の恵みあれ、どちらにしても吊るし首で処刑されるのなら、ふたり殺したところがひとり殺したことになっても同じだよ。そうじゃないかね、ミスター・チャップマン?」

チャップマンは後ずさりをしていた。

「わたしは――フォーブスとは一度か二度、話をしたことはあったかもしれませんが――」彼はしゃがれ声で迂闊（うかつ）にもそう切りだした。

「彼と話をしただと!」フェル博士が言う。「あんた、彼とはかなり親しくなったんじゃないかね?　彼にはかかわるなと警告までした。のちに、それは手遅れになったんだが。

この時点までは、あんたの計画全体は三重の保証がされておった。なんといっても、アンガス・キャンベルは本当に自殺したんだから。他殺と疑われることになっても、あんたが疑われることはまずない。実際に手を下しておらんし、アンガスが亡くなった夜、あんたが鉄壁のアリバイを築いておったことに賭けてもいい。

だが、あんたは火曜日の夜、コリンが窓から落ちて本当に死んでしまったのか確認するまで留まらんかったという大失敗をやらかした。そして、最後にアレック・フォーブスと会うためにコーの滝へ自分の車でむかうという、もっとどうしようもない大失敗をやらかした。あんたの車のナンバーは何番かな、ミスター・チャップマン？」

チャップマンは博士にむかってしきりとまばたきをしており、例の奇妙なほど色の薄い目は顔のパーツのなかでも特に落ち着きをなくしていた。

「と言うと？」

「あんたの車のナンバーは何番かと訊いておる。そいつは」――博士は封筒の裏に視線を走らせた――「MGM1911だな？」

「さ、さあ。ええと、たぶんそれです」

「MGM1911のナンバーをつけた車が、夜中の二時から三時にフォーブスのコテージむかいの道路脇に駐めてあるのが目撃されておった。国防義勇軍の者が見ておって、なんなら証言もしてくれる。あのあたりの人通りのない道路はいまや、人通りはあるのだと思いださんといかんかったね。深夜には国防義勇軍が巡回しておると」

アリステア・ダンカンはますます蒼白な顔になった。

「証拠というのはそれだけなのかね？」弁護士は訊ねた。

「いやいや」と、フェル博士。「いまのはほんの一例さ」

鼻に皺(しわ)を寄せて博士は天井の隅を見つめた。

「ここでフォーブスの殺人という問題にたどり着いた。犯人はどうやって内側から鍵のかかった部屋を後にすることができたのか。ミスター・ダンカン、あんたは幾何学に詳しいかね？」

「幾何学？」

フェル博士は説明した。「取り急ぎ言っておくが、かつて学ばねばならんかったこの幾何学については、わしはほぼ覚えておらんし、思いだしたくもないよ。代数や経済学などの気が滅入る学問ともども、学生時代の忘却の彼方(かなた)に存在するものさ。ただし、直角三角形の斜辺の二乗はほかの二辺の二乗を足したものに等しい、という定理だけは忘れられんが、こうした難解なことをいつもは頭から追いだせていてじつに嬉しいよ。

同時に、それが人生に一回だとしても、役立つことがありそうなんだよ。幾何学的観点からフォーブスのコテージのことを考えるときにな」博士はポケットから鉛筆を取りだし、空中に図形を描いてみせた。「あのコテージは縦と横が十二フィートの正方形だ。想像してくれ、自分の正面の壁の真ん中にドア、そして右の壁の真ん中に窓だ。

昨日わしはコテージのなかに立ち、あのいまいましい思わせぶりな窓について頭を悩ませた。なんで遮光具を外す必要があったのか？　数分前にわしがほのめかしたとおり犯人が金網の張られた窓越しに、血が通い肉のついた身体をどうにかして外に出すためとは考えられん。こういうのを無作法とわしはいつも呼ぶんだが、幾何学者が好む言いまわしでは、不条理だな。となれば、残るただひとつの説明はなんらかの形で窓を使う必要があったということだ。わしはあの金網をじっくり調べたんだよ、覚えておるかね？」フェル博士はアランにむきなおった。

「覚えていますよ」

「金網がしっかりしておるのをたしかめるため、わしは金網の目のひとつに指を突っこみ、揺さぶった。それでも、知性のきらめきひとつ、わしの頭を曇らせる分厚い霧を貫くことはなかったよ。泥沼にはまって沈んだままだったが、きみが」――博士はここでキャスリンにむきなおった――「わしのようなとんまにでもきっかけとヒントになる情報をくれたんだ」

「わたしがですか？」キャスリンは大声をあげた。

「そうだよ。きみはグレンコー・ホテルの女主人がフォーブスはよく魚釣りに行ったと話していたと教えてくれた」

フェル博士は両腕を広げた。雷鳴のような声には謝るような響きがあった。

「もちろん、すべての証拠はコテージに揃っておったんだ。あそこは言ってみればぷんぷんと魚くさかった。フォーブスの魚籠もあった。毛針もあった。ゴム長靴もあった。それなのに、きみの話を聞いてようやくだよ、コテージには釣り竿がないという事実に思い至ったんだ。たとえば、このような竿はなかった」

杖の助けを借りてよっこらしょと立ちあがったフェル博士はソファの後ろに手をまわし、大きなスーツケースを取りだして開けた。

そこには分解された釣り竿の部品がバラバラに横たわっていた。ニッケルとコルクのグリップがついた黒い金属の竿には、頭文字の〝A・M・F〟が刻まれている。だが、リールに釣り糸は巻かれていなかった。かわりに、組み立て式の釣り竿の下端だか先端だかの金属の小さな穴に、小さな釣り針のついた針金がしっかりと結んであった。

「よくできた道具だ」フェル博士が説明する。

「犯人はフォーブスを後ろから押さえて首を絞めた。続いてあの芸術的な自殺を示唆する仕掛けにフォーブスを吊るしたんだ。カンテラを消し、残りのオイルを処分し、燃え尽きるまで火がついていたと見せかけた。それから遮光具を外した。

ここで犯人はこの釣り竿を手に、コテージのドアから外に出た。かんぬきのつまみが上をむいた状態のまま、ドアを閉めた。

犯人は窓へとまわった。金網の目から釣り竿を押しこむ。わしの人差し指が楽々と入ったぐらいだから、それだけの余裕はじゅうぶんだったんだよ。犯人は窓からドアへと釣り竿を斜めに伸ばした。

釣り竿の先端に結ばれた釣り針で、彼はかんぬきのつまみにこれを引っかけ、自分のほうに引っ張ったんだ。あれはピカピカした新品のかんぬきだったことを覚えておるかね？　だから、月明かりを浴びて光り、簡単に見ることができたはずだよ。このようにして、ごく簡単で質素な仕掛けを使い、彼はかんぬきを自分のほうに引いてドアの施錠をしたんだ」

フェル博士はスーツケースをソファにそっと置いた。

「もちろん、犯人は窓の遮光具を外さねばならんかったし、ふたたびはめることももうできんかったのさ。それに、釣り竿はどうしてももちさるしかなかった。グリップとリールはどうやっても金網からなかには押しこめん。竿の部分だけコテージにいれれば、いずれ現場にやってきて発見した者にそいつを見られて手口が暴かれてしまうよ。

こうして犯人は現場を去った。しかし、彼は車に乗るところを目撃されて人相も見られていた――」

チャップマンは喉を絞められたような悲鳴をあげた。

「最初に車を気にかけた国防義勇軍の者にな。犯人は帰り道で釣り竿を分解し、あいだを置いて低木の茂みへとバラバラに捨てた。そんな竿が見つかる期待はたいしてできんように思えたが、アーガイルシャー州警察のドナルドソン警部の要請で、国防義勇軍の現地支部が捜索をおこなったんだよ」

フェル博士はチャップマンを見つめた。

「分解された釣り竿はあんたの指紋だらけだ。あんたも思い当たる節があるだろうが。わしが深夜にあんたをホテルに訪ねたのは、シガレットケースの指紋を手に入れるためであり、あんたは殺人の直後にフォーブスのコテージから車で走り去るのを目撃されてもおる。これからどうなると思うね、友よ？　あんたは吊るし首になる」

ウォルター・チャップマン・キャンベルはまだネクタイをねじりながら突っ立っていた。その表情はジャムの棚に手を入れたところを見つかった幼い少年のようだった。

その指が上へと伸びて首にふれ、彼は身じろぎした。暑い部屋で汗が頬を伝い、頬ひげのようになった。

「はったりですね」彼はまず咳払いをしてから言ったが、声はゆれていた。「ひとつとして本当のことじゃない。あなたははったりを言ってる！」

「そうじゃないことはわかっておるだろう。あんたの犯罪は、さすがこの一家で誰より頭脳明晰な人物の息子が犯したものらしいとは、わしも認めるよ。アンガスとコリンが死んでフォーブスにその責任があるとなれば、あんたは人目につかずポート・エリザベスに帰ることができる。あんたの父親は健康状態がだいぶ優れず衰弱しておる。一万八千ポンド近い遺産を受けとるまでもたんだろう。そうなったら、あんたはイングランドにもスコットランドにも足を運ぶことなく、誰にも見られることなく、正統な相続人として遺産を請求できる。

だが、こうなっては、あんたは遺産を請求することはできないんだよ、お若いの。絞首刑のロープから逃れる見込みが少しでもあると思うかね？」

ウォルター・チャップマン・キャンベルの両手は顔に伸びた。

「悪気はなかったんです！　本当だ、なにもそんなつもりは！」彼の声は途切れ途切れになった。「わたしを警察に突きだすつもりじゃないですよね？」

「そんなつもりはない」フェル博士は穏やかに答えた。「これから口述する書類にあんたが署名すればな」

両手を顔からぱっと離し、チャップマンはかすかな希望をたたえて博士を見つめた。アリステア・ダンカンが口をはさむ。

彼は切羽詰まった口調で訊ねた。「博士、それにはどんな意図があるんだね？」

フェル博士は開いた手でソファの肘掛けを叩いた。

彼は答えた。「この意図と目的は、エルスパット・キャンベルが生涯食べていけて、アンガスの魂が地獄で焼かれておると思わないまま幸せに息を引きとることができるようにすることさ。アンガスが望んでおったように、目的はエルスパットとコリンに最後まで安泰な暮らしを与えることだよ。それだけだ」

フェル博士はポケットから数枚の紙を取りだした。「あんたはこの書類を書き写すか、わしがこれから口述する自白を書き留めるんだ。あんたが故意にアンガス・キャンベルを殺害したと自白する内容で……」

「い、い、なんですって？」

「コリンも殺害しようとしたし、アレック・フォーブスは殺害したという内容だ。わしから提供できる証拠と合わせれば、これで保険会社も満足させられ、保険金は支払われるよ。いや、あんたがアンガスを殺しておらんのは知ってる！　だが、あんたは自分がやったと自白することになる。しかも、あんたにはそうする動機だらけだ。

あんたのことは、かばってやりたいと思っても、わしには無理だ。それに、かばいたくもないし、かばおうとも思っていない。だが、わしにもこの程度ならしてやれる。あんたが逃げるため、四十八時間、警察に自白書を渡さんということはできるよ。通常ならば、この国を離れるには出国許可証を手に入れなけりゃならん。だが、ここは造船所だらけのクライド川に近いし、出航する船であんたを海外に運んでくれる協力的な船長が見つかるだろう。あんたがそんなふうにするならば、こんな戦争をやっておるご時世だから、連れもどされることはないと安心していい。

言われたとおりにすれば、あんたのために時間稼ぎをしてやろう。断れば、わしの証拠がこれから三十分以内に警察のもとに届く。どうするね？」

チャップマンは博士を見つめ返す。

恐怖、当惑、不信が混ざりあい、深い猜疑心となった。

「信じませんよ！」チャップマンは金切り声をあげた。「あなたが自白書を受けとってすぐにわたしを警察に突きださない保証がありますか？」

「わしが愚かにもそんなことをしたら、あんたはアンガスの死について真実を話すことで、すべてを台無しにできるじゃないか。あんたはあのふたりが保険金を受けとれんようにして、エルスパットには、愛しいアンガスが実際になにをしたかありのままに話せる。あんたはわしが成し遂げようとしておることそのものを、成し遂げられんようにできるんだ。よいかね、あんたがわしを当てにするならば、わしのほうもあんたを当てにするということなんだ」

またもやチャップマンはネクタイをいじった。フェル博士は大きな金の懐中時計を取りだして時間をたしかめた。

「これは」アリステア・ダンカンがカラカラの喉から声を振り絞った。「まったくもって法律に反したいんちきで――」

「そうとも」チャップマンが荒々しく言った。「どちらにしても、弁護士さん、あなたがわたしを逃がしはしません！　これは罠ですよ！　証拠があり、自白書もすぐに警察に渡さなければ、あなたたちは事後従犯になります！」

「そうはならんようだね」フェル博士が丁寧な口調で言う。「ここにいるミスター・ダンカンに訊いてみれば、スコットランドの法律には事後従犯などというものはないと教えてくれるよ」

ダンカンは口を開いてから、また閉じた。

フェル博士は説得を続けた。「安心してくれ、わしのこのいんちきな悪行はあらゆる角度から考慮済みなんだ。さらに、本物の真相はこの部屋にいる者たちの胸に収められ、ほかに誰も知ることはないと請けあおう。いまここで、墓場まで秘密をもっていくという誓いを立てようじゃないか。この提案はみんな受け入れられるかね？」

「わたしは大丈夫です！」キャスリンが大声で言う。

「僕もです」アランは賛成した。

ダンカンは部屋の中央に立ち尽くし、両手を振っていた。アランが思うに、面白くなく、滑稽ですらなく、苦悩に満ちて死にそうに見える表情というのがあるとすれば、いまの彼のそれだった。

「頼むから」ダンカンは言った。「博士、手遅れになる前にその提案は取り下げて考えなおしてくれ！　それはやりすぎだ！　名声ある弁護士として、そんなこと認めるのはおろか、耳を傾けることだってできようか？」

フェル博士は相変わらず平然としている。

「そうしてほしいね」と静かに答えた。「わしはどうしてもこうしようと思っておるんだ。ミスター・ダンカン、どんなに苦しくても冷静を保って、長いことあんた自身が目指してきた結末を、誰よりもあんたには台無しにしてほしくない。スコットランド人として、賢明であれという説得に耳を貸せないか？　現実的になることをイングランド人から学ばねばならんのかね？」

ダンカンは喉の奥でうめいた。

フェル博士が言う。「よし、いまのは法の正義というロマンチックな考えをあんたが諦め、わしたちと同じ船を漕ぐことにしたのだと受けとるよ。これで、生きるか死ぬかの問題はミスター・ウォルター・チャップマン・キャンベルただひとりにかかることになった。友よ、この提案は一日じゅう、有効じゃないんでな。さて、どうするね？　ふたつの殺人を自白して逃げるかね？　それともどちらも否定し、ひとつの殺人で吊るし首になるかね？」

チャップマンは目を閉じてから、ふたたび開けた。

初めて目にするように部屋のなかを見まわした。窓の外のきらきらと輝く湖面を、自分の手から抜け落ちていった領地を、清らかで平和になった家を見やった。

彼は言った。「受け入れます」

午後九時十五分グラスゴー発ユーストン行きの列車は、わずか四時間遅れで滑るようにユーストン駅に入ってきた。駅を洞窟めいてみせる煤さえも薄れる、黄金の日射しが降り注ぐ朝だった。

列車はスピードを落として蒸気の吐息のなかでとまった。ドアが次々に開く。一等の寝台車両に頭を突っこんだポーターはがっかりした。見たこともないほど取り澄まし、立派で、おそらくはチップを弾みそうにないふたりの堅苦しい者たちを目にしたからだ。

ひとりは若いレディで、口元がいかめしい偉そうな表情、鼈甲縁の眼鏡で厳格な雰囲気だ。もうひとりはさらに偉そうな表情を浮かべ、教授めいた男だった。

「お荷物を運びますよ、マダム？　旦那？」

若いレディはやりとりを中断してポーターをちらりと見た。

「後生だから」彼女は言った。「ドクター・キャンベル、ダンビー伯爵がフランス王にあてた覚書きで、チャールズ二世その人が〝余はこれを承認する。C・R〟とつけくわえたものは、あなたの嘆かわしいトーリー党の解釈のように愛国心から生まれたとするのは間違っている、それはあなたにもはっきりわかってもらえるはずよ」

「この散弾銃はあなたのものじゃないですよね、マダム？　それともあなたのものですか、旦那？」

紳士はぼんやりと彼を見やった。

「ああ、そうだよ。弾道の鑑識の手に届かないよう、証拠を移動させているんだ」

「なんですって？」

だが、紳士は彼の話を聞いていない。

「マダム、一六八九年十二月、ダンビーが庶民院でおこなったスピーチを思い返してもらえないかな。そこに含まれた明確な理由づけは、きみがまとっているらしき偏見という雲さえ貫けると思うよ。たとえば……」

荷物を抱えたポーターは意気消沈して彼らの後からプラットホームをとぼとぼと歩いた。知識よ、栄えあれ！　運命の歯車はふたたび大きくまわっていた。

# 解説——仕掛けあり、ラブコメあり、古酒の破壊力あり

村上貴史

## ■自殺か殺人か

本書『連続自殺事件』は、ジョン・ディクスン・カーが一九四一年に発表した長篇ミステリである——と書くと、カーのファンの方々のなかには、いささか違和感を覚える方もいらっしゃるだろうし、一方で、我が意を得たりと思われる方もいらっしゃるだろう。なぜなら本書が一九六一年に創元推理文庫から刊行されていた『連続殺人事件』の改題・新訳版だからだ。この改題について、ながらく〝殺人〟で馴染んできたのに、初訳から六十一年も経過してタイトルが変わるのか、という違和感も当然だろうし、原題が、*The Case of the Constant Suicides* であることを考えれば、『連続自殺事件』というタイトルの方が圧倒的にしっくりくるとも思える。旧題は旧題で、世に溢(あふ)れる〝〇〇連続殺人事件〟の親玉として君臨するかのような特権的なタイトルであり捨てがたいのだが、今回のタイトルの方が、カーの意図には沿うであ

ろう。編集部としても、原題に忠実にあることを優先し、今回の改題としたそうだ。

さて。

この『連続自殺事件』という作品の主人公は、ロンドンはハイゲートのユニヴァーシティ・カレッジで歴史学教授を務める三十五歳のアラン・キャンベルである。彼は、父親のいとこであるアンガス・キャンベルという老人が一週間前に亡くなったことがきっかけで、アンガスが暮らしていたスコットランドのシャイラ城を訪ねることになった。その城で、キャンベル一族の家族会議が開かれるというのだ。そしてアランはアンガスの死が、城の円塔における密室状況と深く繋がりのある謎めいたものであったことを知る。一九四〇年のことだった……。

シャイラ城の円塔が、まず、ミステリファンの心をくすぐる。高さは約十九メートル。十六世紀の終わり頃に建てられ、一六九二年にはキャンベル家の先祖が一番上の部屋の窓から落ちて死んだという言い伝えも残っており、今回のアンガスの死と重なる曰くのある塔なのだ。アンガスの死体は、塔の下で発見された。死因が、彼の寝室である塔のてっぺんの部屋からの落下によるものであることは間違いない。だが、それが自殺なのか、あるいは殺人なのかは、まだ特定されていなかった。自殺説を後押しするのは、アンガスが夜の十時に部屋に引き上げる様子を目撃された後、部屋が内側から施錠され、さらにかんぬきもはめられていたという状況である。誰も部屋に入れなかった以上、自殺と考えるべきという論だ。一方で、その密室状況の部屋に、夜十時には存在していなかったスーツケース、あるいはドッグキャリーが忽然と出現していたことも判っている。夜の九時半に押しかけてきたアレックという男がアンガスと激しい口論を繰り広げたことも、だ。部屋から日記が消えていることもあり、アレックがなんらかの方法でアンガスを殺し、スーツケース、あるいはドッグキャリーを部屋に残し、日記を持ち去ったと考える者もいた。要約するならば、密室を舞台に自殺説と殺人説がぶつかる、というのが本書の序盤での出来事なのである。カーといえば密室、しかも古城の曰く付きの円塔のてっぺんの密室である。ワクワクするではないか。

アンガスの死は自殺なのか殺人なのか。これは彼の遺族に大きな影響がある。アンガスが契約していた保険金の三万五千ポンドは、自殺ならば支払われないからだ。そこで、遺族の一人が名探偵として名高いギディオン・フェル博士を呼び寄せることにした。かくして名探偵が、この密室事件の発生した古城に、そしてキャンベル一族および弁護士、保険会社の社員、さらにはゴシップ紙の記者までもが集った古城に、登場することとなったのである。

ギディオン・フェル博士といえば、『魔女の隠れ家』（一九三三年）で初登場し、『曲がった蝶番』（三八年）、『テニスコートの殺人』（三九年）などで活躍してきた名探偵だが、『三つの棺』（三五年）では、探偵として密室状況での不可解な事件の解明に挑むだけでなく、自ら探偵小説のなかの人物であることを明言したうえで、密室ミステリに関する講義を行うほど、密室の謎に親しんだ人物である。今回の事件に最適の名探偵であり、彼とこの謎の組合せを嬉しく思う方も少なくなかろう。

フェル博士はシャイラ城に到着すると、さっそく調査を始めるのだが、残念ながら事件はアンガスの死だけでは終わらず、密室状況での不可解な出来事が連続してしまう（だからこその

『連続自殺事件』もしくは『連続殺人事件』だ）。どんな密室状況でのどんな事件で、それがどう解決されるかは本書で存分にお愉しみいただくとして、この『連続自殺事件』は、また別の魅力も備えていることを紹介しておきたい。アランという若き歴史学者の物語を読むという愉しみである。実際のところ、密室よりもフェル博士よりも先に、読者はその魅力に囚われるだろう。

本書の冒頭ではアランがシャイラ城を目指して鉄道で移動する様子が語られているのだが、それが実になんともラブコメディなのである。アランが二十七歳か二十八歳くらいの女性と出会うのだが、読者は、二人の間接的な出会いから、初めての直接の対面時に偶然がもたらした〝密〟な環境での出来事、さらにアランと彼女との距離感が変化していく様や、反目や衝突（見方によってはじゃれ合い）を読み進むことになる。ゴシップ紙の記者もいい働きをしていて、読者としてはキュンキュンするやら照れくさいやら。〝密室〟〝怪奇趣味〟といった、一昔前のカーに貼られていたレッテル（かなり一面的なレッテルだ）からは想像できないような愉しみを、本書では満喫出来るのである。

城に到着し、他のキャンベル一族の面々と合流してからもまた愉しい。彼らは飲むのである。酒を、強い酒を、浴びるように。そのウイスキーの名は、〈キャンベル家の破滅〉。作中人物によれば「ロバでも歌わせる八十年もののウイスキー」「脳天が吹き飛ぶような密造ウイスキー」とのことで、当然ながらそんな酒を大量にあおれば、馬鹿もするし、意識も飛ぶ。登場人物たちは、コスプレめいた大騒ぎを繰り広げたりもする。新訳版となってその様子が、より親しみのある言葉で綴られていることもあり、酒と酒に飲まれる人々（自爆する人々）の様子というのは時代が移り変わっても不変であると感じさせてくれる。

とはいえそこはカーのこと。ラブコメディやら泥酔やらのなかに、さらりと密室脱出トリックを披露してくれているからたまらない。一二二頁の三行目から始まるわずか三行（文字数でいえば二行だ）にそれが記されているのだが、実にチャーミングなアクセントとして光り輝いている。

といったかたちで読み物としての魅力を様々に備えた『連続自殺事件』だが、ミステリとしては、ある人物が立案した計画の周到さに着目したい。「計画を三重に保証」という言葉で表現されているのだが、計画者は、目的を達成するためのセーフティーネットをきちんと用意しているのである。〝偶然〟に邪魔されて瓦解することのないように準備されたこの計画を中核に、はたしてジョン・ディクスン・カーはどんな長篇ミステリを仕立てたのか。それを是非堪能していただきたい。

■戦争と奇蹟と、そしてさらに

さて、繰り返しになるが、本書が発表されたのは一九四一年のこと。作中の年代設定は一九四〇年となっている。第二次世界大戦の最中の物語を、第二次世界大戦中に書き上げて発表した、というわけだ。その頃の日本では、探偵小説の執筆が行えない状態になっていたこととの相違を痛感すると共に、当時の状況をミステリに取り込むカーの姿に、〝この人は根っからのミステリ作家なんだろうな〟という思いを強くする。本書においても、独軍の爆撃を回避するための灯火管制などが描かれており、戦時下であることがくっきりと伝わってくるのだが、その灯火管制が推理のチェーンの一つとして組み込まれている点に、カーのカーらしさを感じるのである。なお、大戦の状況とミステリの融合という観点では、カーター・ディクスン名義の『爬虫類館(はちゅうるい)の殺人』(四四年)をお薦めしたい。内側から目張りされているという極端なまでの密室を描いた作品でもあるので、是非御一読を。

ラブコメディや泥酔しての大騒ぎという要素が、果たして戦争の影響の反動なのかどうかは定かではないが、恋愛要素に関しては、ダグラス・G・グリーンによる評伝『ジョン・ディクスン・カー〈奇蹟を解く男〉』(九五年)に興味深いエピソードが記されていたので紹介しておこう。この『連続自殺事件』は、四〇年初秋にカーが妻のクラリスと過ごしたスコットランドでの休暇から着想を得たというのである。カーは一九〇六年の生まれであり、本書を執筆した四一年というとほぼ三十五歳。主人公のアランの三十五歳という設定をついつい重ねたくなる。ちなみにクラリスは〇九年生まれだというから、『連続自殺事件』執筆当時の妻の年齢よりも少々若い女性を、カーは本書のヒロインに据えたようである。

なお、ご存じの方も多いだろうが念のため記しておくと『ジョン・ディクスン・カー〈奇蹟を解く男〉』は、カーに関して非常に多くのことを教えてくれる。例えば書評に関する論争と本書冒頭のエピソードの関連であるとか、あるいは、本書で用いた不可能犯罪の手口は、実は別の短篇で先に使っていたこととか。三九年発表のその短篇「ダイヤモンドのペンタクル」をカーは自分の短篇集に収録しなかったそうだが、死後十四年たって、別の編者によってオムニバス短篇集 *Merrivale, March and Murder* に収録された。その編者というのがダグラス・G・グリーンと知ると、その判断を肯定すべきかどうか少々迷うところである。というわけで、編集者の戸川安宣氏のご厚意で現物を確認させていただいたところ、同書でグリーンは、トニー・メダワー（ミステリ研究家）がこの短篇の写しを発見したため短篇集に収録した、と淡々と述べているだけだった。特段の逡巡はなかった模様である。ちなみにこの短篇はミステリマガジン一九九三年五月号に訳出されており、そちらを読んでみると、たしかにトリックは本書で用いられたものの一つと同一だが、短篇における活かし方はまるで異なることが判った。だとすれば、単行本未収録のまま埋もれさせるのはもったいない。改めて読んでもらう機会を提供しようというグリーンの判断を支持してよかろう。

『ジョン・ディクスン・カー〈奇蹟を解く男〉』では、それら本書に直接関連する記述のほかにも、カーがロンドンで爆撃を受けて家を失ったこと、あるいは、クラリスがカーの飲酒癖にどうブレーキをかけたかなど、カーがその生涯においてどんな体験をし、どんな作品を発表してきたかを詳細に語っている。単品でも十分に、というか抜群に愉しめるカーの諸作だが、グリーンの評伝を通じて、カー自身についての知識を得て読むのも、また一興である。

なお、グリーンは『連続自殺事件』には「カーの最上の密室」が盛り込まれていると述べており、たしかにトリックへと導くための伏線は秀逸なのだが、トリックの一つについては、かねてより実現不可能ではないか、との声もあった。今回の新たな翻訳においては、その点への配慮も行われ、旧訳版にはなかった訳注が追加されている（新訳版二一一頁、旧訳版二〇八頁）。もちろんカーのトリックに手を加えるような〝創作〟ではない。執筆当時のカーの心を〝推理〟して注記したものであり、それによってだいぶ印象が変化している。この細やかな配慮が嬉しい。そしてなにより、ミステリとしては前述のとおり「三重に保証された計画」という大きな輝きが本書には備わっている（もちろん密室状況に関する仕掛けとも繋がってくる）。実現不可能性だけで崩れてしまうような脆弱な作品ではないと念押ししておく。

　発表から八十一年、そして初訳から六十一年。ずいぶんと時は流れたが、今回数十年ぶりに再読して、実に愉しい一冊であると再認識した。訳文が現代的なものになり、また、自分が泥酔を幾度も経験し、さらにグリーンの著書で知識を得たという変化があったからかもしれないが、それもまたミステリを、小説を再読する喜びである。もちろん、旧訳版をお読みの方だけでなく、未読の方ならなおさらに愉しんでいただける一冊である。本書は、いってみれば八十一年ものの古酒だ。ロバを歌わせる以上のパワーがある。是非痛飲を。

**訳者紹介**　1965年福岡県生まれ、西南学院大学文学部外国語学科卒。英米文学翻訳家。カー「帽子収集狂事件」、タートン「イヴリン嬢は七回殺される」、テオリン「赤く微笑む春」、ジョンスン「霧に橋を架ける」など訳書多数。

検印
廃止

# 連続自殺事件

2022年2月18日　初版
2023年6月30日　再版

著　者　ジョン・ディクスン・カー
訳　者　三角和代（みすみかずよ）
発行所　（株）東京創元社
代表者　渋谷健太郎

162-0814/東京都新宿区新小川町1-5
電　話　03・3268・8231-営業部
　　　　03・3268・8204-編集部
URL　http://www.tsogen.co.jp
DTP　工友会印刷
晩印刷・本間製本



ISBN978-4-488-11849-5　C0197

巨匠カーを代表する傑作長編

THE MAD HATTER MYSTERY◆John Dickson Carr

# 帽子収集狂事件

新訳

ジョン・ディクスン・カー
三角和代 訳　創元推理文庫

◆

《いかれ帽子屋》と呼ばれる謎の人物による
連続帽子盗難事件が話題を呼ぶロンドン。
ポオの未発表原稿を盗まれた古書収集家もまた、
その被害に遭っていた。
そんな折、ロンドン塔の逆賊門で
彼の甥の死体が発見される。
あろうことか、古書収集家の盗まれた
シルクハットをかぶせられて……。
霧のロンドンの怪事件の謎に挑むは、
ご存知名探偵フェル博士。
比類なき舞台設定と驚天動地の大トリックで、
全世界のミステリファンをうならせてきた傑作が
新訳で登場！